亂世無命

亂世無命

白道卷

Fant｜著

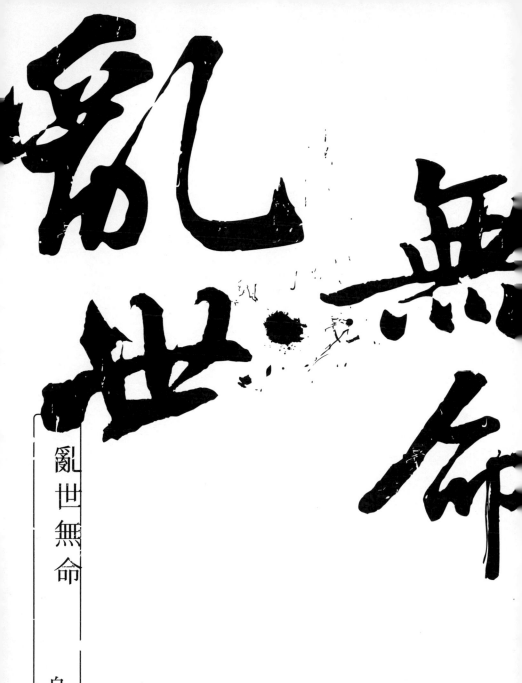

推薦序

這是我第一次推薦武俠小說。在我的閱讀經驗裡面，武俠小說像是時光機一樣，一但翻開了，就不覺自主的往下看下去。畢竟架空的世界裡面，所有的人性都放大了一些，每個人心裡都有一個小孩，而每個小孩，都曾經希望自己是個俠客，當一個俠客必定會有現實中無法取得的絕世武功，至於武功有多強，武功怎麼用，都吸引人繼續看下去，暫時地逃離一下現實，也從虛構的故事中，更看清楚現實世界的人性，看清楚每個角色的位置、選擇及無奈。

這部《亂世無命》，故事設定在中學，讓我回想起自己依舊年少時，對什麼好像都懵懵懂懂，都還有一點期待或者無知的時候，只是故事的場景在台中，又是我出社會以後，工作所待的地方，一個以作者所在城市開頭的小說，反映的就是這個城市的文化、記憶以及想像。這本書直接了當的說是一部黑幫小說，但也是一部人性小說。一個虛構世界的作品，只要寫到了人性，或多或少都會出現一些更貼近於現實的金句或者感嘆，故事中特別將台中黑道列出，一方面事作者選擇，另一方面，透過主角在一連串的事件裡感嘆「演戲和欺騙，實在是一件比博殺打鬥更累的事」，而當黑道之間互相火拼背叛，也出自於國際化競爭時的ＣＰ值選擇時，看的到底是小說，還是真實世界的台灣翻版？

故事中的台中黑幫，比起白道還要多了點「階級流動」的意味。或許是作者故事諷刺現實，也或許是小說以及創作總可以反應出更多的人性，如同《航海王》中誇飾過後的的「天龍人」反而成為了一整個時代用來諷刺特定意識形態的作品一樣。

而小說不也是嗎？我看著主角身分轉換，從一開始身不由己，到後來即使看透、看通也無法擺脫的宿命，想想每天依舊上班、依照行程打卡並且上網發文的自己，這本書成書的時候，台灣的貧富差距日增，每個時代的武俠，其實回過頭來都是映照當下人們對於社會的反應、思考以及批判。

這些元素並非Fant所創，但他應該是我印象中，第一個以台中及黑道為背景寫作的創作者。那些影射的人物，反應的社會現實，也都隨著故事推進，令人不禁思考：現實又是什麼樣子呢？作者用筆來反映時事，或許才是真正的俠客吧。

這本書也是，我推薦給願意閱讀新武俠的朋友。

林立青（作家）

推薦序

寫序我不是第一次了，我經常都幫別人的書寫序，寫玄幻小說的序倒是第一次。這當然是因為之前從沒有人邀請我寫玄幻小說的序，我也不是玄幻小說出名的評家或者讀者——科幻我倒是看不少。

當然，我並不是完全沒看過，多少也有接觸。因為意義也偏離當初創作這個詞語的人本意甚遠，所以什麼是玄幻小說也真的很難說。對我而言，玄幻小說和日本的輕小說本質是很相似的，就是和網路文學有很深的淵源，不管它是什麼題材，它反映的就是二十一世紀初這個世代的想法。

這種創作滲入的其實都是之前的各種要素，多數都是這一輩作者成長時看過的東西。從金庸、古龍的武俠小說、《尋秦記》、西方奇幻小說、衛斯理到日本動畫甚至抗日神劇，各種要素全部混在一起。當然，還有其他玄幻小說，彼此再近親繁殖，互相參考。

也許在很久的未來，說起玄幻小說，大家會想起的不是仙俠，而是「二十一世紀漢字文化圈的文化」，是個一品鍋、大雜燴的觀念。所以如果要看一個玄幻小說，最有意義的就是看它滲入了什麼新的要素。

而像這次要寫的序，要說要素的話，黑幫、武功這種東西，並不很創新。它們就是故事裡慣用的符號與角色而已；奇遇與冒險，也算是每個玄幻小說的定番。真的特殊的部分，就自然是這個拿來當背景的台中。

因為香港電影和台灣劇集曾經盛行過，這些都曾影響過作品作者的成長，所以香港和台灣對於創作界而言，本身就是一個常用的世界觀和背景。別小看這點，之前也說過，玄幻小說本就沒有什麼很嚴謹的限界：什麼都可以當成材料。包括背景，異世界其實多數就是動漫世界，奇幻則多數是以中世紀歐洲為藍本，武俠自然是古中國。背景也是一個重要的角色和特色，甚至是作品的賣點。

哪怕在中國大陸，也有不少人拿香港當創作的背景，什麼轉世到香港當古惑仔之類。這些放在我們香港人眼中看有時是很突兀的，畢竟那往往和我們認識的香港不那麼一樣。當然在看日本以香港為題材的作品，也會讓你有這樣的感覺。在地人寫就是不一樣。

能以這個年代的台中作為背景去寫小說，小說好不好看，是見人見智。正常來說這也不會是什麼大文豪的作品，可是它還是一定有價值在，就是從其中當地人的角度，去描繪出那個時光裡的那個地方。將他變成角色化為文字，寫了下來，也許某天有人有興趣研究二十一世紀初的台中時，他們就會撿回這本書，為的是從裡面撿回那些散失了的記憶和印象。

這樣作品總會有傳下去的價值吧。

鄭立（商人、漫畫《孫文的野望》投資者）

人物介紹

謝哲翰：本書男主角，出身武術世家，從小身上便具有謝家刀和魚龍變兩門絕頂武術。在因緣際會之下被逼踏入台中黑道，拜台中四大殺手之一的「豺狼」為師，被海線黑道領袖洪阿彪收為義子，雖然身在台中黑道卻痛恨台中黑道對台中的壓迫，參與了推倒台中黑道以及壓迫人民的白道政商勢力的計畫。

林敬書：豪門台中林家之子，聰明絕頂精於謀略，因為童年創傷而患有情感依附缺陷症，對親近的人無法產生情感連結，但卻對群眾有著異常的博愛精神和同情心。為了解救被黑道和白道壓迫的台灣人，花了多年時間籌畫出一個縝密計畫——最後一塊拼圖，就是在他設計之下被推入台中黑道的謝哲翰。

成青荷：本書女主角，國際黑幫竹林幫幫主成德恭之女。由於成德恭得知謝哲翰身上懷有絕頂武術，意欲吸收謝哲翰成為竹林幫殺手。成清荷為保住謝哲翰，和林敬書聯手設局將謝哲翰推入台中黑道。但成清荷在她竹林幫公主的光環背後卻隱藏著不為人知的悲慘秘密。

趙靜安：國學大師愛新覺羅．溥齋的養女，和竹林幫關係匪淺。個性冰冷不擅社交，擅長中醫裡的催眠技術「祝由術」。

目次

第一章　亂世無命

林阿彪被殺之後經過一年，我在陳總和林家的支持下，總算坐穩了台中海線領袖的位置。我在台中黑道裡的地位也有了明顯提升，禿鷹、赤蛇和瘋牛，不再將我視為道上新人，而是可以和他們平起平坐的存在。

讓我疑惑的是豺狼的態度，他好像是台中黑道裡的局外人，台中黑道勢力的大洗牌都與他無關，豺狼依然和我維持原本的師生關係，繼續要求我精進武術和各種殺手技能。甚至，他對我的督促越來越緊迫，像是在趕著時間一樣，急著讓我在最短的時間內學到更多的東西。

另一方面，陳總清洗完海線後的這一年當中，為了避免讓台中各方人馬因為海線權力板塊的動盪而引發爭戰，他拋出一個足以令各方人馬暫時停手的誘餌。

陳總宣布，GEP會議會前籌備會，正式啟動！

籌備會開會當天，一輛輛瑪莎拉蒂、藍寶堅尼、法拉利等名車正從台中市區駛上產業道路，準備進入新社這個山間小鎮，在這些名車後頭還有幾輛防彈悍馬車以及能夠防狙擊槍以及火箭炮攻擊的range rover，能坐在裡頭的人，才是真正在台中黑道上呼風喚雨的人。

而我，現在就坐在其中一輛range rover中。

我坐在車裡，靜靜想著這一年來發生的種種事情，過了不知道多久，終於抵達目的地。

一棟氣派宏大的會館，矗立在我的眼前，在會館前方有一片廣大的廣場，停著各廠牌名車，在這些車子的車門旁，都站著兩到三個人，手裡握著槍，警戒地巡視四周，確認沒有任何威脅後，才掩護並引導車裡的人下車，出來的人大多是上了年紀的中年人，有些人我叫的出名號，有些我認不得，但都是台中黑道中有頭有臉的人物。

我戴上墨鏡，穩住氣勢，等站外頭的手下幫我打開車門，我才緩緩地走出來，不讓一絲一毫緊張的情緒流露出來。現在，我代表的是海線勢力的共主。

「老闆好！」

在我身後上百名手下，恭敬地同時高聲呼喊。我綳著臉，戴上墨鏡後更是看不出表情，我向他們微微點頭就邁步走向會館，廣場上有幾個角頭，嘴裡抽著雪茄，打量著我。

我走到會館門口，瘋牛與赤蛇已經在那裡等著我。

儘管我現在只有十七歲，但在這個場合裡，作為台中四獸，也得賣我面子，我和他們兩人握手寒暄後，便一同走進大廳中。

陳總已經出現在大廳裡，他一看到我，便走了過來。

「陳總。」

在他面前，我連忙脫下墨鏡，點頭致意。

「海線太子，越來越有氣勢。」

陳總用力握了握我的手讚許道。

「陳總您過獎了，我如果是太子，您就是真正的台中黑道皇帝。」

台中各方大人物此刻都已聚集在大廳，看著我和陳總的這番表演，立刻讀懂了我臣服於陳總之下而維持台中海線勢力半獨立的局勢。

我隨著引導人員從大廳走進一間會議室內，除了各地盤上的角頭和大佬外，其餘保鑣都被擋在門外。台中黑道中有資格走入會議室裡的人不過三十來位，裡頭的布置就和一般的商務會議室一樣，會議室的正前方掛著投影布幕，西裝筆挺的黑道大佬們紛紛入座，這副景象像是企業內部會議多過於黑道大佬們的聚會。

但在這間會議室裡，出現了兩個突兀的人。

一個是先前和我打過照面的貪吃張，雖然他穿著一身剪裁流利的手工西裝，但他微笑時的臉部肌肉抽動，看起來殘忍又變態，彷彿正在歡快啃食著剛清蒸起來的小腿或是上臂，在場的大佬和角頭看到他在場也忍不住皺起眉頭，貪吃張的變態和恐怖連他們都忍受不了，但他和另一個人正是陳總震懾整個台中黑道的最佳工具。

「陳總，人家也來了呢。」

「小慧，這裡都是我們的老兄弟，和大家打個招呼。」

一個看起來約四十來歲的女人正坐在一個高瘦男人的大腿上，用撒嬌的聲音和陳總打著招呼，她的聲音帶著不自然的沙啞。

這個叫做「小慧」的女人雖然面生，不知道為什麼，我彷彿見過她的相貌，一時間，我腦中閃過幾個畫面，立刻明白這個女人是誰了！

她和她身下的男人讓我忍不住乾嘔起來。

在場的大佬和我一樣，陸陸續續認出「小慧」後，臉色都非常難看，甚至像我一樣乾嘔起來。

「幹！」

「噁心！」

咒罵聲此起彼落地在會議廳內響起。

那個高瘦男人就是陳總底下跟貪吃張並稱的「變性黃」。

陳總對於背叛他的人，最嚴重的懲罰不是殺掉他或是肉體上的折磨，而是把對方送給貪吃張，讓對方在有意識的情況下，眼睜睜看著貪吃張把自己吃掉。但即使如此，台中黑道更不願意落到變性黃手上。

變性黃人如其名，在道上那些兇名遠播的殺手或是角頭，一送到他手上後，他就有辦法將這些人進行變性、整容，接著將對方調教到完全服從於他。也因此，對於台中黑道來說，變性黃的存在是更為噁心的惡夢，寧願慘死也不要落到他的手中。

眼前這個小慧就是過去的山線領袖坤哥。

當初他反水時，大家都以為他被殺了，卻沒想到他落在變性黃手上。

「小慧」，或者說是坤哥，嬌媚地對著過去的老兄弟們拋了一個媚眼，含羞一笑。

幾個過去在山線地盤上手握重兵執掌大權的兇神惡剎，這一刻終於忍不住趴在地上嘔吐，他們抬頭望向陳總的眼神，都充滿著恐懼。

海線、山線都徹底臣服於陳總的手下。

「好了，各位兄弟，我們來切入正題吧。」

陳總很是親切地對著大家笑了笑說道。

陳總話說完，便由Simon走到投影布幕前來做解說。

Simon是陳總手下的重要文職幹將，也是我的學長，台大法律系出身，一畢業就考上律師。他的外型就像一般人對於菁英人士的想像，相貌斯文又不失幹練的氣質。陳總底下養著一批像是Simon這樣的金領白手套，有律師、會計師、職業經理人、高階事務官、檢察官甚至還有法官。

第一張投影片跳出來，就是一幅世界地圖。

「我先向各位介紹一下，目前四大黑幫的動態。X19已經成功併吞智利最大的幫派，但是他們的動作太大，被美國盯上了，現在財路很吃緊。最近義大利警方也在西西里島加大動作，黑手黨正忙著掩蓋跨國洗錢的證據。三合會的人一向神祕，只知道之前已經把美西的所有新興亞裔幫派都拿下來。竹林幫的生意最穩，但是現在東南亞政府也開始獅子大開口，讓竹林幫很為難。」

Simon跳到下一張投影片，台灣驟然在世界地圖中放大。

「幸好有台灣這個幽靈地帶，當作國際黑幫的組織中心，俄羅斯、日本、南韓、印度的黑幫對我們都很有興趣。我們只要解決掉三重幫，確立台中作為GEP中介站的地位，我們光靠抽成就賺翻了，而且台中的軍火、毒品、小姐也有更大的市場！」

Simon的兩眼放光，黑道企業化，才是他們這些文職幹將的野心所在。

「那我們台中黑道負責幹什麼？」

一個角頭冷靜地提問道，他並沒有完全陷入投影片上的大餅。

「變成整個黑道世界的跳板，協助國際黑幫從各國的掌權者的眼皮下溜過。讓世界黑道聯合起來建立新的體制。」

Simon說話的語調越來越高亢，底下聆聽的那些大佬們，終於被勾起興趣了，他們再次轉頭望向陳總，除了恐懼之外，他們對陳總多了幾分敬佩。

Simon是這個計畫和籌備會的主要執行者，具體細節和數字都在他手上，他在概略說完籌備計畫的執行流程後，大佬和角頭紛紛提出問題。表面上看起來他們只是就具體內容和方向進行提問，事實上是各派系和地盤的領導人在展現自己的眼光見識和策略手腕，以期能夠多分一杯羹。

我此刻心裡頭想的，是從另一個角度思考Simon所說的中介站計畫。但我的樣子在外人眼中看起來反而像是因為無法理解Simon的提案所以只能放空。

「阿哲，你有沒有什麼想法，還是代表海線發表一下意見。」

陳總突然開口點我的名字，我才回過神來，看到那些大佬輕視的眼神，我立刻就明白怎麼回事了。

我不在乎他們的看法，但眼前這個發言機會，已經準備要說的話，是我和林敬書推演過無數次，早已準備好的。

「如果這個計畫只有考慮到這種程度，所有人必死無疑。」

我話一說完，眾人譁然。

我拿出一個隨身碟交給Simon，他疑惑地看向我。

「Simon哥，幫我放一下裡頭的一段影片。」

Simon接過隨身碟，將裡頭的影片撥放到布幕上。影片畫質不甚清晰，背景是在一條寬敞的馬路上，時間正值白天，充滿了行人和車輛，馬路的正中間有一排車正在行駛。

「這個車隊是屬於墨西哥南部最知名的毒梟帕西納的，接下來的事，大家仔細看下去。」

影片播放的同時，我一邊解釋。

車隊往前走了一小段路，突然從旁邊的巷道竄出一個身材高佻的女人，帕西納的車隊一看到她就立刻停下來，其中幾輛車的車門立刻打開，跳出好幾個手拿ＡＫ４７的人，他們毫不猶疑直接將槍口瞄準那個女人準備開槍。

但下一秒發生的意外，讓他們再也沒有機會開槍了。

車隊旁邊的民眾突然全都像發瘋了一樣，紛紛用肉身撲向那些槍手，他們毫不在意自己的身軀被射成蜂窩，拚了命攻擊那些槍手。如果只有這些人，槍手們絕對能夠輕易地擺明，但是發瘋的不只是車隊旁邊的那些民眾，整條馬路上的人，全都從四面八方如洪水般湧向帕西納的車隊，有的人拿著石頭，有的人拿著刀具，更不少人手上持著槍，瘋狂攻擊這個車隊。

那個女人從出現的那一刻開始都沒有任何特別的動作，她僅僅是在車隊的周圍兜著步，袖手旁觀眼前的瘋狂景象，一群人被步槍射成爛泥倒在車前後，馬上又有另一群人衝上去攻擊車輛和槍手。

這個過程足足持續了十幾分鐘才結束，等到雙方的衝突結束時，整個車隊的車門都已經敞開，再也沒有一個活人，同時，整條馬路上全都鋪滿了屍體，他們身上的血甚至匯流成一條淺淺的溪流。女人優雅地踩過一具又一具屍體，走向車隊中間的一台車，從中拉出一具中年男人屍體，接著從身上拔出一把刀，把屍體的頭顱割下來拎在手上，又走回去她一開始走出來的巷弄中。

看完這個影片後，所有的角頭和大佬全都沉默了，他們都是在台中黑道打滾十幾、二十年的人，對於這種搏殺場景絕不陌生，他們很快就掌握到這個影片中的關鍵。

「各位看的這段影片，是從暗網中流出來的。在座應該不少人都知道三年前帕西納因為得罪X 19，他在全副武裝的情況下，仍然被X 19輕易殺掉，剛剛那段影片就是事發的現場。至於影片中的那個女人，大家應該都知道她是誰了，X 19的王牌殺手Lilith，她傳聞中的群體催眠控制技術，剛剛大家應該都看得很清楚了，她的催眠技術是可以達到這種程度。竹林幫、三合會、黑手黨的王牌殺手不會遜色Lilith多少。如果他們有心要直接拿下台中的地盤，把交給台中黑道的仲介費省下來，各位覺得自己活得下來嗎？」

在場的角頭和大佬都安靜了。

「那你有沒有什麼比較好的想法？」

陳總發話了。

「我只是覺得目前的計畫是有這個隱憂，但是具體的解決辦法，我也還沒有想到，還請陳總見諒。」

陳總從座位上起身，接過麥克風，走到螢幕前。

「剛好阿哲拿出來的影片，大家都看到了，面對這些國際黑幫和他們的頂尖殺手，如果大家不團結起來，還要扯自己人後腿，就準備被他們吃個乾淨。剛剛阿哲提出的問題，各位不用擔心，就交給我處理，我已經在跟武譚的人談了，必要的時候，我們是可以借用台灣軍方的勢力來應付這些國際殺手。至於三重幫那些人，我也準備的差不多，不久之後就能處理掉。我還是老話一句，我來分，大家都有得賺。我話說完，有沒有人反對？」

各個角頭和道上大佬看了剛剛那段影片，加上陳總透過變性黃的敲打，在場的人再也沒有半點雜音。

大家對於GEP的事達成共識之後，這場會議很快就結束。那些大佬和角頭都把細節性事務交由手下去談，自己則趕緊離開會館，畢竟這裡不是自己的地盤，誰都怕被暗算。我也直接上車返回大甲的總部。我坐在車上，思考著今天Simon的提案，以及我和林敬書的後手安排，不知不覺中就過了一個多小時，車子也開到台中市區了。

但我在前往大甲的路上遇到了一點麻煩。

我們常走的那條路出了車禍，我派了人過去探問才知道，今天突然多了一個香港人在路口賣起了冰火菠蘿油，據說手藝相當好，來購買的人多到擠滿路邊，其中就有開車前來的人在這附近發生車禍。

這樣的事情雖然讓我有些煩躁，心裡隱約還有一種說不出的不安感，但這樣的小小意外車禍，還不放在我心上，我吩咐小弟換一條路走，車子便開進一條較小的巷道，準備換一條路回去。

我們換行的巷道雖然比原訂路線稍微窄一些，但還是開得進去，巷道兩旁林立著許多雜亂老舊的小吃店，一桶桶瓦斯隨意地放置在店門口，十幾年來，這些小吃店都是如此營生，但不知道為什麼，我心裡頭忽然又生出一股無法言喻的危機感，隨著車子深入巷道，那股危機感越發強烈，壓得我喘不過氣，而我終於受不了了！

「停車！」

我話一出口，開車的小弟連忙急踩剎車，就在這瞬間，車前的店鋪猛然爆炸。炙白的光焰亮起的瞬間，爆炸的衝擊波隨後席捲而來，將這台號稱能夠防範火箭炮攻擊的悍馬整台掀飛起來，悍馬車摔到地面上之後打了幾個滾，儘管車窗破裂，車門嚴重變形，但幸好車裡的人都沒什麼大礙，我一腳踹開變形的車門，從車裡爬出來，再將車子裡其他的人給拉出來。

爆炸後的現場，吸引了許多人來圍觀，但我們的樣子一看便知道是黑道，那些人瞄一眼就趕緊跑開。我和手下身上的手機因為剛才的氣爆都壞了，我們只能先徒步走到最近的據點來號召底下的兄弟過來。但我們才正要走出巷子時，一陣陣機車拔掉消音管所產生的呼嘯聲從遠處逼近，一群典型飆車族模樣的年輕人出現在巷道出口處，他們的摩托車將巷道出口完全堵住，這些人臉上掛著殘忍而粗暴的笑，一手拿著手槍，一手拿著短斧，跳下摩托車，緩緩向我們走來。

這群人雖然頭上頂著五色六色的龐克頭，身上畫滿刺青，掛著耳環鼻環，看起來和普通的街頭混混沒什麼兩樣，但我立刻就從他們的細微動作中，發現到他們隱藏在外表下的真實身分。

他們，是職業的。

「哲哥快跑！我們會先擋住！」

我的手下掏出身上的短槍和短刀，緊盯著那群混混模樣的人。我手下的判斷力雖然不如我，但是從對方身上散發出來的殺氣，他們也看出這些人顯然不是普通混混。

但我知道，我們是走不掉的。

手下們手上的槍指向那些混混，他們話才說完，一把把短斧就已經疾飛而來，精準砸破他們的頭骨，一顆顆頭顱像被鐵鎚敲中的西瓜般瞬間爆開，濺出混著腦漿的一潑潑血水。

站在我眼前的混混有五個人，從我後方走向我的人，由腳步聲判斷，也是差不多的人數，這群人恰恰堵死了這條巷弄。

我冷靜地看著這群人。

「各位弟兄，請問一下是哪個單位的，涼山？黑衣？還是夜鷹？」

「都不是，我們是『軍統』。」

最靠近我的混混咧嘴而笑，露出一口金牙。

我心裡涼了半截。

「軍統」全名為軍事資料調查統計室，隸屬國安局，名稱上聽起來像是一個幕僚事務單位，但在道上消息比較靈通的人都知道這個單位，他們其實是直接聽從總統及國安會祕書長指揮的特種部隊。軍統的人在體格或是搏殺技術上都不遜色於涼山、黑衣或是夜鷹，但不同於正規特戰部隊，軍統的人大多有心理變態的傾向，裡頭不少人原本就是那些特種部隊出身，因為犯下種種暴行而被送入軍統，這些人殺人技術好，做事又不擇手段泯滅人性，被譽為特種部隊中的台中黑道。

我萬萬沒想到自己會遇到這批人。

「我只是一個小人物，怎麼會用得上各位大哥來招待我？」

那個裝著金牙的軍統特務又笑了，笑容如野生動物般的殘忍。

「你台中太子耶，我們怎麼不認得你，我們這趟下來本來有其他任務，剛剛看到你在這裡出事，正好你也是我們目標之一，不招呼你可惜。金先生說，你是林家公子的好朋友，而且身上有一套很厲害的刀法，叫我們有時間就來看你。」

我聽完他的話，心裡真的是涼透了，我萬萬沒意料金先生已經盯上我，但仔細想想卻又在情理之中。

他口中的金先生便是國安會祕書長，代表總統執掌台灣所有情治單位，據說金先生原姓愛新覺羅，也是前清皇族。總統周永英和林敬書的父親是政敵關係，兩年前一場六月政爭，周總統欲鬥垮林如海不成，便是讓金先生派出軍統手下去暗殺他，只是林如海竟然躲過軍統的暗殺。

沒想到，我已經具備被捲入這場鬥爭中的資格了。

「你們用手上的槍對我掃射，馬上就能解決了，還在等什麼。」

我環視著身旁這群軍統特務，淡淡說道。

他們在等的東西，其實我早就明白了。

回答我的依舊是那位金牙特務。

「不急不急，在這條巷子的兩端，早就架了好幾把機關槍，在遠一點的地方還有狙擊手，四面八方我們都有準備，金先生有交代，要我們好好摸索你的路數，我們也很好奇，『謝家刀』到底有多強。」

我從身上拔出短刀，先把上衣袖口割劃，接著隨意站了個前後開三七步，刀尖在身前空間中找了一個合適的位子落下後，我的身體微微內縮，把身姿保持在似緊非緊、似鬆非鬆的狀態。那些軍統特務從我這看似隨意的站位擺架找不出什麼線索，但他們的臉上都捨棄了方才混混模樣的偽裝，瞇起眼凝神觀察我的姿態，戒備著不敢輕易出手，有些像正在狩獵目標的老虎。

軍統特務的標準隨身武器，除了手槍外，就是一把一體成形純鐵鑄造的短斧。圍住我的這些人，腰胯下沉，右腳探出，身體微弓，又從身後抽出一把短斧，握住短斧的那隻手前臂上擺，像極螳螂的前臂，他們另一隻手握住拳頭，鬆垮垮掛在腰間，顯然就是用來出陰招的。軍統的人在觀察我，但我也在觀察他們。

一動不如一靜，他們很慢很慢地踏步逼近，我也對應他們的步伐，微微調整持刀姿勢，讓他們找不到合適出手方式，只能繼續緩慢向我逼近。
軍統的人同時停步。
停在短斧的最適出手距離底線。
「殺！」
十人同聲爆吼，聲波打進我的耳膜，也打入我的筋骨中。
沒想到軍統特務也精通「音殺」技術。
原本通體黝黑而不起眼的斧頭，就在這瞬間，隨著他們迅疾的揮動，綻放出刺眼的光線。
他們手上的斧頭有玄機，某個地方藏了拋光金屬亮面，剛好能反射陽光。
藏在音殺和光障下的猛烈殺器，欺身砍來。
我手上的刀同時揮出。
就在我面前的人以為他的斧頭要撞上我的刀時，他才發現到我的步伐是向後方踏去，而我向前揮出的刀，刀刃的部分毫無道理地與刀柄分離，一個迴旋，向我後方飛射過去。
飛出去的刀刃恰好射入在我身後的人的脖子中，被割斷的動脈如爆開的水管般噴出一大潑血。
那些圍攻我的軍統特務們，見到他們自己人居然是這麼離奇的死法，饒是他們經過嚴格訓練以及各種搏殺，手上的斧頭也不由得稍稍頓住。
我要的就是這個瞬間。
我反手抓住被我殺掉的人的屍身，以屍體作為我後方的肉盾，同時抄過屍體手上握住的斧頭，向前方的敵人的膝蓋擲去。
前方的敵人回過神來準備動手時，他的膝蓋正好被我擲出去的斧頭撞碎，他臉上肌肉扭曲成一團，吃痛跪倒在地。這一跪，加上我方才殺掉的人，讓原本前後包圍我的人從有默契地配合圍殺，瞬間全都混亂地撞在一起。
這種扭結在一起的群攻局面正是我想要。
我不停地交錯用著太極纏勁以及巴西柔術，在混亂中絞殺掉剩下的人，雖然我的身上也中了幾斧，但幸好沒有砍到骨頭裡的重傷，在付出一些皮肉傷作為代價後，總算將圍攻我的人都殺光了。
謝家刀中，有一種奇詭的技巧能用來應付圍攻，配合特別打造有暗藏機關的刀，讓持刀者揮刀時，能夠以特殊的手勁，表面上看似前砍，實際上是把刀刃射到一個敵人想像不到的地方。
「發射！」
當巷道兩端的人發現圍攻我的人全都倒在地上，而我仍然活著時，他們毫不猶豫立刻下達開槍的命令，軍統的人做事一向滴水不露，他們打從一開始就已經做好圍攻我的人都被我殺光的準備，但再怎麼樣強大的血肉之軀，都不可能抵擋住機關槍的掃射。
就在他們下達發射命令的那一瞬間，兩道巨大的爆炸聲響突然同時在巷道兩端響起。
我靜靜等著爆炸結束，才緩步走向巷道的出口，那些機關槍全都在爆炸中被炸成廢鐵，用槍人的屍塊更是都看不到了。只有密集如鳥群的一台台小型無人機盤旋在巷道半空中，這些無人機上都攜帶巨量的炸藥，隨時可以進行轟炸。
「哲哥！你沒事！」
一台無人機上傳來一陣焦急的問候聲，另一台無人機則把攜帶過來的兩把短槍投下到我手上。
「一些皮肉傷而已，這些東西還對付不了我。」
我擺擺手說道。
這些無人機是我的保險措施，在我成為海線黑道共主後，就開始準備這些東西。除了我在自己房子裡的時候，只要我一外出，一定會有一批外型仿擬昆蟲的微型飛行器跟著我，這些微型飛行器會去讀取我裝設在衣服上的多個發射器所發射出的ＲＦＩＤ訊號，當我無法和外界溝通，我就會破壞衣服上的發射器，讓微型飛行偵測器去偵測我目前的狀況，好讓我的手下派出無人機，以在最短時間內抵達我身邊保住我的性命。

台中市區內雖然藏滿各路牛鬼蛇神，但也讓這些電子機械設備派得上用場，比起在深山中，更能讓我安心。

剛才接二連三的爆炸和廝殺，讓巷道附近一片混亂，普通的市民幾乎都繞開我所在的街道遠遠閃避，這樣激烈的情況像是發生恐怖攻擊事件，即便在台中市裡頭也並不多見，沒有人願意被捲進裡頭丟了命。

就在這時候，遠方幾個人渾身是血一跛一跛向我跑來。

「哲、哲哥，救救我們啊！軍統的人發瘋了，只要看到黑道就殺！」

他們一臉驚惶向我求救，我看清楚他們樣貌後，才發現是之前見過的三重幫的人。

「怎麼回事？」

「哲哥，這次國安局好像要玩真的了，展開全台黑道大掃蕩。三重蘆洲萬華那裡已經死了一堆兄弟了，我們從台北逃到台中，想說台中比較安全一點，沒有想到軍統的人也敢在這裡動手。哲哥，雖然過去我們有一些恩怨，但是看在同樣都是道上中人，拉我們一把吧，我們不想死在軍統手裡。」

三重幫的人滿臉是血，身上傷痕累累，有個人手臂上還穿了個彈孔，他們握緊拳頭，不停發抖。

我對他們點了點頭。

「當然，大家都是同道中人，要死也是死在我的手上。」

我一邊說著，手上的兩把短槍猝然對著他們開槍，眼前的這些人，他們握緊的拳頭裡也忽然突出一隻隻筆尖，微型子彈從裡頭射到我身上。

我把眼前的人殺到只剩一人，我刻意只射擊他的手腕和兩腿膝蓋，留他一條活命問話。

「要作戲也不做得逼真一點，我才剛和軍統交過手，他們怎麼可能只讓你們身上留這一點皮肉傷。說吧，什麼時候三重幫下賤到當人走狗？」

他怨毒地望了我一眼。

「如果不是因為你，怎麼會讓三重幫被打到快垮掉，當金先生奴才也好過被你們做掉。」

「你的口氣讓我很不高興啊。」

我嘆了口氣，在他腦袋上補上一槍。

「哲哥，快跑吧！國安局不知道還布了多少人在這裡，我們也沒想到剛才那一批還在被人追殺的人也是殺手。」

我頭上盤旋的無人機中再度傳來小弟的催促聲。

「我可能跑不了了，你們的人和車趕快來吧。」

我對著頭上的無人機苦笑道。我雖然身上穿了防彈衣，那些微型子彈打不進我的要害，但是一部分微型子彈還是射進我的四肢中，那些微型子彈裡頭都帶著毒劑，我經過魚龍變改造過的身體雖然抗毒性比一般人強一些，但恐怕只能再撐一陣子了。

「啪啪啪啪！」

一陣陣掌聲從遠方傳來，拍手的人是一位穿著廚房圍裙的男人，我對他似乎有一些印象。

「猴塞雷啊，這樣都死不了。」

他一說話，我立刻就想起來了，他就是方才在路邊賣冰火菠蘿油的男人，我們就是因為他而改道，車子就是因為開進這條巷道中才發生了這一連串事件。

男人在我身前一公尺停下腳步，他手上握著一個像是遙控器的東西，他按住一個按鈕，我頭上的那些無人機全都像是故障般，一架接著一架墜地。

「你好，初次見面，江湖上大家都叫我老鬼。」他帶著濃濃的廣東腔笑著說道。

「從沒有人可以躲過我的『命殺』安排，可以讓我親自動手了，你值得啦。」

我終於明白是怎麼一回事了。

我看著老鬼，腦海中瞬間閃過十幾道我事先安排過的保命手段，但這些手段又迅速被我否決，老鬼可以把我算進這個巷子裡，那些我安排在外頭的援軍，此時恐怕都派不上用場了，包括摩亞德的力量。

我胸前肌肉不自覺地微微出力，下意識間，我打算用出豺狼傳授給我的最終底牌。

但我眼前的這個男人，他的眼神和表情彷彿在期待著什麼，經過無數場生死搏殺所鍛鍊出來的直覺，此刻壓過了我的恐懼，點醒了我一件事。

「你不是老鬼。」我看著他沉聲說道。

「哦？」

他露出驚訝的表情。

「我當然是老鬼，不然你何不來試試看你能不能在我手下活著。」

「你是被老鬼『附身』的人。」

眼前的男人的臉色終於變了。

他恐怕沒有想到會有人點破老鬼最大的祕密。

一名上班族女郎不知何時冒了出來，踩著高跟鞋，優雅地從身上背著的皮包中掏出一把短槍。

「我也是被老鬼『附身』的人。」

上班族女郎說道。

遠方一位中年婦人拎著購物袋快步走來，俐落地從購物袋裡掏出一把霰彈槍。

「我也是被老鬼『附身』的人。」

「我們都是被老鬼『附身』的人。」

他們用相同的語調、口音，同時對我說道。

我看著這一幕忍不住大笑起來。

「老鬼，我知道你現在就躲在某個地方看著，但是這種裝神弄鬼的招數，嚇不了我的。」

如果是真的老鬼，他根本不可能這樣直接站在我面前，毫不顧忌每個頂尖殺手都會為自己準備的最後保命武器，畢竟他並不像其他三大黑幫的王牌殺手本身就有強大到無視這些保命武器的能力。而一個透過觀察目標控制其命運並藉此殺掉目標的怪物，更不可能願意讓自己的樣貌被攝影鏡頭或是照相機捕捉到。

所謂的「老鬼」就是像鬼一樣地活著，所以任何被他控制的人，都可以作為老鬼殺人的工具。

那些被他殺掉的人當中，有些人或許不懂這個道理，有些人或許懂了但最後還是死在他的手中。

「你是少數幾個發現這個真相的人，老鬼自己從不親自殺人，他只需要看出怎麼樣能殺掉對方就行了。」

穿著廚房圍裙操著廣東腔的男人如此說道。

「拿出你最後的保命手段，然後你就可以去死了。」

上班族女郎將手裡的短槍對準我的腿，拿著霰彈槍的中年婦人也把槍口對著我的頭部，我就算解決掉他們，必定還有一個或更多老鬼控制的人等著我。

突然間，我的腦海裡浮現出一個場景。

「靜。安。」

臉色蒼白，一副弱不禁風模樣的趙靜安，在和室裡用毛筆寫下這兩個字，清晰地唸出來，她的聲音好像賦予這兩個字一種魔力，只要一念出口，就能夠消弭人心中的殺意。

這兩個字在我腦海中打轉，差一點就要從我嘴裡脫口而出，但我突然升起恐懼的情緒，硬生生把這兩個字給吞回去。

因為我發現一旦我吐出這兩個字，固然可以消弭掉眼前這些人的殺意，但我從此以後也無法生起想要殺害趙靜安的念頭了。

我一咬牙，決定暴露自己的底牌，至於之後會不會死在老鬼另外的安排，我也管不了這麼多了。

但就在此時，又有兩個人走向這裡。

其中一個人我認得，納蘭破天，另一個人穿著伊斯蘭傳統女性服飾，把全身上下從頭到腳都包的緊緊的，連雙眼都用黑紗蓋住，但我知道她是趙靜安，唯有這樣，她才能避免被老鬼看穿。

趙靜安看了我一眼，不知為何，輕嘆了一口氣。

納蘭破天的手裡捧著一副卷軸，他將卷軸向在場的人緩緩展開。

臨、兵、鬥、者、皆、陣、列、前、行。

卷軸上就只寫了這九個字。

我瞄了那九個字一眼，突然對身旁的環境產生強烈的不安全感而不敢輕舉妄動。

彷彿我只要有任何一個微小動作，就會再一次引起瓦斯氣爆，槍林彈雨突然就會降臨。我明明知道這些念頭違背理智判斷，但這個對周遭環境的莫名恐懼卻讓我動彈不得。

「竟然是祝由士，小子，你有本事！」

一陣的咒罵聲不知從何處突然響起，這聲音的主人想必便是真正的老鬼了。

「九字真言出，天地人心皆由我拘役，老鬼先生，你也別想輕舉妄動，這幾個字都被你看入心裡了，你如果動手，必定會當場發狂而死。」

趙靜安那了無生機的聲音從黑紗後頭透了出來。

沒想到趙靜安也來裝神弄鬼這套，我不禁搖頭，但轉念一想，或許這就是祝由士的傳統說法。

古代祝由士是透過心理暗示來影響人的生理狀態進行治療，「天地人心皆由我拘役」指的是祝由士的進階技術，進一步配合地理環境來加強對目標的心理及生理狀態的控制。

「老鬼先生，天機是算不盡看不透的，術算結果不會騙人，但是人的解讀會誤判，你來獵殺破軍星時，想必應該早就算出此時結果渾沌，凶險難測，但你一定是想，這是因為破軍星君本身特質所造成的，你的命殺之術確實是天下無雙，但也因此陷於命殺之術的知識障中，如果道上還有人同樣精通命理的人看透你思維的盲點，你必定會死於最自豪的命殺之術中。」

老鬼的嘆氣聲再次從某個我看不見的角落傳出來。

「師妹，這是老師要你代為傳話的吧。」

趙靜安點了點頭。

「妳放心，我雖然做殺手，但不是喪心病狂之徒，我的本事是從老師那學去的，絕對不會傷害自己人，但……老師畢竟還是信不過我，讓妳用這種方式來掩蓋我的劫眼。」

老鬼倒是想錯了，趙靜安本身就是欺瞞天機的存在，當然連讓老鬼看過一眼，算上一命都不行。但趙靜安當然也不可能多做解釋。

「老師要我告訴你，算命的人本來就容易遭天譴，用命術殺人的人死得更快，你如果殺掉破軍星，在命殺之術確實可以更進一步，但是恐怕也活不過一年，你仍然堅持要殺他？」

老鬼沉默了好一陣子，才又出聲回答趙靜安。

「錢、名聲、勢力，我都不缺了，我當然知道用命殺之術必定早死，但是我現在的目標早就不在於用殺人換取名聲地位，我只想知道，命殺這項殺人技藝可以推到多高妙。」

老鬼說到最後，聲音開始發顫，但又有點興奮。

「你入魔了。」

趙靜安冷聲回應道。

「老師太被儒家綁死，所以命理之術才沒辦法更進一步。我看出老師的侷限才離開他進到三合會，只有從殺人中才能真正探索到命理之術的奧祕。」

「老鬼先生，你真的想知道術算之道的極致嗎？」

「想！我當然想！」

「老師，要我告訴你一個故事。」

趙靜安彷彿看透了老鬼的心思。

「當年中國大陸發生了一場前所未有的大動亂，有位命術高人，各類命理之術、風水堪輿、符籙丹道，他無一不精通，那位命術高人為了捍衛道門命脈和文化傳統，決定以命殺之術除掉煽動這場動亂的主事者，他花了整整一年的時間，私下動用了各種資源進行準備，當時他已經有了十成的把握，還特地用了祕密管道通知老師，罪魁禍首必死無疑。」

「結果呢？」

老鬼急迫地追問著。

「那位高人寫完信過後一個月，一群年輕人突然闖進他原以為沒人找得到的住所，將他抓起來帶到街上批鬥至死。至於他要殺的那位大人物，最後還是安穩活下去，大亂之世，天地崩壞，五行錯亂，哪裡還有命術可言，是故，無禮教宗法，便無術算之道。」

「哈哈哈哈哈！老師為什麼這麼晚才告訴我啊！」

老鬼歇斯底里地瘋狂大笑，聽起來卻又像是嚎泣。

「如果你不是今天親自體會暗殺破軍星失敗，你會相信老師說的話嗎？」

「亂世無命！亂世無命！我明白啦！」

老鬼興奮高聲吶喊道。

包圍我的廣東腔男人、上班族女郎和中年婦人一瞬間全都昏迷倒地，老鬼終於放棄了對這些身軀的控制了。

一位瘦骨嶙峋的男人不知從哪個巷弄裡冒了出來，穿著帽T，帶著墨鏡，皮膚蒼白如死屍，不停用手遮著陽光。我看著老鬼這副模樣，心裡不禁為他感到悲哀，為了追求極致的命殺之術，多年來連人都當不成。

「亂世無命！亂世無命！我明白啦！」

老鬼嘴裡重複叨念著這句話，對我不再理睬，緩步離開這個地方。

趙靜安揭下面紗掀開頭巾，露出她那張美的不像活人的臉，趙靜安一句話也沒說，但她想告訴我的事，我都已經明白了。

「你們是什麼時候知道的？」

我故作輕鬆問道，但我已經做好拚命的打算。

先前的一場場意外，是老鬼用來安排殺我的局，但老鬼卻不知道，他自己也不過是另一個布局的一部分罷了。

「打從一開始，我和老師就知道了。但今天的事，老師並不知情，是我一手安排的。」

趙靜安的話有如一陣無由來吹到我身上的陰風，刮得我毛骨悚然。

我一直以來都忽略一件事，貪狼星的智力從不在七殺星之下，甚至有過之而無不及。

聽到趙靜安的話，我明知道她早就把一切都安排好，局面都在她控制之中，但我仍然反射性繃緊神經，我深吸一口氣，把心情平靜下來。

「你是怎麼知道的？」

「上次和你見面時，早就看出你對我的殺意。而且，小青本來的任務是為了保護我而存在的，但是她成為我的替身之後，父親就另外準備了一批人去盯著她，小青的一舉一動都在我的掌握之中。她和林敬書的聯繫，林敬書與你的合作計畫，我都知道，那些大人物對年輕人的小打小鬧不看在眼裡也沒仔細盯著，但我一直在關注你們。以林敬書的個性，要利用小青的事來驅使你在最短時間內強大到足以協助他完成計畫，只要再稍微想一下，就知道他會怎麼驅使你，他多半是告訴你，只要殺掉我和溥公就能夠救小青的命是吧。」

「妳到底把小青當成什麼?!」

我聽了趙靜安的話，驚駭又憤怒，忍不住對她大吼。

趙靜安依舊是面無表情冷冷看著我。

「我從小到大，可以頻繁接觸的人，除了我父親和溥公外，就只剩下小青，她跟我的親妹妹沒有兩樣，你懂什麼。如果不是看在小青的份上，我哪還會讓你繼續活著打我的主意。」

聽完趙靜安的說法，我只對她感到不屑。

「妳和小青兩個人注定只能活一個，講說什麼把她當成自己的親妹妹，不覺得太矯情嗎？」

趙靜安聽了我的話後，露出慍怒的眼神，胸口微微起伏，我這才知道原來她也會有情緒。

「你她媽懂個屁！」

我第一次聽到趙靜安罵了髒話。

「你以為溥公是什麼邪教術士嗎？犧牲別人的性命來換取我的存活？小青她！」

趙靜安說話的速度越來越急促，聲音越來越高亢，但突然之間停了下來。

「小青她本來的命格就壞到不能再壞，如果不是讓她頂了貪狼星君的命格，她在十三歲時就得死。」

趙靜安嘆了一口氣後，低下頭頹喪說道。

我腦袋頓時一片空白，全身的力氣彷彿瞬間被抽空。

「也就是說，不只是妳靠著小青幫妳遮掩天機才能繼續活下去，小青也正是因為頂了妳的命格，才能活過十三歲。」

我倒退了兩步，一時間什麼話都說不出口，原來真相竟然是這樣，我所有的努力，打從一開始就都毫無意義。

當我絕望到無念可想時，趙靜安突然衝了過來伸出兩手壓住我的肩膀，她看起來雖然一副毫無生機的模樣，但身體實際一點都不孱弱。

「如果小青真的一點救都沒有，我何必來找你？」

「你的意思是？」

「今天這場局，我一來是想解決老鬼的事，二來是想透過他告訴你，『亂世無命』。」

亂世無命，這四個字再次出現，我回想起趙靜安對老鬼所說的那個故事，立刻明白了她想做的事。

「你的意思是只要天地崩壞，那些宿命中預定好的所有事情就都毫無意義嗎？」

「連天地都變了，何況只是人身上的小小命數。」

趙靜安的語氣仍舊平淡。

但她話語背後的血腥冷酷卻是我和林敬書都遠遠不及的，為了讓小青活著，她想犧牲全台灣的人來換取小青的生機。

天地崩壞世道渾沌，也就代表整個台灣死亡人數將會接近一場大規模戰爭。

林敬書和趙靜安是兩個位在不同極端的人。林敬書無法愛身邊的人，他只能選擇博愛群眾，但趙靜安並不在乎這個世界如何天翻地覆，她只要她在意的人安好就好。

但是，我真的要這麼做嗎？所謂的天地崩壞，便是柬埔寨大屠殺、德國納粹種族滅絕、南斯拉夫內戰。我稍微想像了一下那個畫面，即使是為了小青，也不免猶豫起來。

「你想好了嗎？」

趙靜安又問了一次。

「因為這樣所以不能告訴溥公嗎？納蘭先生你的想法也是這樣嗎？」

我轉頭望向納蘭破天。

「我的任務就是顧著溥公和小姐，其他的事我一概不理。」

納蘭破天淡淡聲說道。

我又望向了趙靜安。

「你就這麼確定我有這個能力辦到？」

「你從一個普通的高中生，不到兩年內就爬上台中海線黑道領袖的位置，我又有什麼理由相信你做不到？」

我深吸了一口氣，在腦海裡重新思考了我和林敬書所制定的計畫裡頭，各種方案和對應策略，其中有一條路，只要稍微推得偏一點，活在這座島上的人，不論貧富貴賤，都會走向修羅地獄。

也好，大破之後，自然就有大立。

我的目光轉到納蘭破天身上，又想明白一件事。

「納蘭先生，你是不是想幫趙靜安完成這件事，又怕溥公責怪，所以才找上我，希望我來當這個劊子手。」

納蘭破天被我盯著好一陣子都說不出話來，眼神中滿懷慚愧。

「謝同學，我也想不出更好的辦法，只有讓你擔下來了。」

「算了，在一般人眼中，我就是殺人如麻窮凶惡極的台中黑道頭頭，就算再加一條罪名又怎麼樣。」

「謝哲翰，那我就幫小青多謝你了。」

我應承下來後，趙靜安輕聲道了謝，便和納蘭破天一同離開。

我目送趙靜安和納蘭破天離開不久後，我身邊的手下也都趕到。

「哲哥，你有沒有怎麼樣！」

「我們實在該死！」

我的手下們一見到我，立刻衝到我身邊，誠惶誠恐探問著，他們其中一部分人包圍著我，另一部分的人走到附近的街道探查。

「也沒出什麼大事，這次追殺我的人是三合會的王牌殺手老鬼，你們就算無時無刻都跟著我也擋不住他，不過老鬼這次殺不了我，之後他也不會再來了。」

我擺了擺手，故作輕鬆地說道。

四大黑幫的殺手幾乎等同於這世界上最高端的武力，能夠在老鬼的暗殺之下不死，我的手下們看著我的眼神更多了幾分敬畏。

我又想起方才趙靜安對我說的事，為了小青，我都能背上血海般的重罪，如果要讓革命進行的更加徹底，讓台灣換來真正的新生，由我親自揹上更多的罪孽，又有什麼關係？

我看了現在待在我身邊的人，挑了一個比較能幹的人，下達命令。

「小黑，我身上中了毒，先帶我去找我的醫師處理一下，再載我回家洗個澡，我晚點要去鎮瀾宮，到時候你先請其他兄弟去廟那邊暫時淨空一下。」

小黑接著追問道。

「哲哥，到鎮瀾宮之前還有要幫你準備些什麼嗎？」

封住整個鎮瀾宮只讓自己參拜，即便是當年的洪阿彪，也只有遇到非常重大的事才會這麼做。

「不用，就讓我自己一個人待在裡頭吧。」

小黑見我不想多說，也知趣地不再問下去，趕緊派人去安排我交辦的事。

我上了小黑的車，先去找醫生診斷中毒情況並打了解毒劑，接著回家沐浴換好衣服，便前往鎮瀾宮。

我到了鎮瀾宮時，我的手下已經守在鎮瀾宮外的廣場前，整座廟所有人都被淨空，連廟祝都暫時避開。

上次如此慎重之時，還是洪阿彪收我當乾兒子的時候。

我下了車，獨自一人緩步走向宮廟大門，我跨過宮廟門檻來到媽祖娘娘神像前，在這個空蕩的空間裡，只有我和祂對望著。我跪在廟裡堅硬冰冷的地板上，狠狠在地上磕了三次頭，與其說是磕頭，不如說是用力以頭撞地，等我頭抬起來時，鮮血從我額頭緩緩滴落地板，我痛到深吸了一口氣，不這麼做，我沒有勇氣在媽祖前發下重願。

「媽祖娘娘在上！弟子謝哲翰，自從踏入台中黑道以來造孽無數，接下來，我還要為了拯救自己最愛的女人犧牲無數人命，為了讓台灣換來更徹底的新生，我還要害死更多的人。那些協助我做事的人都是由我所指使，請將這一條條人命全都算在我頭上，希望媽祖娘娘將天地間的罪孽全都歸諸於我，讓我謝哲翰死後墜入阿鼻地獄，永無——」

「出期。」

我終於艱難地唸出了最後兩個字，祝禱結束之後，我彷彿看見沉重如山的血債從天而降壓在我的肩膀上，但是從此以後我不需要再思前想後，只要推著台中乃至整個台灣，朝著那條最瘋狂的道路前進。

逃過老鬼的暗殺，讓我在台中黑道上的地位更加拔高。但我的生活依然沒有改變。白天的時候遇到我有興趣的課才到學校，其他時間和豺狼學習殺手的眾多技能以及各種搏殺技巧。至於海線的事，實際上我是不管的，就讓陳總架空我，默默掌控著整個台中海線。

這一天和往常一樣，第一堂課是陸篤之的數學課，也是我絕對不會翹的課。陸篤之的課結束前半小時都會安排一場隨堂小考，此時我都是坐在教室最後一排的角落，以確保沒人看得到我手上的考卷。

我讀了一下試題，那是一則三角函數結合向量的題目，我思考了一下之後，決定寫下一串看似在解題實則是毫不相干的柯西不等式證明，最後一行則加入幾個新變量。

SAT, 21, Din, Cof, ALL。

每一回考試，我都是最後一個交考卷，今天也不例外。

陸篤之看著一下我的考卷微微皺起眉頭，指著ALL這個符號。

「你第一次引入這個變量。」

「我的解法有很大改變，所以必須加入這個變量。」

陸篤之面無表情點點頭。

「我知道了，我會再好好看。」

「謝謝老師。」

陸篤之簡單問過之後，我便離開教室，在教室門口待著的小弟們連忙跟上我的腳步。

那時候，台中的各方勢力都想不到，還有一股隱藏的勢力，以幽靈般的姿態在他們的地盤上活動著。

這天晚上我排掉所有的事，空下時間來陪小青。

小青這一年來黏著我的時間越來越多，我一有空閒的時候她便跑過來找我，到了最近，小青甚至直接搬進我的房子裡，只要我一回到家裡便纏上來，但每一次做愛完，縈繞在我腦海裡的都不是小青曼妙的身軀和她狂野的姿態，而是她在專注中藏著惶恐的深吻。

每一回做愛都像是最後一次一樣。

而我也是，為了換取她能夠活下去的機會，讓整個台中，乃至台灣，都照著我所推動的方向發展，我必然也將成為各方勢力的追殺目標，想逃過死劫的機會微乎其微。

小青不願意讓我知道她活不過十九歲的祕密，我同樣也不願意讓小青知道我恐怕會死在自己一手策劃的大動亂中。但我們都知道，我們都是用盡自己的性命愛著對方。

我才剛走出學校，手下小弟已經開車過來停在校門口，我一坐上車子後座，口袋裡的手機就響起來。

「你什麼時候回來？我在家裡等你，今天買了一套新的戰鬥服。」小青膩聲說道。

「我今天整個晚上都是你的，我訂了一間可以看到台中最漂亮的夜景的餐廳，等等我們上去吃，我先回家接你。」

我和小青通完話後，拍了下在駕駛座前的小弟肩膀。

「小剛，等等到我家後，我開自己的車上山，你們跟在我後頭就好，上山之後，你們不用跟我太近。」

「我明白了，哲哥。」

「餐廳那邊準備的如何？」

「都搞定了，整間餐廳我們都包下來，周圍也淨空，不會有人來打擾哲哥。」

學校到我家的車程並不遠，約莫二十分鐘，但我一想到今天晚上的行程，就期待到連這二十分鐘都嫌太久。一路上我頻頻吩咐小剛開快一點，在小剛發狠狂飆之下，只花了十分鐘就抵達我家。

我一到家，打開門就看見小青站在門口等著。

她穿著黑色細肩帶低胸洋裝，身上披著駝色披肩，頸上掛著一條銀白色的碎鑽項鍊，身上散發著淡淡的茉莉花香水味。小青臉上帶著優雅而含蓄的笑容，看起來美極了。

我看過果斷殺伐的小青、冷靜從容的小青、俏皮的小青、蠻橫的小青，卻從沒看過眼前的小青。她的氣質優雅如西洋宮廷畫裡的公主，狡黠又魅惑的雙眼綻放著小女人獨有的青澀性感，我以為我對小青早已熟悉到不能再熟悉，但現在我才曉得，小青還可以這麼的美。

「我漂亮嗎？」

小青輕聲問道。

「沒有看過比妳更漂亮的女孩子。」

「你一輩子都要記得我現在的樣子，想著我最完美的模樣。」

我把小青擁入懷裡，吻著她，把此時此刻的她，用力刻印在我的腦海裡。

「妳今天怎麼穿得這麼漂亮？」

「這幾天你整天都鬼鬼祟祟的，想也知道要幫我慶生。」

我又親了她一口。

「餐廳我訂好了，我們上山。」

我開車載著小青前往預定的餐廳，那裡已經被清空了。

「哲哥這邊請，我們已經幫您安排了最好的位子。」

我們一到餐廳門口，笑容可掬的老闆就已經在門口等著，領著我們走到可以眺望整座台中盆地的露天座位。

我們坐上座位，小青望向山下的夜景忍不住發出驚呼。

「台中竟然也有這麼漂亮的夜景！」

在遠方漆黑的天空與大地之間的狹縫中，一顆顆色彩繽紛的璀璨光點匯聚成河，緩緩流過我們眼前，接著在山谷間渙漫開來，彷彿有無數顆恆星墜入深邃的黑色海洋裡，兀自發亮著。

「這間店可是號稱有全台中最棒的夜景，平時營業只接受少量客人的預約，我好不容易才訂到的。」

「謝謝你。」

小青抓著我的手輕聲道謝。

「我今天本來是想安排樂團來表演，但是我想了一下，還是別讓其他人來打擾，所以我決定親自演奏。」

「你會演奏樂器？我怎麼從來不知道？」

「當然是偷偷練習的。」

我起身走向餐廳大廳，那裡放了一架鋼琴，我坐在鋼琴前，將手指擱在琴鍵上。這一瞬間，心裡頭忽然湧現無數複雜而難以言喻的情緒，我和小青的第一次相遇，開始約會，得知她命不好的真相，與她在一起的每一秒每一刻，有甜蜜有酸澀，還有遺憾和不甘，但此時的我，只能掛起笑容，讓小青有一個最美好的生日回憶。我按下第一顆琴鍵，緩緩唱起我已練習許久的歌，江美琪的《生日快樂》。

不管時間，走了多遠。
不管昨天明天，什麼叫做永遠。
我只想要今天陪在你的身邊。
為你唱一首歌，再靠近你一點。

（我轉頭望向小青，她的臉上滿溢著幸福的笑容。）

肩並著肩　臉貼著臉。
就在這一瞬間，感覺愛在蔓延。
我在你的胸前輕輕畫一個圈。
祝福你的夢想都實現。

（小青臉上的笑容更加燦爛，但一行行眼淚卻從她眼眶中沿著臉頰流下來。）

不需要流星出現，你也可以閉上眼。
映著燭光許下心願，一遍又一遍。
當你一睜開雙眼，什麼都多一點。
因為這是你的birthday。
看著你微笑的臉，那種幸福的畫面。
好想能夠停住時間，多看你一眼。
讓我再抱你一遍，再跟你說一遍。
Let me be your
birthday angel。
因為這是你的birthday。

（小青再也無法控制，從桌上抽起一張張衛生紙，埋頭嚎啕大哭。）

我連忙走向小青，她直接撲進我的懷裡，繼續哭著。

「阿哲！我好想一直像這樣，待在你的身邊，我真的好想好想……」

小青邊說邊哭，她最後已經泣不成聲，只能緊緊抱著我哽咽流淚。

「以後每一年，我都會這樣幫妳慶生，等我離開台中，我就帶著妳到國外重新開始，今天是生日，要開開心心的。」

我盡可能讓自己的聲音聽起來更輕鬆一些，但我兩隻手都抱住小青，只能把臉靠向肩膀，把眼淚在肩膀上抹掉。

「別哭啦！我今天還要給妳一個驚喜。」

小青聽了我的話，連忙擦掉眼淚努力擠出笑容。我從懷裡拿出一個黑色絨布盒子，對著小青緩緩打開，小青看都不看就把裡頭的戒指搶來套在她右手的無名指上。

「就這麼說定了，謝哲翰你別想逃！等你滿十八歲，老娘就壓著你去登記結婚！」

「這個戒指套在你的手上，就代表你是我的妻子，那張證書有也好沒有也好都不重要。」

小青摩搓著手上的戒指，不停點頭，一邊微笑一邊流淚。

「我永遠，都是你的妻子，不管以後發生什麼事，你都不能忘記我對你說過的話，我只要求你做到這件事，可以嗎？」

她握住我的手，看著我認真說道。

「我答應你。而且以後不管發生什麼事，我都會在你身邊，賭上性命，也不會讓你受到任何傷害。」

小青聽了我這麼一說，欲言又止，連忙轉移話題。

「今天晚上回去別帶套了，我想趕快懷孕。」

「這樣不行，太早了。」

「才不會，反正你也養得起，還是你不想太早當爸爸？」

我和小青開始瞎扯的時候，她的手機突然響了。

「誰打來的？」

「靜安啊，應該也是打來祝我生日快樂的，我去外面接個電話，我們姊妹淘的祕密對話不能讓你聽到。」

小青跑得遠遠的，但餐廳周圍的環境如此安靜，而我的體質經過魚龍變改造後，五感遠超過一般人，小青以為可以放心說話的距離，其實都在我的聽覺範圍內。

「小青，生日快樂。」

「謝謝姐姐。」

「妳現在和謝哲翰在一起？」

「我……」

「想也知道。好吧，妳的禮物我改天再給妳，今天就不打擾你們小倆口，趕快回去。」

趙靜安和小青對話時，語氣中居然表現出我從來沒聽過的人味。

「姐姐。」

「怎麼了？」

小青沉默了好一陣子都沒說話。

「我想跟妳說對不起，和他在一起之前，我總是告訴自己，這些年來，可以過著這麼精采又舒服的生活，就算只活到十八歲也夠了，可是和謝哲翰在一起之後，我就開始每天祈禱，十九歲那一年永遠都不要到來，日子過得越慢越好，我真的很自私。」

小青說著說著，又啜泣起來。

「小青，其實我也……不知道怎麼辦，我從被溥公帶走開始，就被規定不准哭不准笑，不能有任何情緒起伏，不能打扮不能吃任何美食，活得像一個死人一樣。頭幾年的時候，好幾度我都想著，乾脆真的死去就不用這樣受苦了。但最後我都告訴自己，趙靜安撐下去，撐過十八歲妳就可以活起來了，我每一天都在祈禱日子過得越快越好。可是，我也很捨不得妳啊！」

「姐姐，如果有一天我真的走了，妳可以幫我照顧謝哲翰嗎？他這個人除了能打之後，腦袋笨得要死，這樣在黑道上混很容易被暗算，我希望妳能幫我好好保護他。」

「成青荷！自己的男人自己照顧！我一定會想辦法讓我們都可以過十九歲生日，到時候我再幫你們小倆口好好辦一場婚禮，先不要想這麼多，讓姊姊想辦法就好。」

我又默默抽起一張面紙擦拭眼淚，我的兩隻眼睛早已哭到發腫，卻只能沉默地聽著小青和趙靜安的對話而無法做任何事。

今天，是小青十八歲生日，在一年之內，必須把整個台灣搞得天翻地覆。

第二章　譚老爺子

幾天後，陳總在知道我遭遇到金先生手下的暗殺之後，決定把剷除三重幫的計畫提前了。陳總找了四獸和我在他那間書房裡面祕密會談，四獸各自領了一個暗殺目標之後就離開，開始著手進行他們的計畫，唯獨我被陳總留下來。

「陳總，你打算安排我去殺誰？」

整場兩小時的祕密會談，陳總都沒提到我的名字，這時候我終於忍不住發問了。

「你有一項很重要的任務，但不是去殺人。」

「啊？」

陳總臉上露出神祕的微笑，我一時間也猜不出他的想法。

「你還記得林敬書和武譚結盟的事吧，我們台中黑道裡，只有你能透過林家的關係和武譚打交道，以我們台中黑道的實力，早就可以滅掉三重幫，只是我們需要靠人幫我們收尾擺平政府，要打點武譚的東西我已經準備好了，只是要有一個人去跟武譚的家主談。」

「陳總你的意思是……要我去當這個信使？」

陳總點點頭，含笑不語。

「陳總，這種工作我做不來。」

接到這個任務，我心裡有些發慌，我進到台中黑道後幾乎都在打鬥搏殺中度過，交際應酬的事也都是別人幫我打理，我從來沒有接觸過類似的事。

「不用擔心，這個信使最重要的功能，就是要被武譚信任，其他的都是其次，你就當作去那裡泡個茶陪他們武譚的當家老頭聊個天就好。」

陳總在我肩膀上拍了兩下，臉上表情非常輕鬆，似乎一點也不擔心我會搞砸這次任務。

「不過陳總，我只從林敬書那裡知道他們這個分支在軍警情特方面有龐大勢力，我對於武譚其實不太瞭解，陳總你能不能給我交個底？」

「關於白道上的事，豺狼他們是多知道一些的事，你雖然也算爬上高位，但畢竟資歷還淺，所以很多事碰不到也很正常。你將來是要負責跟白道打交道的，這次讓你去歷練一下，也趁著這次你要去拜訪武譚，我來跟你說說白道上的一些祕辛，也好讓你去跟武譚談的時候，多一點目色。」

陳總說著，同時從口袋裡掏出菸盒，抽出一根香菸，塞進嘴裡後點燃，在昏暗的書房裡吐出一口裊裊白煙。

我這才明白陳總單獨留我下來的用意。

陳總說，白道的前身其實也是黑道，只是當非法的暴力變成合法的暴力，也就成為現在的政府了。現在的執政黨前身其實是清末眾多幫會組成的聯盟，其中，青幫是這個幫會聯盟中最強大的一個幫會。

直到今天，雖然明面上軍隊、警察已經中立化要接受人民和政府指揮，但實際上，青幫仍然緊緊掌握著政府的各個武力機構，武譚之所以能在軍警情特這些領域有著巨大影響力，是因為這次我要拜訪的對象，武譚家主譚老爺子就是青幫的幫主。甚至，青幫裡頭原本一個負責管理帳目會計，叫做「仁社」的分舵，後來變成一個獨立的幫會，成為在清帝國滅亡後共和初期掌管文官體制的一個重要勢力，到了現代社會，仁社甚至比青幫更不能得罪，白道私底下還流傳著「仁社掌文，青幫掌武」這樣的暗語。

陳總最後這才告訴我，我與林家關係的重要性。仁社之中，除了掌門之外，就以長老地位最高，金先生和林如海院長都是仁社裡的其中一位長老，先前林敬書已經成功促成台中林家和武譚的結盟，雖然台中黑道也和武譚在處理國際黑幫殺手進到台灣的事有了默契，但這畢竟和台灣內部間的幫派互鬥不同，現在台中黑道要確保武譚不會倒向金先生，就必須透過林家的關係。

聽完陳總的說明之後，我終於知道為什麼他要將遊說任務交給我了。

開完祕密會議的一個禮拜後，為了避免夜長夢多，我們決定在一天之內將三重幫的核心連根拔起。台中四獸同時出動，而我則在當天下午出發，帶著兩個年輕手下小剛和阿凱前去台北拜訪武譚家主，外頭都尊稱他為「譚老爺子」。

「哲哥，我們快到譚老爺子家了。」

負責開車的小剛轉頭向我提醒道。

譚老爺子不但是武譚家主，也是陸軍一級上將，曾任國防大學校長、參謀總長、國防部長，他最後是從行政院長的位置退下來。他即便退休多年，在軍中地位仍不動如山，還在位的陸軍將軍，幾乎都是譚老爺子的下屬。武譚的力量雖然伸不進政界、商界，但是軍警檢調乃至國安單位，都是武譚的勢力範圍所在。

我從遠處就看到幾名衛兵端槍站在一座高聳的大理石拱門前，在拱門的兩座粗大的石柱之間有一扇厚重的庭院大門，從庭院大門向裡頭看進去有一大片廣場，廣場後方則矗立著好幾棟巴洛克風格的高聳大廈，那裡就是將軍們的住所，敦南新城。

小剛將車開到庭院大門前時，兩名衛兵跑到車子後方核對車牌。

「車牌無誤，放行！」

在我們後方的衛兵大聲吼道。

「放行！」

拱門前其他衛兵跟著喊道。

庭院大門緩緩打開，門前的衛兵退到庭院大門兩側，我們的車才開入敦南新城裡頭，一進到廣場，就看到好幾名衛兵持槍守在敦南新城大廳門口，神情肅殺。而在廣場上的衛兵雖然穿著同樣的軍服，但親切許多，他們臉上掛著笑容引導我們的車開入地下停車場中，那些衛兵帶著我和兩名隨行手下離開停車場走到電梯口時，電梯門口已經有一名看起來約有四十多歲的軍官在等著我們，他穿著軍便服，肩上繡了兩朵梅花，腰上掛著一把手槍，在他身後還跟著三名揹著槍的士兵。

「這位是謝先生吧。您好，我是譚老爺子的機要祕書，敝姓申，您叫我小申就行了。」

這位姓申的中校一看到我立刻便走過來，面帶笑容伸出手，恭謙地自我介紹道。

「不敢當，不敢當，麻煩您了，申中校。」

我連忙握手回禮。

「幸會幸會。」

申中校好像打從一出生臉上就長了笑容一樣，渾身充滿著親和力，若不是他身上這套軍服，很難將他和軍人這個身分聯想在一起。

「謝先生，他們手裡這麼大個木箱是？」

申中校看向我手下搬來的木箱問道。

「不好意思，漏了跟您說，陳總知道譚老爺子有收藏骨董字畫的習慣，陳總手上剛好有幾件，他說自己是粗人，不懂得欣賞，放在他那裡可惜，就請我代為贈送給譚老爺子。小剛、阿凱，打開箱子。」

我身後的手下緩緩把箱子打開，裡頭有字畫，還有一個黑色絨布包著的長方形盒子。
「謝先生，那個盒子裡又是什麼？」
「申中校，還是您親自打開來看看，不過得戴上手套。」
阿凱從身上掏出一副白色手套幫申中校戴上，申中校小心翼翼打開長方形盒子，裡頭躺著一隻透著漂亮光澤的淡藍色瓷碗。
「據說是北宋元豐年間的汝窯，林敬書告訴我，譚老爺子這一兩年對收藏汝窯很有興趣。」
我湊在申中校耳邊低聲說道，他臉色變了一變，看起來這一瞬間他就聽明白我話中的多層涵義。
他蓋上箱子，忽然哈哈大笑拍了我的肩膀幾下，臉上笑容又變成更加親切。
「原來是自己人，何必這麼見外，叫我申大哥就好了。」
「申大哥，你也叫我阿哲就行了。」
「嗯，汝窯好，汝窯好，最要緊的是年份對。」
申中校看完箱子裡的東西後，便帶著我們坐進電梯，前往譚老爺子家中，我一走進譚老爺子家客廳時，竟傻了眼。
客廳地面上鋪著美麗而柔軟的紅棕色羊毛地毯，客廳裡頭的桌椅櫃子大多是由珍稀的黃花梨木材料打造而成，這些木製家具一看便知是大師手藝，瞄上一眼便感覺到令人敬畏的磅礡貴氣湧上面前，而客廳牆上更掛滿了鄭板橋、齊白石、張大千等書畫名家的作品。在客廳的其中一面牆上靠著一座古董紫檀木櫃，上頭則擺滿了各式各樣的骨董。不要說是軍人，哪怕是一些台中大角頭或是富商家裡頭也沒有這種奢華氣派。
「阿哲，老爺子現在在音響室裡，跟我過去吧。」
「申大哥，麻煩您了。」

譚老爺子家中也有好幾名士兵，全都理著平頭，看起來還是現役軍人的樣子，但做的都是管家傭人的工作，一名年輕士兵走在我和申中校前面，引著我們走向一條走廊，又再右轉拐了一個彎，走到一間房間的門前，我才走到門口，音樂聲就已經傳到我的耳裡，聽起來像是京劇的前奏響起，譚老爺子接著跟著唱。

「怒髮衝冠憑欄處——」

「蕭蕭——雨——歇耶耶耶耶……」

雖然譚老爺子已年近百歲，但聲音依舊宏亮。

「你們年輕人應該不懂京劇，這齣戲是老爺子最愛唱的，叫《滿江紅》。」

申中校笑著為我解釋道。

申中校和我站在門口等譚老爺子唱了個段落後，申中校才敲了敲門。

「老爺子，我帶謝同學來了。」

「趕緊進來吧。」

門打開時，譚老爺子已經坐在太師椅上沏茶，他的臉色紅潤，身姿挺拔，看起來比實際年齡年輕不少，身上仍蘊藏著握有權力者的獨特氣質，絲毫不像退休多年的軍人，他看向我，瞇著眼打量了一番。

「譚老爺子好。」

我連忙躬身向譚老爺子問好。

「敬書也跟我提過你，你雖是江湖中人，但確實是個好苗子，我就認你這個晚輩，叫你一聲阿哲，可好？」

「能有老爺子這樣的長輩是我的榮幸，老爺子，喝茶。」

原來林敬書已經先幫我打點過，我連忙湊上前去，幫譚老爺子倒了一杯茶。

「自己人，不要拘束，都坐。阿哲，聽說魚龍變和謝家刀這兩門天下一等一的武功都在你身上，在江湖上殺的毫無敵手。前陣子，小金手下的軍統也折在你的手中，不簡單，不簡單！好多年啦，沒見過這樣的人物，如果擺在當年對日抗戰之時，你就是另一個劉雲樵、葉問，現在太平日子，高手都回到江湖，可惜。」

譚老爺子一邊喝茶一邊笑著說道，但一股寒意從我背脊竄起。申中校站在譚老爺子旁邊跟著陪笑，他右手看似只是隨意插在口袋裡頭，如果在一年前我可能還看不透，但跟著豺狼一段時間後，我也懂了一些門道，申中校的右肩同時微微聳起，那是為了讓伸入口袋的右手可以最快的速度拔出，這就是青幫殺手爆起殺人的起手式之一。申中校這一路上，看起來就像是一位老好人大叔，直到此刻我也完全感覺不到他身上帶有任何殺氣。

不愧是武譚。

我再度調整了心態，又把姿態放得更柔軟一點。

「老爺子過獎了，我只是學武學得早，有點天分而已，那一點點本事上不了檯面，老爺子一生為國效力，戰功彪赫，您才是真正了不起的英雄。」

「我老了，現在是年輕人的天下，有自己的想法，也未必聽我的，你們老闆託到我這兒來，也不曉得對不對。」

譚老爺子說罷，嘆了口氣。

我腦袋中的思緒不停飛轉著，想著如何應付譚老爺子這番軟中帶硬的試探。和分配到暗殺任務的四獸和神將鬼面比起來，坐在譚老爺子家中，看起來悠哉而舒適，但我寧願接下最危險的暗殺任務也不想坐在這裡。

但能不能一舉拔掉三重幫，在金先生眼皮下成功搶到ＧＥＰ，就看此刻了。

一年前，台中黑道和三重幫之間的衝突因為洪阿彪的死一觸即發時，陳總出乎意料地沒有動用武力解決，他反而登門前往林家，請立法院長林如海處理。林家也迅速運用政治影響力，施壓新北市砍斷三重幫的財源，並發動旗下媒體以及林系立委對國安局發動攻勢。此後，三重幫暫時掩旗息鼓，而ＧＥＰ之爭也從黑幫武力爭奪進入到政治攻防的階段。所有人都這麼以為，三重幫和台中黑道不過是金先生和台中林家擺在檯面上的棋子。

就連三重幫也這麼認為，他們參與了一場連自己都不瞭解的牌局。

「老爺子太客氣了。」

我又幫譚老爺子倒了一杯茶。

「陳總說，只要老爺子能夠讓新北市政府緩一緩，輕輕放下，反正只是一些道上的糾紛，剩下的我們都能自己解決。」

「一個禮拜的時間處理這件事，夠嗎？」

譚老爺子瞇著眼說道。

「這樣太麻煩老爺子了，這件事我們會在今天一口氣解決，讓媒體的影響降到最低。」

我看了一下手上腕錶的時間。

「老爺子，這個時候事情應該都差不多了結了。」

我俯身靠向譚老爺子，低聲說道。

「阿哲、小申，你們和我去客廳，看電視新聞怎麼報導。」

譚老爺子立刻站起，快步走向客廳，渾然不像是一個年近百歲的老人，我和申中校也趕緊跟上。

電視一打開，就看到了我們進行的第一個行動。

電視上正撥放著一段由手機拍攝的影片，地點是在高速公路上，拍攝者看起來是坐在行駛於外側車道的車輛中，前方有一輛賓士轎車，突然之間，一輛大貨車從內側車道高速岔入外側車道，車頭衝向那輛賓士轎車，賓士轎車的駕駛者也不是省油的燈，車頭一偏擺，猛然加速，恰好閃過迎面撞來的大貨車。

但意想不到的事就在此時發生了，就在賓士轎車閃過大貨車之際，大貨車忽然來了一個大弧度甩尾，車尾甩進內側車道撞上一台法拉利跑車，失控的法拉利跑車以比原先更快的速度衝向外側車道，恰好將那台賓士轎車撞進護欄，賓士轎車的車主試圖打開車門逃出，但那輛大貨車竟然沒有繼續打滑撞向安全島，大貨車甩尾之後便精準地擺盪回外側車道，接著車頭一斜，在那輛賓士轎車卡在護欄中的時候，再次猛烈撞向賓士轎車。

賓士轎車最後從高速公路的邊緣滑出，墜地後炸出一團火球，車上所有乘客全部死亡。死亡的乘客當中，有一位便是三重幫內的總管，他負責替三重幫聯絡各方政治人物、建商和企業主來為三重幫募資。這位總管平時極為低調，幾乎從沒在幫中重要場合出現過，他自己恐怕都沒有想到，他最後一次現身公眾場合，竟然是因為車禍死亡。肇事的大貨車車窗上都貼滿黑色隔熱紙，根本看不到車內的駕駛。待警方趕到後，肇事駕駛才從車內走出來，他看起來就只是一個普通的大貨車司機，穿著吊嘎，挺著大肚腩，滿臉通紅，腳步虛浮，站都站不穩。

酒駕肇事斗大的標題就呈現於新聞畫面下方的跑馬燈上。

「吸血蟬，本名張阿蟬，同時具有會計師及律師執照，早年在大台北地區的討債公司做事。後來被三重幫首領韓鴻吸收，變成幫內第一軍師，他也是三重幫內支持爭取GEP會議主辦方的重要推手之一。」

譚老爺子坐在沙發上，他面前堆著一疊卷宗，他看了新聞畫面後，抽出其中一本，念完卷宗上的簡介，啪的一聲闔上放回桌上。

「這是瘋牛吧？」

我點點頭。

瘋牛原本是一位技術高超的砂石車司機，欠下鉅額賭債之後，為了逃避債主的追討，竟然乾脆製造假車禍開車撞死債主，從此之後，瘋牛對於開車殺人越來越上手，甚至藉此成為台中四獸之一，掌管他所熟悉的砂石營造事業。

「台中黑道中的『四獸』果然名不虛傳，這一手開車殺人的絕技已經好多年沒見到了，軍情局、國安局裡的小朋友只會在目標的車子裡動手腳這種不入流的手段。」

譚老爺子看著新聞畫面感慨說道。

「下一個呢？」

我拿起遙控器，轉到其他台。

「新聞快報！新北市和台北市內突然同時發生多起疑似精神病患隨機殺人事件！」

電視上，新聞主播驚惶播報著，三重、土城、板橋、萬華、大同、士林這些地區突然都發生隨機砍人的事件。

新聞畫面中，出現了好幾個持刀砍人的瘋漢，他們表情猙獰，身體呈現不自然地顫抖，但這些砍人的瘋漢不怕槍彈，腳步奇快無比，揮刀的技術更是精準而凌厲，三兩下就割掉了四五名黑衣人和穿著西裝的中年人的喉嚨，現場滿地都是死者從頸動脈噴出的鮮血。

電視上又撥了另一段畫面，畫面中砍人者的表情也有著說不出的詭異，嘴巴張開好像在發出吼叫聲，手裡拿著大刀，他的速度和力量比剛才看到的瘋漢更強，竟然在十名持槍保鑣的火力包圍下，成功殺掉了被嚴密保護的目標。

三重幫中的重要幹部和角頭，也都被陳總派出的神將鬼面們處理的乾乾淨淨。

我拿著遙控器，繼續轉台。

「為您插播最新一則消息，大台北地區綽號霸王龍的知名幫派份子劉龍偉，被發現陳屍於家中，警方初步研判，死者是因為使用毒品中毒而猝死，但死者家中並未發現任何毒品以及毒品吸食器具，據了解，死者昨晚曾經待在位於南京東路上的知名酒店龍敦裡頭，酒店內服務人員供稱，死者雖然有使用少量大麻，但離開酒店時仍無任何異狀。」

「龍敦是台灣第一流的酒店，他們對酒水食物的檢查絕對是嚴密再嚴密，劉龍偉是韓鴻底下負責掌管武力、槍械的兵馬大元帥，為人向來謹慎滑溜。赤蛇怎麼毒死他的？」

譚老爺子看著新聞，好奇問道。

「以我對赤蛇的了解，應該是讓霸王龍在酒店裡用了一些大麻，然後，讓霸王龍坐車回家時陸續吸進一些『佐劑』，等他回家躺到床上後，這些佐劑與大麻在霸王龍體內產生化學反應，就能讓他猝死了。」

「『佐劑』的使用肯定不簡單吧，要察覺不出來，效果又要精準。」

「我們事先拿到了霸王龍的血液檢體樣本，針對他的體質來調配佐劑。」

面對譚老爺子，我坦白說出毒殺霸王龍的祕訣。

「原來是如此，那韓鴻呢？」

「報告老爺子，現在，應該也死了。」

我又轉到下一個新聞頻道。

「就在剛剛又發生一起意外死亡案件，綽號韓哥的三重幫領袖韓鴻在今天下午和一名女子在房間裡進行劇烈性行為的過程中意外死亡……」

「這是誰的手法，我就看不透了。」

譚老爺子疑惑問道。

「老爺子，這就是禿鷹的手段了，禿鷹派了一個從他手中訓練出來的女人去伺候韓哥。禿鷹擅長使用各種小機關，韓哥玩女人雖然為求謹慎，每次都是要求女人赤身出現在他床上，他的床邊隨時都有兩名女護衛看著。但對於禿鷹來說，人體，也可以是機關，禿鷹派去的女人右手小指前半截已經切掉，裝上一截假小指，那截假小指裏頭，藏了一根針，上頭塗滿神經性毒劑，可以迅速讓人心臟麻痺。」

譚老爺子聽完後忍不住拍手叫好。

「了不起，了不起，不過你們雖然殺光了三重幫裡的主角，但還有一個地方你們漏了。」

「老爺子，我們當然沒有漏掉，北部的宮廟啊……」

台灣的宮廟黑道系統向來自成一格，洪阿彪還活著時，還壓得住他們，洪阿彪一死，北部的宮廟就自立一格和三重幫掛在一起。位於中和的重陽宮，他們宮主便是北部宮廟首領，他手上也養著幾個神將鬼面。

「就直接解決吧。」

我輕聲補上一句。

我轉了幾個頻道，終於看到我想看到的新聞。

「今天下午兩點，中和重陽宮舉辦祈安法會時，竟然發生開槍殺人事件！重陽宮主委吳添財率領信眾祭拜上香時，竟然有人躲在宮廟外遠處巷弄中開槍射擊吳添財，子彈精準射中吳添財的頭部，吳添財當場死亡，當時現場站滿信眾，幸好信眾皆未受到波及。不過讓人感到恐懼的是，站在主委吳添財身旁的三名乩童，他們手上的法器原來都不是法會用的器具，真的是用來傷人的武器！」

主播一臉驚恐，用打顫的聲音讀著稿，電視上也開始重播當時膽大的路人用手機錄下的現場畫面。

在吳添財的腦袋炸開，腦漿及血液四處噴濺之際，信眾向廟外四處逃竄，扮成二郎神的神將把三尖兩刃刀從槍柄上拆下，射向開槍者所在位置，現場二十多名黑衣人也在此刻同時拔槍，衝向槍手躲藏之處。

「這槍法之準，確實是極為罕見，我這幾十年來，也只在軍中和特務系統中看過四、五位這樣的好手，但是宮廟系統和一般的角頭黑道可不同，殺掉主委是沒用的——」

譚老爺子看著電視上接下來撥出的畫面，口中的話嘎然而止，就連我也沒想到，講究一擊必殺的殺手還可以這麼個殺人法。

三尖兩刃刀射向開槍者幾秒後，那把三尖兩刃刀竟又從巷弄中射出來，開槍者似乎是直接接下那把刀同時又反手射出。

三尖兩刃刀穿入跑在最前面的黑衣人腹中。

刀上還掛著一枚炸彈。

炸彈瞬間爆炸。

二十多名黑衣人在炙亮的火光中化為黑灰，開槍者的身影此時才出現在畫面中，正是豺狼。他左右雙手各拿著一把霰彈槍，將滯留在現場的宮廟黑道全數殺個乾淨，就在霰彈槍的子彈全部打光的那一刻，三道身影從宮廟大廳屋頂跳下來撲向豺狼，他們正是方才那三名乩童。

最先衝向豺狼的乩童一手拿著長鋼棍，一手拿著槍，以之字形朝開槍者的方向跑動，但他跑動速度一點都沒受到腳步影響，如果是尋常持槍者根本就無法打中他，這個乩童顯然是神將「齊天大聖」。

而另一名神將二郎神則站在豺狼的另一側，也從身上拔出一把槍，指向豺狼。

但豺狼只是分別瞄了齊天大聖及二郎神一眼，左手和右手同時一甩，手上的霰彈槍瞬間解體，大大小小的零件同時射向齊天大聖及二郎神，干擾齊天大聖及二郎神開槍。

齊天大聖舞動鋼棍的手突然停住，這時我才發現他的喉嚨上已經插著一根尖刺。在二郎神那一邊，藏在零件中射向二郎神的尖刺雖然沒有殺死他，但尖刺依然刺進他的左肩。

對豺狼而言，殺掉堪稱是殺手中頂尖戰力的神將，似乎是再輕易不過的事。

但齊天大聖和二郎神的牽制對豺狼仍有作用，當豺狼左手甩出霰彈槍之際，一個畫著花臉貌似張飛的持刀神將，已經衝到豺狼身後，從他背後舉刀斬下，豺狼從身上順手一撈，掏出一袋石灰粉撒向張飛乩童的臉，一陣煙塵散開，逼得張飛乩童趕緊閉上眼睛，開槍者沒有試圖搶奪張飛乩童手中的刀，也沒有再從身上拔出武器。

只是簡簡單單用拳頭打在張飛乩童的心臟位置。

這簡簡單單的一拳打在張飛乩童身上，沒有發出任何聲響，也沒有將他打飛，但張飛乩童受了這一拳之後，便全身癱軟，手上的刀也鬆開落地。

一拳殺人，台中四獸中，能做到這樣的，也只有豺狼而已。

豺狼的拳頭落到張飛乩童身上後，立刻變拳為掌，抓住張飛乩童的屍體擋在身前，同一時間，鞭炮般槍響同時響起。

靠著屍體的掩護，二郎神射出的子彈都成功讓豺狼躲過了。

然後，就沒有然後了，當豺狼有足夠的時間掏出另一把手槍時，任務便宣告結束。

一個人正面對上二十多名持槍者加上三名頂尖殺手，豺狼仍然成功殺光他們，三重殘存黑幫和北部宮廟看到這一段影片之後，都不再會有勇氣和台中黑道對抗了。

「老爺子，三重幫，都處理乾淨了。」

我向坐在身旁的譚老爺子恭敬報告道。

譚老爺子看完電視新聞，右手手掌摩娑著左手手背，瞇著眼不說話，看不出來他心裡在想什麼。

「三重幫的事做的不錯，其他收尾的部分呢」

過了好一陣子，譚老爺子才懶懶地吐出一句話。

「老爺子，林家已經答應了，會動用媒體界的人脈把今天發生的事全部壓下去。我們台中黑道養的那些立委，也會幫忙把後續的事情處理完，比較棘手的就只剩下金先生，這個部分也就是老闆要拜託您的部分。」

「金毓訢這小子確實有幾分本事，他的國安會祕書長這幾年幹下來，外頭還給他一個『台灣胡佛』的稱號，他總管台灣各路情報機關，又有總統當靠山，我要出手也不甚容易。」

聽到譚老爺子不鹹不淡地閒扯起來，我便知道他的意思了。

這次帶來的禮物，份量不夠。

我想起陳總事先的交代，不能談判，不能討價還價，武譚透過另一個「體系」，對於各方情報的了解不下金先生，台中黑道在白道中有多少本事，譚老爺子清楚得很，既然要奉上後酬，就得做的漂亮一點。

「老爺子，把金先生壓下去，武譚在政界的位子才坐的穩啊。台中黑道一直等著老爺子挑選您要扶植上位的名單，只要老爺子一聲令下，我們在立法院內能夠影響的立委就可以開始動起來。」

譚老爺子從桌上取來一份報紙，攤開來指向政治版上的人物照片。

「這位當內政部長，應該相當不錯。」

譚老爺子隨手一指，我便心領神會了。

「那哪一位當行政院長，老爺子覺得比較適合？」

譚老爺子擺擺手。

「現在這個時局，我還看不清適合當行政院長的人。三十多年前，我就是因為太過自負，小看了天下英雄，才受到李政男的算計，接下行政院長位置，導致整個譚家元氣大傷，武譚更是花了二十年才完全恢復過來。如果不是李政男，老頭子和太子爺相繼走了之後，整個台灣早就該在譚家手裡。」

譚老爺子感慨說道。

李政男是台灣二十年前的總統，李政男原本只是一位普通事務官，因緣際會之下當上總統，他和譚老爺子也展開了鬥爭，李政男先是利誘譚老爺子坐上行政院長，引起武譚和文譚的矛盾，順利分化反李勢力，李政男接著鬥倒譚老爺子，最後坐穩總統位子，李政男的事蹟後來也成為一段政壇傳奇。

李政男從總統位子上退下之後，仍然在政壇上具有巨大的影響力，一直到他傳出有精神疾病，自此之後就在家中休養不與外界聯繫，才算是正式離開政壇，我沒想到竟然有機會能從譚老爺子這個當事人口中聽到這位傳奇人物。

「老爺子，當初為什麼不直接暗殺掉李前總統？」

我一順口回應，馬上就後悔了，暴力和暗殺一向是台中黑道慣用的手段之一，但譚家這種名門貴族恐怕不會考慮這樣的方式。

「試過，但失敗了。」

譚老爺子的回答讓我大感驚訝。

「當年太子爺大去不久，老夫人想壓著譚家，便讓那個李政男上位。當時李政男不過是太子爺的奴才，我本想著等譚家和老夫人談妥『傳位』條件，李政男就該下台了。各方人馬都沒想到，當時在權力中心孤家寡人一個的李政男，竟然坐穩總統位子，甚至連我也被他鬥下去。老夫人看不下去，決定派出一批八極拳高手暗殺他，這些高手都是跟隨在老頭子、太子爺身邊的侍衛，每個都練到拳透化勁的地步，一拳下去，死的乾乾淨淨不惹麻煩。只是沒想到，李政男也不是簡單角色。」

譚老爺子所說的八極拳練到拳透化勁，能夠讓人在外表上看起來沒有任何外傷，直接震傷心臟致人於死，因此在殺人過程中，也不會留下任何痕跡，是最高段的暗殺技術之一。

「那時老夫人派了十個人去殺李政男，最後只有一個人回來，這人被砍斷左手、左腳，挑斷了右手手筋，顯然是李政男故意放他回來示威的，據這人描述，當時他們十個人潛入總統官邸內找到了李政男，原以為可以順利擊殺他，沒想到李政男看到他們時，臉上神色極為鎮定，手裡抱著高爾夫球袋，像是一直都在等著去殺他的人。」

「高爾夫球袋？」

我從譚老爺子口中聽出了某個不尋常的細節。

「李政男當時以好打高爾夫球聞名，身邊時常帶著一個高爾夫球袋，回來回報的殺手告訴老夫人，當他看到李政男抱著高爾夫球袋時的眼神和氣勢，便明白他們十個人都被李政男當成獵物，他們十個人同時出拳攻向李政男，而李政男就從高爾夫球袋裡拔出一把武士刀——」

譚老爺子說到這裡突然頓住，瞳孔瞪大，像是回想起一段非常恐怖的畫面。

「回來的殺手說，他後來只記得一道如銀蛇般的劍光翻騰了幾下，像是空中驟亮即逝的閃電，劍光熄滅之時，其他的殺手全部癱倒在地，脖子上留著一個窟窿，他此時才發現自己少了手腳。」

譚老爺子盡可能讓自己的語氣保持平淡，但我仍然聽得出來藏在話裡頭的寒意，他告訴了我一個，歷史課本上絕對不會出現的李政男。

「後來我深入追查才知道，這個庸碌無為的事務官，他的真實身分竟然是日本劍道無相流第二十六代傳人，日本一代劍神岩笠政男！他是台日混血，漢名就叫李政男。」

譚老爺子回想著李政男時，鎖緊眉頭，臉上的皺紋更深了一些。

「當年李政男的師父為了保住二次戰後無相流的傳承，讓岩笠政男改回漢姓潛伏於台灣。李政男所學的無相流本為看穿人心破綻的絕頂劍術，李政男便憑著無相流劍術，以武入政。他本來是被太子爺收服了，沒想到太子爺死後李政男卻反客為主，從我譚家手中奪走至尊之位。此人雖是我譚家血仇，但他武功之深、智略之高、忍性之強，這樣人物，近百年來，我也未曾見過，如果不是這人晚年突然走火入魔發瘋，我譚家可能還活在他的陰影之下。」

譚老爺子說著，他臉上的皺紋似乎也在跟著顫抖，我從沒想到，譚老爺子竟然也會如此害怕一個人。

譚老爺子的故事還沒說完，但某些在台中黑道口中流傳的故事，此時再度浮現在我的腦海中，我隱約感覺到，台中黑道的產生，似乎和李政男有著千絲萬縷的關係。

「李政男一介外人，既非老頭子的鄉黨、外戚，也非像我們譚家這樣的家臣，他卻能夠踏進權力核心，就是因為當年李政男向太子爺提了一個計策，讓我黨可以持續控制台灣，數十年如一日。」

譚老爺子喝著茶，眼神飄向遠方，彷彿又回到三十年前和李政男爭雄的時候。

「老爺子，是什麼計策？」

「李政男崛起之時，老頭子帶來台灣的五十萬大軍已然老邁，我黨手上能夠絕對掌握的力量越來越少。就在此時，李政男向太子爺奉上『恩庇侍從』之策，穩固住我黨江山，自此之後，李政男的仕途便一路騰達了。」

「恩庇侍從？」

我皺起眉頭思索起來，這四個字，好像在哪聽過。

「恩庇侍從這四個字，說穿了，也就是滿人治漢的手段。當時五十萬大軍、國安局、情報局、警備總部、憲兵調查組、總政戰部、調查局、工作會和各級警察，已經開始補上新血，不再都是自己人，這時候李政男向太子爺進言，把利益分潤給一小群外人，再由這一群人向下分潤，如此一來，台灣人也就必然以我黨為核心分化成不同階級，並反過來鞏固住我黨。對於那些家奴，給予他們必須向我黨討取、也只有我黨能夠賜予的利益，如此一來，我黨便能獲得他們永恆的忠誠。而你們，就是恩庇侍從之策裡頭，最好的工具，也是最大的受益者。」

譚老爺子說著，臉上露出一絲神祕微笑。

「讓地痞流氓取代原本的地方仕紳，沒有任何人握有的權力比這些人更好收回，也沒有比這些人更珍惜他們手上的權力，今天是黑道議長，明天就可能被調查局的人帶走。」

我順著譚老爺子的話回應道，他點透了我長久以來的疑惑。

「果然一點就通，這就是台灣黑道的起源。」

譚老爺子撫掌大笑道。

「就像你接下來猜得一樣，我們全都中了李政男的計，這些我們養出來的鷹爪，後來全都為李政男所用，反過咬我們一口，再加上當時四處鬧騰的黨外餘孽、倒戈的黨內投機份子。老夫人為首的外戚派、當年與老頭子一起打天下的各大家族，包括我們譚家，居然就倒在這個毫無任何勢力的小官兒手中。李政男的手段實在是……哈哈哈哈哈！」

譚老爺子說著說著又大笑了起來，甚至笑到連眼淚都流出來，此時我已經明白了，他對李政男的恐懼已經龐大到無以復加，只能用笑來掩飾自己多年來的害怕。

「幸好，李政男卸任幾年後就發了瘋，他的黨羽一個個被我譚家收編或者剪除，哪怕當年他如何天下無敵，現在也不過是關在大房子裡的瘋老頭。」

「老爺子，我們台中黑道就是李政男所培育的重點勢力？」

「你們可是李政男的心肝寶貝，要槍要錢要權要各種資源，李政男全都給你們，但他也萬萬沒想到，當自己瘋了之後，第一個倒戈的就是你們。所以啊！總統和金毓訢信不過你們，文譚覺得你們腌臢，但我倒是覺得台中黑道實誠、可愛，有利益，就能換到忠誠。」

譚老爺子用揶揄的眼神瞟了我一眼，但為了換取譚老爺子的援手，就算是陳總在這裡也得裝成孫子。

「多謝老爺子的誇獎。」

我聽著譚老爺子說著台中黑道過往的一些掌故，陪著他閒聊一番才離開。我走回地下停車場時，才感覺到背脊一片濕涼，緊繃的肌肉終於放鬆下來，今天的交涉，對我來說完全不亞於一場高難度的暗殺行動。

但在完成交涉任務之後，我仍然繼續思考著李政男的事，他究竟如何靠著自己一個人接掌權力，並擊敗譚家？他怎麼會在天下無敵之時發瘋？這些謎團，包括我在內，數十年來，無數的人肯定都問過相同的問題，卻都沒有結果。

我很快就把這件事甩在腦後，繼續思考台中黑道接下來的行動，我和林敬書的後續計畫。

一直到由我所引起的台灣大動亂發生後，圍繞著李政男的謎團才逐一解開，那時我才明白，在謎底的背後，還隱藏著一個極其悲哀的故事。

第三章　天地顛倒，善惡錯位

我坐上車，車子一出敦南新城，便立刻直奔回去台中，此時前往執行暗殺任務的台中四獸也是如此，今天的斬首行動已經造成台北的動盪，如果不趕緊撤出，說不定便走不出台北市了。

完成一日屠殺後的隔天一大早，陳總派了人開車到我住所外接我，陳總派來的這位司機是生面孔，若不是我和陳總直接再確認過也不敢上車。陳總說是要集合台中黑道的核心幹部，在一個更隱密的地點討論要事。車子一路開往新社，我看著窗外，心裡莫名生出一種不安全感，我不停摸著腰間的手槍和短刀，反覆確認過身上的各項設備和機關都能運作，但都無法降低縈繞在心頭的恐懼感和煩躁感。

車子進到新社後，經過一條條陌生的鄉間小路，最後在一片血紅色的罌粟花田間停下來，陳總、憨仔、貪吃張、變性黃還有Simon都站在花田中，旁邊還有禿鷹、赤蛇、瘋牛。我打開車門走下去，抬頭望向花田深處，竟然看不到盡頭，我轉頭望向兩側的花田也是如此。此時，一陣大風吹來，無數無盡的罌粟花在風中搖曳，有如一片血紅色的海洋在翻騰著，當我的視線完全陷進去罌粟花田的時候，甚至感覺到要被這片血海給淹沒。

我從來沒看過這麼壯麗卻又令人恐懼的景色。

「阿哲，怎麼在那邊發呆？」

陳總的聲音傳到我的耳中，我才回神過來，這時陳總跟Simon已經走到我身旁。

「陳總不好意思，我剛剛一時恍神了，您說要召集核心幹部，就只有我們這些人嗎？」

陳總臉上露出和煦的笑容。

「其實，我就只是專程要和你談談而已。」

我方才的不安感再度湧上心頭，我隱約察覺到陳總找我的目的了。

「陳總，您私下找我去您那就行了。」

「不、不、不。」

陳總搖了搖手指。

「阿哲，如果他們不在這裡，我還不確定跟你談不談得成，以你的身手，逃離這裡肯定不是問題。」

「陳總，我不懂你的意思。」

我硬撐著說道，但我其實已經懂了。

「在我還像你這麼年輕的時候，身手肯定是遠不如你，頭腦也比你差，所以啊，當時我對道上的大哥、長輩們都非常尊敬，私底下搞些小動作當然有，但是算計他們是萬萬不敢。英雄出少年啊！現在的年輕人越來越厲害，兩個高中生，就能想著要怎麼殺掉我，不簡單不簡單。不過，有自信是好事，但是自信到低估別人的才智手段，那可就不行了。敢低估我的人，你們兩人是第一個。」

我的雙手乖放在胸前，繼續靜靜聽著陳總說話，這個時候我再做任何動作都沒有用，我相信已經有無數把狙擊槍和散彈槍正在對準我。

「一開始我拿到謝家刀的時候，還真的沒想到這是你設的局，但是你還是太年輕了，演的不夠好，經不起推敲。每個到我底下做事的人，我都會仔細盤一盤他的底，我看完你過去的資料後，就覺得奇怪，一個普通家庭長大的高中生，因為台中黑道的關係，被搞得死去活來，差點家破人亡，最後父子關係都斷絕了，照理來說應該恨我和台中黑道恨得要死，怎麼會毫不猶豫就答應到我底下做事，而且雖然你確實能打，但是你上位的速度，也是快到我從來沒見過。所以呢，我就叫Simon去仔細查了一下。」

陳總一邊說著，一邊從Simon手中拿過來一台平板電腦，平板電腦上不停跳換著一張張照片，都是我和林敬書的身影。

「除了這些照片，你剛入學出事的時候，一直到後來轉班，你那些同學們，Simon都一個個私下約談過，你是不是覺得你的同學和你根本不在同一個世界？完全不屑理會他們對不對？這些你看不起來小人物，他們可比你想像的聰明的多，他們給了Simon非常多的資訊，特別是林敬書和你接觸的經過。Simon有了一個想法，打從你一踏進台中黑道的時候，可能就是想著要來報仇，但是光想沒有用，還要有本事做得到，誰能幫忙你做到呢？應該說，誰也想這麼做，要利用你來打進台中黑道，那就是林敬書了。啊！接下來的事，Simon你自己說好了。」

陳總把平板電腦交回給Simon，讓Simon站到我身旁，Simon雖然跟了陳總非常的久，但他向來讓人感覺不到有任何存在感，就連我也甚少和他往來。這是第一次，我真正了解到這個文職幹將的本事。

「論智力和手段，我其實可能還不如現在的林敬書。林敬書做事的手段太乾淨了，我完全查不出他插手台中黑道的痕跡，也找不到合理的動機。幸好，林敬書的年紀不大，關於他的資料不算太多，我翻遍了與他相關的各類零碎資料紀錄後，最後從在林家工作過的人那裡打聽到，林敬書小時候經常去他們家經營的醫院看診，看的是精神科，我找到那家醫院的院長，一開始他打死不肯交出林敬書的診斷資料，幸好他看到他父母妻子女兒一家老小被綁在眼前後，就識相交出來了。」

Simon說著，從手上提著的公事包裡頭，拿出厚厚一疊文件，有些紙張已經泛黃了，有些紙張看起來還很新。

「這些，都是林敬書的診斷紀錄，阿哲，不曉得你有沒有興趣看一看？林家對自己接班人有個嚴酷的考驗，在這過程中，林敬書最後親手殺掉自己的母親，才取得林家繼承人的身分，但從那天開始，他就發現自己是個對世界上的人事物都沒有感情的怪物，這在精神疾病學理上叫做情感依附缺附，幫他看診的醫生便協助他做情感意識治療，沒想到林敬書竟然因而發展出一種扭曲的性格，他無法對個體的人產生情感，卻能夠對集體群眾投射感情，就因為如此，他把想愛母親想親近母親卻沒有能力做到的愧疚感，投射到所有台中人身上，恨上了台中黑道。阿哲，這些事情不曉得林敬書跟你說了多少。」

「這些事他全都說了。Simon哥，如果你連這個都查了出來，那林敬書他想做的事，對你和陳總應該也不是祕密吧。」

Simon笑著搖搖頭。

「我知道他和竹林幫有合作，竹林幫是他所仰賴用於打下台中黑道的主力，台中黑道內部就靠你打進去，但是具體佈局的細節，還是得問你才知道，放心，老闆找你來就真的是想和你好好聊聊，他相信談完之後，你一定會真心為他做事。」

「如何證明我是真的改變心意？」

「雖然林敬書和竹林幫的佈局細節，我們並不清楚，但還是有一些片段資訊讓我們可以合理推測，如果你提供的名單是真的，自然就能和我手上的資料對得起來，竹林幫和林敬書的內應都等同於死在你手上，你自然就是我們的人。」

「如果我不交出名單，那死的人就換成是我了吧。」

「阿哲，如果老闆真的想殺你，在台中這個地方，你絕對逃不了，我們把你找到這裡，就是相信你會被他說服的。」

Simon的話引起我的好奇心，陳總堅持認為他能夠說服我真的成為他的手下，我也想聽聽看他怎麼說。

「不過Simon哥，我也有一個疑問？」

「什麼疑問？」

「你們什麼時候知道豺狼是竹林幫的人？」

我看著Simon和陳總臉上表情，他們似乎連豺狼是竹林幫的人這件事也早就曉得了。

「豺狼出現在台中的時間其實不長，大概是在三、四年前，我們才開始知道有這號人物，禿鷹在台中替討債公司殺人幹了十幾年，赤蛇、瘋牛也都是台中黑道中的老殺手，唯獨豺狼，他是靠著身手和戰功，迅速爬到四獸的位子。早在我們查出林敬書的事之前，我們就對他有所懷疑了。所以阿哲，打從豺狼收你為徒的時候，或者說豺狼宣布要透過試驗招收徒弟的那一刻，你就知道他是竹林幫的人嗎？」

Simon疑惑地看著我說道。

「不，豺狼和我是兩條平行的線，豺狼也許知道我是這個計畫裡頭的人，但林敬書並沒有告訴我，我是在豺狼對我進行殺手培訓時，發現到他給我的暗殺行動案例裡頭，有一些竟然是美國九〇年代在海外執行暗殺任務的機密資料，那些資料至今都未解密，當時我就在思考，豺狼是從哪裡弄來這批資料，後來仔細思考了一下，便想通了，能夠弄到這批資料的人，一定只有當時與ＣＩＡ有密切合作的組織才會拿到。」

我開始懷疑豺狼的身分，就是從和巴蘭確認豺狼給我的資料的機密程度開始。

「台灣政府當時與ＣＩＡ的關係確實非常密切，但豺狼提供給我一九九〇年代以後的暗殺案例中，就再也沒有這種ＣＩＡ策劃的暗殺行動案例。換句說話，豺狼所在的組織，只有在九〇年代期間曾經和政府部門密切聯繫過，之後就不再合作，這個組織，肯定就是由政府一手扶植起來的黑幫，今天的竹林幫。」

「啪！啪！啪！」

陳總聽完我的分析，用力拍手。

「不錯不錯，有這樣的頭腦，台中黑道又出一個人才了。阿哲，我也不先逼你交出名單，我要你來，就是要帶你看看幾個地方，順便和你聊聊，我相信等一下你對很多事情的想法都會改變。」

我站在陳總的身邊，順著他的目光一起看著這一大片罌粟花海。

「你知道嗎？新社這個地方，以前種的真的是花。後來啊，台灣人日子越來越不好過，沒有工作，物價房價越來越高，根本活不下去，我們台中人是第一個想通的，開始在新社這個偏僻的地方種了罌粟，附近還有一大片大麻田。」

陳總抬起手，指向我看不到的更遠處。

「接著，台中就開始做起大規模毒品外銷，但是規模做到這麼大，也常常被條子逮到，所以台中人一步步買通在台中的官員、警察、檢察官和法官，現在通貨膨脹嚴重成這樣，這些領死薪水的人日子也不好過，至於收買不了的人，當然就都解決掉了。但是光買通台中市裡的官還不夠，我們連立法院的那些立委也一個個打通，市議會則全都是我們台中黑道的人。」

陳總說著，露出一抹欣慰的笑容。

「從此以後，台中這個地方就自由了，有飯吃了。你看看台灣其他地方，窮的連飯都吃不飽。台灣除了台中以外的地方，各縣市都有一堆因為沒房子住只能睡在街邊的中老年人，一到冬天，他們就凍死在路邊，所以到了冬天時，其他地方每天都要有人去巡街收屍。阿哲，你想想看，台中這幾年，有這麼慘過嗎？」

我聽著陳總的話，沉默不語。

「阿哲，你再跟著我到幾個地方繞繞。」

我坐上陳總的車，卻不曉得他又想帶我到哪。

陳總的車駛離方才那片花海，一會兒就來到一處類似工業園區的地方，一棟棟高大的廠房密集地併排鄰接，廠房屋頂的煙囪大大方方地排出陣陣白煙。

「這裡，是台中最大的毒品製造加工區，台中許多人，就是靠著這個地方，逃過餓死凍死在路邊的命運，還變成有錢人。」

車子並沒有在這個毒品製造加工區停下，繼續開著。

沿路我看到一家家毗鄰而立的鐵皮屋小工廠，這些工廠十幾年前在台中一度消失，沒想到現在在台中的邊陲地帶又悄悄冒出來。

「這些鐵皮屋工廠，看起來落後，但是每一間工廠都是聚寶盆。」

陳總指了指那些工廠說道。

「十幾年前，台中的機械製造業徹底垮掉，那些師傅一個個絕望到想去自殺，是我出單給他們做，從手槍、步槍到機槍，越做越好，現在菲律賓南部叛軍都用我們的貨，潭子、大雅、神岡那裡的軍火又更高端了，是台中黑道，把整個台中從懸崖邊緣拉回來。」

過了半小時，陳總的車又開回到市區裡頭，進到一棟外觀新穎的社區大樓內，我和陳總下了車，走進大樓中庭裡，沿途遇上了好幾個帶著孩子散步或是推著嬰兒車的年輕媽媽，她們見到陳總時，眼神裡竟然都充滿了感激和尊敬之情。

「陳總，您怎麼有空來我們這裡？我最近在家裡閒著沒事做了一些點心，您要不要吃吃看？」一個牽著小男孩綁著包頭的年輕媽媽遇到陳總時，熱切問道。

「小潔那就謝謝你了，我再請人去跟你拿。」

「陳總，是我要謝謝您，如果不是您，我們一家子也沒辦法這樣安安穩穩過上好日子。」

那位年輕媽媽和陳總寒暄幾句後便和他道別，這幕場景完全顛覆了我所認識的陳總。

「小潔他老公也在我底下做事，負責在夜店裡賣K菸的，前幾年負責北部夜店的市場，這幾年也開始管東南亞線。兩年前我剛認識小潔他們夫婦，當時實在是慘啊，他們四處都找不到工作，為了照顧臥床的父母，連房子都賣了，還是付不起醫藥費，又欠了一身債，小潔只好去禿鷹管的酒店去應徵，幸好小潔這女孩子懂事，把她家的情況告訴了主管，禿鷹就把小潔老公也拉進了我們台中黑道裡頭。這幾年來，像他們夫婦這樣的人，因為活不下去，最後進到我這裡的人，你猜有多少？」

我回想起，進來這棟社區大樓後，沿路上一張張充滿幸福滋味的臉孔，他們對陳總滿懷感激和尊敬，一陣寒意猛地從我的背脊竄上腦門。

「這整個社區的人……都是因為活不下去，靠著投靠你才活下來的？」

「這棟社區大樓也是我蓋的，只要在我手下幹出成績，就能用市價三成買下一套公寓。這樣的社區啊，台中到處都是，像這樣沒有錢、沒有容身之處也生不起病，靠我活下來的人，我估計，或許有一、兩萬人吧。我給他們工作，給他們房子，我開設的醫院給他們便宜的收費，這些人賺的錢還不需要繳稅。是我，拉著他們從地獄回到人間。」

我明白這一切都有代價，這一棟棟社區大樓都在陳總的監控下，他鼓勵手下成家，鼓勵像小潔這些年輕女孩子多生幾個小孩，有了家庭有了小孩，就有了羈絆。如此一來，整個台中，就有更多人不在其他角頭或是大佬的控制之下，他們只能直接效忠陳總。

「阿哲，你明白為什麼台中人，包括你們家，寧願活著這個被黑道控制、性命沒有保障的台中，也不願意去到台灣其他地方了嗎？台中人為什麼選擇被我們台中黑道控管，也要留在台中，你真的好好想過嗎？造成你們家痛苦的根源，是台中黑道，還是像譚家、林家那些把持所有資源的豪門權貴？」

陳總向我走近了幾步，盯著我的雙眼。

「我明白你的憤怒，你失去的一切，其實都是那些豪門權貴奪走的，台中黑道要從那些人手上搶回來，就不能遵守規則，難免會有人犧牲，但是在台中，至少大多數人都能靠自己的本事活下去，不會餓死凍死，不會受到任何規則限制。阿哲，你選擇站在哪一邊？你要相信林敬書這樣的豪門權貴告訴你台中黑道有多可惡，還是要相信你進來這個社區後，那些帶著孩子的媽媽？」

「陳總，麻煩您給我紙筆，我要把林敬書和竹林幫安插在我們裡頭的內應名單，全都寫下來。」

陳總一揮手，他身旁就有小弟從身上掏出筆記本和筆交到我手中。

我抄寫完名單後，遞給陳總，他一手端著筆記本，另一手拿著平板電腦進行比對，陳總的眉頭終於舒展開來，看來一切都還在他的預料之中。

陳總看完名單後，臉上露出滿意的笑容，拍了拍我的肩膀。

「阿哲，從現在開始，你就是我們的人了。」

「陳總，我絕對不會背叛台中黑道。」

「阿哲，我不但掌管整個台中黑道，在台中黑道之外，我還有另一批專屬於我的人馬和另一個事業，這個事業才是我的核心，你，現在就在裡頭。」

「陳總你所謂的事業是指什麼，難道是漂白？」

「不不不，像洪阿彪那樣，想要從黑道漂白不是什麼好選擇，從黑道進到白道，天生就是矮他們一截，黑道的頂點也就是立法委員，連立法院長也拿不下來，在政界大佬眼裡，漂白的政界黑道只是他們的奴才。黑道混政界啊，就只能變成白道小弟，欺負那些小官和警察，這怎麼可能是我要的，我要做的，是掌握足以和那些白道匹敵、和他們分一樣多資源的權力。」

陳總露出一絲神祕的微笑。

「我今天找你來談談，主要是看看你這個人是不是個可造之材，能不能帶入我這個事業裡頭。後天，我要和幾個盟友在我西區的商辦大樓裡聊一下我的這項事業和合作方案，你也一起來，到時候你就會明白現在台中黑道的事業，都只是小小生意，我根本就不看在眼裡。」

陳總的話語多保留，但很顯然，他想搶下GEP會議主辦權，真正的目的根本就不是要讓台中黑道進到國際黑幫體系當中，而是為了幫他的事業鋪路。

後天早上九點一到，我就到了大樓前，陳總的人也已經站在大樓門口等我，他們帶著我走向電梯口前往二十八樓。

到了二十八樓電梯門一打開後，兩個穿著黑色套裝面容姣好的女人，以熱切而優雅的職業笑容迎接我。

另外兩位同樣穿著黑色套裝的美麗女子分別站在走廊兩側，雙手在身前交握，對著我四十五度彎腰。

「歡迎哲哥。」

「哲哥這邊請。」

接著又有兩名穿著西裝的年輕男人帶我穿過走廊進到會議廳。

這樣的排場就連上回在新社和那些角頭開會時也未曾見到，陳總今天會面的對象，肯定不簡單。

我進到會議廳時，發現貪吃張、變性黃、Simon和幾位陳總的親近幕僚已經坐在圓桌的一側，扣除跟在陳總身邊的憨仔，眼前這些人才是陳總真正的班底。

「阿哲，過來這裡坐，老闆等等就到了。」

Simon看到我走進會議廳，親切地招呼著。

「Simon哥，老闆的新事業到底是什麼？」

「老闆所謂的新事業，其實已經跨出傳統黑道的範疇，他把新事業稱之為『灰道』，既能夠干預白道所制定的規則，又不需要被綑綁在白道的網絡裡頭。老闆目前預想中的灰道分成兩大塊，第一部分是進入新市場，毒品、軍火雖然好賺，但是這些項目早就被各國政府和國際刑警盯得死死的，所以陳總決定投入商業機密竊取、專利蟑螂、控制銀行、投資禿鷹這些生意裡，或是協助客戶處理掉對手幫他們拿下大生意，這些非實體經濟一旦與我們的地下渠道結合起來，司法系統便形同癱瘓，一旦出了意外，我們也能輕鬆切斷聯繫，讓政府和國際刑警永遠查不到最上游。」

「第二部分是什麼？」

「那就是，直正地把手伸進規則裡頭。過去的黑道也想這麼幹，但沒有人真正成功過。陳總要換個做法，我們不玩傳統黑道那一套，我們幹的是販賣規則及其制定過程。」

Simon的話，抽象的讓人難以理解。

「過去黑道干預規則，收買官員、選議員立委，無非是為了要保住自己的非法生意，或是讓自己的生意不用受到法律的束縛，總之就是為了賺錢，正因為他們都是黑道，能夠施展的干預手段和影響程度總是有限，對白道權力核心而言，根本不把這些黑道放在眼裡。但我們不這麼做，我們挑選合適的遊說團體、企業或政治人物作為客戶，將這些企業和政治人物間的角力推入割喉戰，我們幫他們陷害對手、控制對手情婦、蒐集對手的貪汙洗錢證據，或是脅迫媒體推動輿論。」

Simon說著，臉上肌肉不停抽動，表情看起來越加猙獰，他的眼神裡燃燒著熊熊的野心。

「這樣一來，政策制定的過程和對客戶有利的法條，就是我們賺錢的來源，我們名下也不會有讓人可以抓到把柄的生意。最重要的是，我們掌握阻止某一方制定法案和公共政策的本事，就是一種足以干涉規則的『否決權力』。不用刀、不用槍、也不需要見血，完成這些事的小弟只需要承擔輕微的刑責，但是我們更能和白道抗衡。」

Simon說完，臉上露出得意的笑容。

「如果我猜的沒錯，陳總還打算把毒品、軍火、人蛇買賣全都分給底下的角頭去做，接著，他會一面拉高這些非法生意經營風險和門檻，一方面以控股公司名義投資這些事業從中抽成。」

聽完Simon的說明，我已經完全掌握陳總的「灰道」的精髓。

「阿哲，你果然是犯罪的天才啊！這麼快就能理解灰道的意義。沒錯，和我們的新事業比起來，那些傳統的道上行當，實在是骯髒、粗魯又低俗，我們呢，則是優雅地以刀叉吃人肉。」

「這次來談的盟友，陳總就是想推銷這個新概念，借用國際各大黑幫的資源，來建立一個灰道和白道共享的新世界吧。」

Simon沒有接話，臉上露出神祕的微笑，同時轉頭望向貪吃張、變性黃和在場的其他人，他們也露出同樣難以捉摸的神祕表情。

大門再次打開，這次進來的是陳總，他身旁跟著憨仔，還有一個韓國人和一個日本人，我和會議廳裡的人全都站了起來。

「陳總。」

我們齊聲向陳總問好。

陳總向我們介紹起他身邊的韓國人和日本人。

「這位是從山口組出來的渡邊清司先生，這一位是釜山來的金成賢先生。」

渡邊清司看上去四十來歲左右，他的左手背和脖子有兩個顯眼的刺青，左手小指斷了半截，眼神精悍而凌厲，舉手投足間都散發著濃烈的殺氣，我看著他的臉，過了幾秒才想起有關他的資訊。山口組神戶地區的大佬，日本黑道裡頭有名的激進派，半年前和本家的人翻臉，引發日本二十年來最嚴重的幫派火拚。

「大家好。」

渡邊清司說著帶有關西腔口音的中文，向我們點頭致意。

「各位好。」

金成賢也用中文問候我們，嘴角含著淺淺的微笑，禮貌地跟我和會議廳裡的人分別一一握手。金成賢的年紀與渡邊清司差不多，看起來白白淨淨的，身材纖瘦，不認識他的人大概會以為他是個普通的白領上班族，但這個傢伙才真的是瘋子。作為釜山黑幫總頭領，他為了報復韓國政府對釜山黑幫的打壓，竟然接連在首爾的明洞和清潭洞發起恐怖攻擊，甚至策劃要在青瓦臺裡放置炸彈，後來計畫暴露，金成賢連夜逃離韓國。

陳總向我們介紹完渡邊清司和金成賢，他們倆人被帶到位子上之後，又有兩批人陸續進到場內，分別坐到渡邊清司和金成賢身邊，陳總這時也走到會議廳的主位上。

Simon起身走到會議廳前頭，拿起麥克風。

「我代表陳總和台中黑道的兄弟們，歡迎渡邊先生和金先生的到來，也希望我們的合作能夠創造更偉大的事業，我們應該賺更多的錢，像個真正的大人物一樣活著！從今天開始，我們就是『灰道』了，這次的GEP會議，我們要帶著四大黑幫和世界各地的黑幫一起顛覆這個世界的遊戲規則！」

Simon說完，現場的人熱烈鼓掌，貪吃張、變性黃和那幾位陳總的幕僚們眼神中都充滿著狂熱的氣息。接著，渡邊清司身旁的一個年輕人站了起來，走向Simon，接過他手裡的麥克風。

「渡邊先生要我向各位台灣的朋友致謝，也希望我們的合作一切順利。我方已經奪得山口組在菲律賓、泰國、印尼和南美的據點和關係網絡。我們也會把握好這次GEP會議的機會，吸取資源，反攻回日本奪取山口組的大位，到時候，日本極道世界的大門，也會向台中的朋友們敞開！」

代表渡邊清司發言的年輕人說的一口流利中文，口氣激動，似乎已經壓抑了許久。他說完後，現場再度響起掌聲。韓國那邊，竟然是金成賢親自走到會議廳前頭。

「韓國，和台灣一樣，也是一個被財閥控制的地方。S集團的李會長如同韓國的地下總統，他和H集團、L集團這些財閥，一起控制了整個韓國，我們這些人，雖然說是黑道，但其實算什麼呢？也只是一群要看財閥臉色的狗，我可不會接受這種狀況。釜山黑道在歐洲的勢力現在還在我手上，等世界各國黑幫一起走向灰道後，就是我們打回去韓國的時候了。各位朋友，我們應該要拿得更多！」

我沒想到金成賢的中文如此流利，他的口氣也極為激動，說話的時候用力揮動他的手臂，像是在宣洩被韓國政府追殺打壓的憤怒。

至此，台日韓三方最瘋狂的黑幫終於結合在一起，這才是陳總面對竹林幫以及四大黑幫威脅的真正底牌。

會議桌上，Simon代表陳總和日韓雙方交換三方合作的大綱。陳總心中的GEP要有表裡兩層，表面上的GEP是世界黑幫形成合作經濟體，但裡層的GEP是要讓台中黑道和其盟友變成滲透於世界秩序中，能夠參與制定世界規則的存在。

三個小時之後，三方終於把各個合作項目敲定。

散會之後，陳總約我到另一個小房間裡，我和陳總面對面坐著，憨仔站在他背後。

「阿哲，竹林幫預計什麼時候動手？」

「GEP會議的最後一天。等會議中各項協議都敲定的差不多之後，豺狼就要來殺你了，竹林幫扶持的魁儡會取代你的位置繼續和各國黑幫談，竹林幫安排在台中的內應也會同時控制住整個台中。」

陳總摸摸了下巴，微微點頭。

「聽起來，確實不錯。竹林幫扶持的人是哪位？阿華？鬍鬚？還是阿順？」

我搖了搖頭。

「這個是竹林幫的最終機密，如果計畫出了變化，可能還要靠內鬼除掉你，所以我也不曉得。」

陳總聽完，伸出右手用中指指節在桌沿敲了兩下。

「這樣吧，ＧＥＰ會議開始當天，我安排一百個人去圍殺豺狼，竹林幫的人，我也會在那天一口氣處理掉。事情解決後，我會請林院長好好管教一下他兒子，送去美國念書。竹林幫，就請他們乖乖回東南亞待著，大家還有合作的空間。」

「老闆，我有一件事想拜託你。」

「什麼事？」

「可以放小青一馬嗎？」

陳總看著我懇求的表情，發出哈哈大笑。

「她是你的女人，我不會動的，而且弄死竹林幫小公主等於和竹林幫翻臉，我沒有打算做到那個程度，不過你的女人自己保護好，當天處理竹林幫的人的時候，我不想搞出什麼意外。」

「謝謝老闆！」

「現在還不用謝。三個月之後，只要ＧＥＰ會議可以搞定，你就是台中海線的真正掌權人了。而且從嘉義海線到苗栗海線，你想往哪裡打，我都幫你拿下來。」

陳總看著我，眼神誠懇地說道。

陳總的計畫，林敬書的計畫，我的計畫，都將在三個月後的ＧＥＰ會議開始時展開。

第四章　時間的味道

而在GEP會議開始前的那三個月，是我人生中渡過最快樂的時光。

時間，是有味道的。

颱風來襲的前一天下午，可以聞到流逝的時間中有一種淡淡的檸檬香氣，醞釀著一切都被抽空的靜謐感。在那場血流成海屍疊如山的大戰前三個月裡，時間，也變得特別好聞，有點像是柑橘的氣味，香甜而溫暖，讓人深陷其中，使不出半點力氣。

在戰爭來臨之前的那段時間裡，不論是我、林敬書、陳總還是其他勢力，都做了許多準備，當時怎麼調度籌畫安排，這麼多年後回想起來，其實都不太記得了，我的印象裡只剩下我和小青兩個人一起度過的日常。

「早安。」

那段時間裡，每天最幸福的事，莫過於我一睜開眼，就能看見小青的臉龐，清晨的陽光穿過透地窗，披在我和小青身上。

「早安，親愛的。」

枕在我懷裡的小青睜開雙眼，向我打了聲招呼，我和她對望凝視一會兒，便把她摟進懷裡仔細親吻。

起床漱洗之後，我通常會先打開咖啡機，接著挑了一只馬克杯放在旁邊，這時候小青會拿著一包咖啡豆走到我身旁。

「妳怎麼知道我想喝這家的豆子？」

「看你拿的馬克杯猜出來的。」

她盯著我瞧了幾秒鐘，突然伸出手指指向我。

「想吃火腿煎蛋對不對？」

「啊?!」

小青有些得意地笑了。

「又被我猜對，去桌上坐好，等等就給你。」

小青的廚藝相當的好，即便是普通的火腿煎蛋，她也能做的又酥又嫩油香四溢。

通常幾分鐘的時間，小青就能料理好我們的早餐，火腿、煎蛋、起士、麵包、沙拉、咖啡，一樣不缺。

「早餐來了。」

小青端著放滿早餐的大盤子走過來放到桌上，我也去拿了一對刀叉過來。

小青一隻手拿起叉子，插起一片火腿，另一隻手壓住我握著叉子的右手。

她咬住叉子上的火腿湊到我的面前。

我咬下了半片火腿順便再親她一口。

即使是平凡的早餐時光，小青也能為我創造甜美的回憶。

和小青在一起的每一天，都是捨不得揮霍的日子。

平日的上午，我牽著小青的手靜靜走在一片無人的林蔭中，即便時間已經接近中午，但在蓊鬱的林木遮擋下，仍覺得涼爽，最重要的是，這裡不會有任何人打擾我們。

「你知不知道我是從什麼時候開始喜歡上你的？」

「我們第一次見面的時候嗎？」

「是從我開始知道，喜歡上一個人的感覺的時候。我陪著父親看著你在武館和其他人對練時，我喜歡你練劍時單純專注的樣子，我喜歡你毫無雜質澄澈的眼神，我喜歡你也羨慕你身上所有的特質。我從父親那偷來好幾張你的照片，當我經歷一場場的算計和殺戮後，只要看著你握著木劍砍向前方的模樣，就能感覺到心安，你就像是我的避風港一樣。那時雖然我還沒和你真正認識，卻已經被你保護著。」

小青把頭輕輕靠在我肩膀上。

「我這一生，就彷彿是為了要和你見面，和你在一起。」

小青認真地說道。這句話，如果尤其他人來說，或許就只是一句哄情人的情話罷了，但對小青來說，卻是千真萬確的事。

「小青，我愛妳。」

除了這五個字之外，任何的情話，都表達不出我多麼愛她。所以，我只能把嘴唇貼上小青的唇上

我迷戀小青，即使剛和她認識時被她整的死去活來；我喜歡小青，她身上每一處都綻放著吸引我的光彩；我愛小青，即便賭上我的性命，我也要讓她一生幸福無災無恙。

我牽著小青慢慢走向林蔭的深處，道路兩旁種植著香草植物，各種淡淡的香氣，若有似無地包圍著我們，我和小青互相聞嗅著彼此衣服上和肌膚上的氣味，猜測著這是哪一種植物。

我們走到林蔭的盡頭，一大片薰衣草花田豁然展現在我們眼前。

小青瞪大眼睛，立刻拉著我的手衝進花田裡，像隻興奮的小狗一樣到處狂奔，大笑，我也陪著她低著頭嗅聞薰衣草的香氣，拿起手機，為我們兩人在花田裡自拍。

和小青在一起，每一件小事都是最重要的事。

如果還有什麼事跟我和小青在一起一樣重要的話，那麼，大概就只有告訴其他人，我們很愛很愛彼此。

我帶著小青，來到豐原火車站前，北側有一座天橋，從遠處就能看到，在天橋兩側的鐵網上，吊滿了各式各樣的掛鎖。

「我們也去那掛一個鎖吧。」

「會不會被人破壞啊？」

小青擔憂地問道。

我從懷裡掏出一顆心型鎖，上頭預先刻好我和小青的名字。

「這個鎖是我特地請人訂製的，沒有鑰匙，再厲害的鎖匠都打不開，而且整個鎖是用鎢鋼打造，不可能有人破壞的了。」

我和小青走上那座天橋，路過寫在鎖殼上一個又一個名字，看著鎖殼上那些逐漸模糊或是鏽蝕的承諾和愛情，我最後選了一片不顯眼但少有人掛鎖的鐵網，把鎖扣上，再把手中的鑰匙，狠狠往天橋外丟出去。

「這樣，這個鎖，就永遠打不開了，妳這一生，都要和我綁死在一起。現在，妳後悔也來不及了。」

「你才會後悔。」

小青笑著槌了我一下。

我牽著小青的手，緩緩走下天橋，我們要繼續前往下個地方，直到台中每一個能夠留下我們足跡的角落都見證了我和小青的愛情。

夜幕低垂後，大坑那座以情人為名的橋又更名副其實了，橋頂斜立的鋼梁打了光，並在玻璃橋面上映射出倒影，恰好形成了一個愛心形狀，我和小青站在裡頭，小青倚靠在欄杆上，我則從背後抱住她。

「阿哲，你答應我，無論如何，都要平平安安回來。」

「為了和你在一起，我一定會的。」

小青搖了搖頭。

「我太了解你了，雖然我不知道你真正想做的事，但你為了我，就算付出性命可能也在所不惜。對我來說也一樣，我什麼都不求，就只要你好好的。」

小青轉身過來看向我，伸出雙手捧住我的臉，認真說道。

「現在，我要把我最重要的底牌交給你，我絕對、絕對不會讓你受到任何傷害。」

第五章　生死道

三個月後，我站在海岸酒店前的廣場，抬頭看著這座新蓋的高級酒店。

在陳總控制台中之後，原本稍嫌荒涼的台中海線熱鬧了許多，賭場、妓院和酒店一間間在梧棲清水沙鹿這些空地多的不值錢的地方一棟棟蓋起來，這些新蓋建築的選址，到周圍聯外道路的規劃，都是由陳總一手主導。但目前海線最大的酒店還是海岸酒店，海岸酒店是一棟五十七層樓高的建築，入夜時候，海岸酒店通體發亮，突兀地浮現在台中海線廣袤而黑暗的土地上，有如一座燈塔。從海岸酒店到台中港之間有一條特別設計的道路，一台性能普通的跑車只需要五分鐘的時間，就能從海岸酒店抵達台中港碼頭，搭上快船離開台灣。

而GEP會議終於在今天晚上，正式開始。

過了晚上七點，天色完全暗下來，海岸酒店大門敞開，數百位穿著黑色西裝或是套裝的接待人員站滿了酒店前的廣場，一輛輛跑車陸續開到酒店前，由接待人員帶著一位位來自世界各地的黑道巨擘進到酒店圓形大廳內。

除了四獸之外，台中黑道的重要幹部和角頭們，此時全都聚集在這裡，和那些進到大廳裡的各國黑道大佬寒暄。

陳總站在大廳正中央，憨仔站在陳總身後，現在台中黑道裡陳總最重要的四個手下則隨侍在他身旁。陳寶華，綽號阿華，掌管北屯潭子大雅神岡后里等台中北部區塊。劉建志，綽號鬍鬚，鎮守石岡新社和平等山區地域。吳朝順，綽號阿順，從南區到台中與彰化交界都由他看著。而我，自從洪阿彪死後，便是陳總在台中海線的代理人了。

「Nice to meet you，Mr. Chen。」

一位穿著名貴西裝，面容和藹，年紀約莫六十來歲的印度老人，端著酒杯走到陳總面前，他身後跟著六位腰胯間藏著槍的印度男人。

「Nice to meet you，Mr. Kumar。」

陳總走向叫做庫馬的印度老者，面帶微笑輕輕擁抱他，雙方拍了拍彼此的肩膀，算是寒暄，他代表孟買黑幫首領皮萊而來。皮萊是由金成賢引介給陳總的，他也是灰道計畫中的要角之一。孟買這個印度黑道中油水最多的地方，無疑是各方人馬必爭之地，但十年來能被印度人記得的名字，也就只有一個皮萊，在我手上的檔案中，沒有一個膽敢挑戰皮萊的人能夠全屍而死，而在印度境內的所有黑道事業，幾乎都有皮萊插股。

但對於皮萊來說，印度政府越來愈強硬，過去無往不利的行賄也時常碰壁，他這次派人前來合作，也是為了尋求解答。

庫馬離開之後，另一個褐色皮膚面容深邃的中年男人也來到陳總面前，他給陳總的擁抱比剛才的皮萊更加熱情。

「很高興見到你，陳先生。」

男人用力握著陳總的手，臉上的笑容比我見過的黑幫大佬們都更加燦爛，雖然他的中文發音不甚準確，但勉強聽得懂。褐膚男人的身旁跟著四個高大的外國男人以及一個台灣人。

「我期待您的來臨很久了，尼奧先生。」

陳總笑著回應道。

站在尼奧旁邊的台灣人快速地將陳總的話翻譯成葡萄牙語，尼奧咧嘴而笑，和陳總再握過一次手。隨後，尼奧轉頭分別和我們這些站在陳總身邊的人親切地擁抱，用不標準的中文說著你好，我也用前一天才學起來的一句葡萄牙問候語回應他。

尼奧看起來是個好相處的人。

當然，這位巴西黑幫首都第一司令部的副首領，在各國黑白道上肯定不是這個形象。這個黑幫的首領艾爾巴斯，可是敢為了海洛因貨源殺掉上千名警察，衝進州政府辦公室，將州長腦袋割下來掛在州政府大門口的狠人。

將艾爾巴斯引介給陳總的人，則是長年經營南美市場的渡邊清司，艾爾巴斯固然在巴西境內能夠呼風喚雨，但是他早已被美國列為重要目標，如果再不想點辦法，他的生意恐怕很難繼續施展開來，所以，他也被渡邊清司帶進陳總的灰道計畫裡頭。

除了庫馬和尼奧這兩位重量級人物之外，俄羅斯的光頭黨，總部位於布魯塞爾的阿拉伯裔移民黑幫哈布扎卡，以及印尼、泰國、越南等地的黑幫大佬也都和陳總碰了面，成為灰道的一員，唯獨世界四大黑幫，排除在這個體系之外。

X19、黑手黨、三合會和竹林幫的代表，由渡邊清司和金成賢陪同走進酒店大廳，陳總主動走向他們，他臉上的笑容變得有些諂媚。

「這位是X19的代表卡斯帕先生，黑手黨的代表科爾塔薩先生，三合會的代表丹尼爾陳，竹林幫忠堂的宋堂主。」

金成賢分別為陳總一一介紹這次四大黑幫派來的代表。

這四位代表雖然臉上也帶著禮貌性的笑容，但姿態顯然比先前那些黑幫代表要高了許多。嚴格來說，他們才是GEP組織的發起人，台中黑道只是GEP的掮客罷了。

「陳老闆，這次會議就多麻煩你了。」

宋堂主伸出右手握著陳總的手，左手拍了拍陳總的手背，像是在招呼自己後輩般，笑瞇瞇地說道。

「哪裡哪裡。」

陳總臉上的笑容比方才更加熱切，但熟悉他的人都曉得，陳總越是憤怒，臉上的笑容越是誇張。

四大黑幫的代表與陳總分別寒暄後，他們先行離去，由接待人員帶往位於酒店二十樓的晚宴會場，其他黑幫代表也紛紛上樓。

渡邊清司、金成賢、阿順、鬍鬚、阿華等人和陳總打過招呼後也另行離開，陳總單獨把我留下，帶著我進到位於酒店地下三樓的一間祕密會議室內。

Simon、貪吃張、變性黃這些我熟悉的陳總親信都在這裡，他們看到陳總進來，連忙起身。

陳總擺了擺手，示意他們坐下。

「老張，竹林幫設在台中裡面的那三十八個據點有任何動靜嗎？」

「老闆，我們的人已經全部就定位了，從我們放在那些據點裡面的竊聽器得到的資訊，目前竹林幫在台中的人沒有任何異常狀態，他們只有被交代要注意宋凌雲在GEP這邊的狀況。」

「一個小時後動手，據點的主持人能抓活的就抓活的，抓不了就殺掉，剩下的能殺就殺，有本事逃的就讓他走，把時間力氣花在蒐集據點裡的東西。」

陳總轉頭望向變性黃，變性黃點了點頭，開始向陳總報告豺狼那邊的狀況。

「豺狼已經接到四獸就定自己工作崗位避免台中出亂子的命令，他現在人在台中大肚山軍火總庫那裡。圍殺小組已經在距離豺狼一百公尺的位置準備，等老闆發布命令。距離豺狼五百公尺外還有一批三百人左右的軍火守衛小隊，這批人也是我們的，只是我還沒告訴他們這次行動內容，禿鷹、赤蛇和瘋牛現在待在一公里外，豺狼這次是不可能逃的了的。」

「阿哲，你覺得呢？」

陳總又問了我。

「以這樣的人力配置，就算豺狼身邊還有他自己的人馬，我看應該也是活不了了。」

「這樣好了，阿哲，你再壓上去，跟禿鷹、赤蛇、瘋牛一起做最後的保險。」

陳總忽然站起來，低頭盯著我的雙眼，彷彿想從裡頭掏出什麼東西，我則是一臉困惑看著他。

過了好幾秒後，陳總突然咧嘴大笑，接著重重在我肩膀上拍了幾下，轉頭走向會議室大門，憨仔隨即跟上。

「阿哲，記得，殺掉豺狼之後，整片海岸線啊，全都是你的！」

陳總背對著我大聲說道。

「老闆，我一定會讓豺狼死在大肚山裡！」

我也毫不猶疑地立刻回應。

一個小時後，竹林幫埋藏在台中的三十八個據點同時被攻破，一百多名重要幹部全數被活抓，其餘手下沒有一個人活著逃走，包括那些在據點外的人。而獵殺豺狼的消息在幾分鐘之後，傳遍整個台中黑道。

沒有一個人認為，他還能活著走出大肚山。

深沉的夜色下，無數的陰謀算計正在台中盆地裡泅泳著。

位於台中大肚山腰的軍火總庫，不僅是台中殺傷力最強的一批軍火的儲藏地，也是掌管台中軍火買賣通路的管理中心，軍火總庫又分為主管理中心和圍繞在主管理中心周圍的六座核心軍火庫。

主管理中心其實就是從大肚山山腹挖鑿出的巨大山洞，裡頭不僅有台中最機密的軍火資料，更可以透過這個主管理中心，直接指揮調派重型軍械，主管理中心裡面更儲藏著神經性毒氣彈和白磷彈等被國際禁用的戰爭武器，還有十來架迫擊砲，而由陳總直接掌控的六架武裝直升機，除了一架隨時跟在他身邊之外，其他五架都藏在軍火總庫附近。

有誰想的到，這個軍火總庫的最高負責人，竟然是竹林幫派來的人。

我抵達任務位置時，禿鷹、瘋牛和赤蛇都已經就定位。

主管理中心只有一個出口，和一條對外聯通道路。一台悍馬停在主管理中心出口前五百公尺處，瘋牛就坐在車內，手裡扛著一台火箭筒。禿鷹則藏在出口兩百公尺前的一座草叢裡，赤蛇和禿鷹一樣都是近身暗殺類型的殺手，他選擇的位置和禿鷹差不多，出口兩百公尺前，禿鷹對面的樹林裡。我則被分派在出口八百公尺外的對外道路上蹲點，我手裡拿著狙擊槍，身旁還放著一把反器材步槍。為了能夠成功殺掉豺狼，可以說是傾盡台中最主要的殺手力量了。

禿鷹、瘋牛、赤蛇和我都掛上無線耳麥，每個人手裡還拿著一隻手機，手機連接到主管理中心的中央控制室裡的監控螢幕，豺狼現在就在裡頭。

中央控制室是一座全電子化的電腦控制中心，四周牆壁上全都裝上了螢幕，密密麻麻顯示著軍火總庫各處的監視畫面以及整個台中地區的軍火分配調度情形。中央控制室裡放著一張鋼製辦公桌，強度足以應付一般的步槍或散彈槍掃射，豺狼還在辦公桌上放了一把機關槍，而中央控制室的大門則是由兩扇足足有二十公分厚的大片鐵板打造而成。

當然，現在中央控制室大門的控制權已經回到陳總手上，他才是擁有這座中央控制室最高權限的人，現在大門控制系統陳總則是交由禿鷹操控。從中央控制室的監視畫面看起來，豺狼還不知道他已經成為被獵殺的對象，他正專心監控進行ＧＥＰ會議的此刻，台中地盤上有無任何異常狀況。

我盯著手上腕錶的指針，緩緩走向預定時刻。

五、四、三、二、一，手機螢幕上，中央控制室大門自動開啟。

中央控制室大門開啟瞬間，先映入眼簾的是幾十隻漆黑的槍管，按照計畫，第一撥三十五個人有條不紊緩緩走進中央控制室內，他們的槍管全都對準豺狼的腦袋，豺狼面無表情看著這些人，沒有驚惶沒有憤怒，仍然安穩坐在辦公桌前，他的手甚至沒有朝旁邊的機關槍伸過去。

中央控制室大門再次自動關閉，將這三十五個人和豺狼困在裡頭。

帶頭的人有些緊張，額頭上沁著汗，手裡的步槍槍口微微晃動。

「豺狼哥，對不起啊，我們也是聽命行事，是陳總要我們動手的。」

「開槍吧。」

豺狼沒有問帶頭的人為何陳總要殺他這些多餘的話，直接讓他開槍。

「姦恁娘勒！我們擺這麼大陣仗，結果豺狼就這樣被斃了，之前還把他講的跟三頭六臂一樣，竹林幫出來的也是人啦。」

瘋牛忍不住在無線電頻道裡罵道，陳總所做的準備，在他看來實在是太多了。

豺狼沒有任何反抗動作，任憑那三十五名殺手瞄準他，扣下扳機。

「喀！」

三十五道卡彈聲同時響起。

豺狼仍然安好坐在辦公桌前，沒有如預期般被射成馬蜂窩。

三十五名殺手臉色煞白，他們臉上滿是不可思議的表情。

不僅僅是他們，禿鷹、赤蛇和瘋牛在親眼看到這個畫面的瞬間，全都大罵了一聲幹，憤怒的語氣中，更帶著驚懼。

三十五把槍同時卡彈，如此超現實的事居然就在眼前發生了。

豺狼沒有做出任何反應，只是靜靜看著面前這些要殺他的人。

他們握著槍的雙手，全都開始打顫。

「卡彈了，還不趕快排除換彈夾。」

豺狼口氣平淡地建議著。

豺狼一發話，僵持在他面前雙手不斷發抖的殺手們像是得了命令，以最快的速度完成排除卡彈動作，並再次向豺狼齊一射發。

「喀！」

三十五道卡彈聲再次同時響起。

「你們還需要再換一次彈夾嗎？」

豺狼看向帶頭的人，笑著問道。

這次帶頭的人已經不只是臉色煞白額頭冒汗了，他的雙手已經癱軟，放任步槍摔落地面。

「我給你們兩次機會了，接下來換我了。」

豺狼慢條斯理捧起桌上的機關槍，對著這群原本被派來殺他的人掃射，一時間血漿四處噴飛，甚至濺到監控螢幕的鏡頭上，但豺狼似乎有意要留其中十個人活口，刻意略過他們不殺。當豺狼放下機關槍時，那十個人全都癱倒在地上，瞳孔瞪大，臉頰不停抽動，臉色比死了還難看。

「拿起你們手上的步槍，槍口對向門口，照著我說的話做，你們就可以活著。」

那十個人立刻遵照豺狼指示去做，他在中央控制室裡宛如妖魔神祉般的表現，讓那些人絕對服從。

原本口氣輕蔑的瘋牛，此時也靜默不語，我的無線耳機裡傳來瘋牛、禿鷹和赤蛇他們粗重的呼吸聲。

「東北虎，他一定是東北虎！竹林幫裡只有東北虎這個王牌殺手，才有這種本事！可是竹林幫怎麼可能把東北虎這個王牌殺手當成臥底放在台中黑道裡?!」

瘋牛啞著嗓子低聲怒吼。

瘋牛可以說是猜錯了，但也可以說沒猜錯。

因為，這個世界上，有兩頭東北虎。

豺狼的真實身分，當初我也用了許多管道去調查過。

當我跟著豺狼學習了一段時間後，我漸漸發現，他的真實實力絕對遠超過其他台中四獸，我最開始也懷疑他是東北虎，但是我越是想證明豺狼是東北虎，經過調查之後，卻有更多的證據指向豺狼並不是東北虎。

這個疑惑，直到我和小青站在大坑情人橋上的那個夜晚，才獲得解答。

那個夜晚，她哭著把自己的真正身分都告訴我，我將她緊緊摟在懷裡，靜靜地聽她吐訴，聽她哭著說她多麼害怕就這麼死去，永遠離開我。

我摩挲著她的頭髮柔聲告訴她不要擔心，她不會死的，我和趙靜安已經擬定好計畫，台中在舉辦GEP會議時將會引發一連串的事件，那些事會改變她的命運，讓她活下來。

就在那一晚，小青把她的底牌交給我。

「記得我跟你說過，第一個和我上床的男人嗎？當時我怕你惹上不必要的麻煩，所以告訴你說我不曉得那個男人的真實身分，其實打從一開始我就知道我要服侍的對象是誰。」

聽到這裡，我心裡隱約有了答案。

「他就是東北虎，父親告訴我，東北虎練了一門奇怪的武術，他會在實力達到最巔峰的時候，耗盡生命而死。過去幾年，他已經執行了好幾次暗殺任務，搏殺能力也提升得越來越強大，甚至到了幾乎超越自然法則的程度，但現在，他已經到了實力巔峰，準備邁向死亡了，所以父親給了他一個其他人都絕對不可能完成的任務，給他的報酬就是，讓我陪他一晚。」

我聽著小青的話，感覺到一陣心疼，只能緊緊抱著她

「我沒有選擇，父親也不會給我選擇，我能做的，就是盡力服侍滿足這個強大的陌生人，也不曉得為什麼，在他面臨死亡前的那一夜，他竟然真的愛上我，那個男人告訴我，就算他死了，也一定要用盡方法保護我、照顧我，他雖然即將死去，但他還有一個師弟，和他一樣的強大。」

「那個人就是豺狼。」

我喃喃自語道，一直困惑著我的許多謎團，這時全都解開了。

為什麼我進到台中黑道後，會被安排成為豺狼的弟子，為什麼他會把他真正的搏殺技巧和武術奧祕全都傳授給我。我終於明白了，因為，被東北虎拜託要盡力保護小青的豺狼，也被小青這麼拜託著。

「阿哲，我絕對不會讓你死的。」

小青那晚的話迴盪在我腦海中。

但是，東北虎那光憑一個人就能屠殺千人的不可思議搏殺技術，以及東北虎和豺狼之間的關係，小青仍然不曉得，這些事，在我親自問過豺狼後，才又得到答案。

我詢問豺狼的時候，他似乎不怎麼驚訝，似乎早就料到我早晚會知道這些事，並且會向他詢問更多的祕密。

「這說到底，和你也有一點關係。」

「怎麼會跟我有關？」

「你還記得我跟你說過的生死道的事吧。」
我點點頭。
「生死道，其實就在我和東北虎的師父手上。」
納蘭破天口中不知去向的生死道，原來是在豺狼的師父手中。
「所以你和東北虎兩個人都練成了生死道？」
豺狼搖搖頭。
「我師父說，生死道是未曾實踐過的實驗性武術。生道是為了保護自己免於死亡，死道是為了盡可能殺死目標，兩者在搏殺理念上根本是南轅北轍，生死道雖然分別詳盡了教導了生道和死道的搏殺技巧，但如何讓一個人能夠融合生道與死道，生死道的發明人只給了一個總綱，總綱裡只有故弄玄虛的四句話：『生生者不生，殺生者不死，貫通生死之道，唯向死而生爾。』」
「這四句話是什麼意思？」
「前兩句來自於道家南華經，最後一句則來自生死道這套武術發明時的那個年代裡的一位哲學家，海德格的名言。我師父認為融合生道與死道不過是這套武術發明人的企圖和猜想，在現實技術層面上根本做不到，所以就以中國式玄虛話術結合西方哲學術語，編造出一套他理想中的武術境界，我師父當時是這麼說的，於是，他只讓我和師兄分別去練生道和死道，而我們都沒想到的事情卻發生了。」
我聽著豺狼述說往事的時候，卻忽然想到一件事，從我與他接觸以來，他臉上從來就沒有任何表情，心理平靜是一個殺手重要的特質，但作為一個人，不可能無時無刻都沒有任何情緒，而我現在才發現，豺狼，似乎就是這麼樣的人。
「在缺乏魚龍變練法的情況下，師父雖然也教了我們另一種極為上乘的練法，足以支撐我和師兄把生道和死道練下去，但卻出現了問題。我和師兄將生道和死道練到極致之後，身體狀況卻發生了意想不到的變化。我練了生道後，身體的抗打擊能力和復原能力變得異常強大，但卻喪失了痛覺和情緒反應，對任何事都無法產生喜怒哀樂。而師兄他剛好相反，他所需的睡眠時間越來越少，新陳代謝速度越來越快，但是他卻明確的感覺到，他快死了，他的身體素質越強大，就越快死亡。」

我這才終於明白豺狼完全沒有情緒表現的原因。

「那時，我們才明白這個道理，所以師兄選擇接下一個個必死的暗殺任務，因為他的時間也所剩不多了。」

「但就算東北虎的身體素質和搏殺技術再強，怎麼做到一個人殺一千人？」

「阿哲，你要記得。Lilith也好，葛奴乙也好，或是老鬼，他們都是能夠以一抵千的頂級殺手，但並不是因為他們具有金剛不壞之身，頂級殺手的身體一樣是肉做的，他們的本事在於，他們具有遠超乎常人的強大殺傷力。」

「那老師您和東北虎練的生死道，能有什麼強大殺傷力？」

「中國武術和西洋武術有個不一樣的地方，在古中國社會中，武術、中醫、氣功和占卜玄學這些東西是分不開的。古代練武的人，常同時經營醫館，而中醫的治療理論則是建立於陰陽五行之上，以命相維生的人，通常也略懂醫術。而生道道便是將武術、中醫、氣功和占卜玄學這些東西融為一體所創立出來的，生死道練至大成後，就能調動體內的『氣』，或是你所理解的『脈輪能量』，透過體內的氣，在一定時間和範圍內，操縱自己或是他人的運勢，這就是師兄他能夠以一人之力殺掉千人的原因，他在與敵人接觸之時，就將他們的運勢逼入死境。」

豺狼說到這裡，我才知道生死道竟是如此的強大。

禿鷹、瘋牛和赤蛇恐怕想破頭也想不到，世界上竟然有武術能夠操弄運勢，就在那三十五名殺手舉槍對準豺狼的時候，豺狼便以生道改造了自己的運勢，確保自己絕不會死！

「趕緊、趕緊把這邊的狀況通知陳總，請他再派人來支援！幹你娘！三十五個人殺不了他，那再派一千人過來！看他有多神！」

禿鷹驚懼的聲音在無線電裡響起，面對豺狼，他們已經生出怯意了。

「不用怕，不就死了二十五個人，外面還有六十五個人，更外圍還有三百人，我就不信這麼多人全壓上去還殺不了他。」

赤蛇故做鎮定地說道，安撫著禿鷹。

但下一秒發生的事，終於讓他們的理智線徹底斷裂。

倖存的十名殺手依照豺狼的吩咐，將槍口對準中央控制室大門，外頭似乎也察覺到裡頭出了狀況，中央控制室大門此時緩緩打開，進入門外殺手眼裡的畫面是，十名和他們原本是同個編制的同夥，此時卻拿著槍對著他們，而在那些人身後，則是遍地橫躺的屍體，還有坐在辦公桌前好整以暇看著他們的豺狼。

如此詭異的狀況讓所有人的動作在一瞬間停頓住。

就在此時，豺狼的一聲大吼，引爆了所有槍膛上的火藥。

「內外同時圍殺中間的人，動手！」

數十道槍響在中央控制室這個狹小的空間裡驟然炸開。

門外最靠近門內殺手的那群人，一聽到豺狼發話，毫不猶豫地立刻開槍射殺門內的同伴，門內的人也同時反擊。門外距離中央控制室最遠的那群殺手，聽到豺狼的話愣了一下，但當他們前方的同伴轉過身開槍射向自己時，他們也只能做出相同的選擇了。

這批一起要來圍殺豺狼的圍殺小組，因為豺狼的一句話，沒有選擇地自相殘殺起來。

爍亮的火花此起彼落綻放著，火光熄滅、子彈現形後，一朵朵血花緊接著從這幾十個人的額頭、胸口、肩膀、大腿、喉嚨上綻放開來。

大多數人倒下之後，圍殺小組中有五個人活下來，雖然滿身都是血，但還勉強能夠舉起槍。這五個人由豺狼親自送他們一程。

禿鷹、赤蛇和瘋牛看著手機上瘋狂的畫面驚呆了許久才回神過來。

「趕緊聯絡外面的三百人，不要再出現自己人殺自己人的情況了！」禿鷹大吼道。

「已經……來不及了，你們打開公共頻道，剛剛圍殺豺狼裡的人有竹林幫的死士，在他們死前，把現場畫面傳給了軍火守衛小隊，那三百人的通訊裝置被人動了手腳，現在也開始互相殘殺了。」

瘋牛乾澀沙啞的聲音充滿了無力感。

三百人的軍火守衛小隊一共分成五組，分別在五個位置待著，每個小組都收到了另外有三個小組是豺狼內奸的訊息，剛剛圍殺小組自相殘殺的現場畫面已經被竹林幫的死士傳給軍火守衛小隊，如此一來，便能讓軍火守衛小隊彼此互殺。

看著這一幕幕畫面，我又想到了豺狼跟我說過的話。

「阿哲，你知道台中黑道和其他地方黑道相比，他們最大的弱點是什麼嗎？」

「我想不出來，就算是墨西哥毒梟或是歐洲黑手黨，常常也會為了自己的家族成員進行意氣用事的復仇行動，台中黑道是絕對的冷血無情，對人沒有任何真情，彼此的合作完全建立在利益之上，這不正是一個黑道組織該有的完美素質嗎？」

「理論上，確實應該是如此。但是，你想像一個情境，你現在行走在一片漆黑的森林中，手上有一把獵槍，如果你聽到距離你不遠的地方有窸窸窣窣的聲音，你會怎麼做？」

「當然是馬上開槍。」

「因為你完全缺乏外界資訊，你完全不曉得，聽到的聲音是動物或是人，是對你有善意的人或是有惡意的人，在確保自己生命安全的前提下，即便你殺錯了人，你也必須開槍，在那樣的情況下，必須毫不猶豫馬上開槍。」

「這個情境與台中黑道有什麼關係？」

「你再回來想想看，台中黑道成員之間的合作，是完全建立在利益上，沒有任何一絲情感成分，當彼此之間出現了懷疑時，只能透夠資訊調查和理性判斷來探知對方是否可信，是否要對付自己。台中黑道成員對人性的絕對懷疑，在一般情況下，不會造成太大的問題，但當台中黑道成員處於高風險、短時間的狀況下，判斷對方可不可信、會不會殺了自己的時候，他們會對所有人抱持著最大惡意，認為所有人都不能相信，這時候，他們就像處在那座漆黑森林裡的獵人一樣，他們只能開槍，看起來很蠢，但卻是他們最合理的選擇。所以你明白，為什麼世界上最強大的黑幫，X19或是黑手黨，都還是會講究義氣或是家族情感的原因了吧。」

豺狼的話打破了我對黑道或是惡棍的慣性想像，台中黑道就個體而言看起來確實可怕，但在彼此之間都沒有真正信任的情況下，他們永遠不可能成為一個真正強大的組織，一個微小的猜忌，就足以徹底摧毀他們。

一百人的圍殺小組，三百個手持重軍火的殺手，在豺狼面前仍然脆弱的不堪一擊。

「這次的獵殺行動已經失敗了，如果對方真實身分是東北虎，光靠我們幾個也只是白白送死，現在應該開始撤退了。」

圍殺豺狼失敗後，無線電裡，赤蛇首先發話。

「阿哲，你先離開，我們其他三個人再依照距離門口的遠近分別撤退。」

瘋牛接著說道。

我沒有理會瘋牛的命令，而是從懷裡掏出一副眼鏡戴上，眼鏡螢幕上顯示的是紅外線畫面，並將聲源所在位置精準地標示在眼鏡螢幕上。

「阿哲你怎麼還不動作，都這個時候了還不相信自己人嗎？」

赤蛇在無線電裡急促喊著。

我看著眼鏡螢幕中越來越清晰的輪廓，把原本對準主管理中心大門的狙擊槍槍口稍微挪動了位置，瞄向那個輪廓。

看著眼前這個紅外線輪廓，過去的記憶像潮水般湧入我的腦海中，灌入我的手臂，我的指尖。

我扣下扳機，記憶的潮水驟然消退。

槍聲響起，眼鏡螢幕裡的紅外線人形輪廓倒下。

赤蛇，就這麼死了。

草叢裡，禿鷹開始狂奔脫離現在的位置。駕駛座上的瘋牛身子一低，從車窗外都看不到他的身影，汽車引擎發動，立刻掉頭朝離開主管理中心的方向衝出。

沒有任何人出聲詢問剛才那一聲槍響是怎麼回事，長年活在台中黑道中的瘋牛和禿鷹，在那一刻就反射性地認定四個人之中出了叛徒，而有一個人已經中槍死亡。

我身旁的反器材步槍原本是用於預防豺狼開著主管理中心內的坦克衝出來而準備的，現在則是用來招呼瘋牛。瘋牛在開車上確實有一套，為了躲避槍枝的瞄準，竟然能在身體低於車窗的情況下，急速蛇行飄移，但他還是太小看我的動態視力，幾秒鐘後，就在瘋牛的車衝到我身前時，六發高爆彈接連射入車體內，車身瞬間起火爆炸變成一團火球。

瘋牛從起火的車子內滾了出來，身上的衣服和毛髮被熱焰燙到焦黑微捲，但瘋牛毫不在乎自己身上的傷勢，他大吼一聲，以最快的速度朝我所在位置衝來，瘋牛雙手手臂微微張開，就像是美式足球球員要進行「擒抱」，看到他的動作，我立刻明白瘋牛的打算了，他打算對我施展寢技。

論搏殺技術和武功，我固然都勝過瘋牛，但那僅僅是就技術層面而言，但肌肉力量和爆發力終究是取決於人類的體格，如果瘋牛對我施展像是擒抱、扭打之類的寢技時，我絕對不是他的對手。

我迅速掏出插在腰間的手槍，往瘋牛的右腳開了一槍，我的左腳同時壓低重心，右腳向右後方伸出，踩了一個斜弓箭步，當瘋牛的身體反射性地向左方一晃閃開子彈，繼續衝向我的時候，我以方才的斜弓箭步姿勢向右後方一躍，讓我和瘋牛之間拉出一個適合開槍的間距，彈匣裡剩下的五顆子彈，先後分別打在瘋牛的左右膝蓋、心臟、喉嚨和大腦，至此，這頭人間兇獸才終於倒下。

我解決掉瘋牛時，禿鷹從草叢中躍出，衝到我身前，我再從腰間掏出另一把手槍，朝他發射。

「幹！恁爸跟你拚了！」

這一槍只擦過禿鷹的肩膀，沒能殺掉他，我深知禿鷹身上機關的厲害，立刻換我跳進草叢裡頭，和他隔著草叢對峙，禿鷹舉起右手前臂，他的前臂上綁了一個圓筒，禿鷹左手握著圓筒後端，用力扭轉。

嗡的一聲從圓筒裡爆開，密集如蜂群般的長針從圓筒裡大量射出，潑雨一般撒進了草叢中。每一根針的針身上都沾了乳白的塗料，那些應該都是禿鷹特製的劇毒。禿鷹射完圓筒裡的飛針後，隨即又抬起左手，他左手前臂上掛了一只鐵盒子，右手則從腰間拔出一把三菱刺。

禿鷹的厲害之處，就在於他身上層出不窮的機關暗器，我和豺狼針對禿鷹所擬定的策略，那就是把禿鷹留在最後一個殺掉，在此時發動我的底牌。

我撕開上衣的胸口位置，依照豺狼教我的方式發動穿綁在胸口的發光裝置，我蹲下身閉上雙眼默數三秒，等著發出的炙亮白光消失，三秒一過，我睜開眼睛，果然看到禿鷹慌張地到處發射鐵盒子裡的鐵釘，右手的三菱刺也胡亂揮舞著。

我靜悄悄將手上的槍舉起，對著禿鷹連開數槍，看著禿鷹直挺挺倒下去，我才走到草叢外。

短短幾分鐘內，四獸裡的三個人全都死在我的手裡，赤蛇和我有過仇怨，瘋牛支持我坐上海線領袖位置，但這一刻，過往恩怨全都已經消散，我心裡一片空蕩蕩的，卻說不出那是什麼滋味。

我回到方才的狙擊位置，從放在原地的背包裡掏出另一台手機，撥給豺狼。

「老師，外面都搞定了，你那裡需要幫忙嗎？」

「軍火總庫有我的人去壓制就夠了，我猜現在陳總已經得到消息，全台中的兵力都會直接壓過來，他無法承受軍火總庫丟失的風險，尤其在他發現他對這裡的控制權限已經失效了以後。你可以先撤退了，竹林幫真正主力現在已經從彰化過來準備要上大肚山，這裡交給他們就夠了。台中黑道大部分的兵力現在全都被拉出海岸酒店，接下來就看你和林敬書了。」

「我知道了，老師。」

我跟豺狼匯報了以後，七個穿著迷彩衣的男人從我附近的森林中走出來。

他們就是我最後的保險，如果我還殺不了他們三個或是有任何意外事故的話，這是他們出手的時候。

「哲哥。」

迷彩衣男人們向我彎身敬禮。

「巴蘭現在人在哪裡？」

「他現在待在我們的總部裡頭，等你的消息。」

我看了一下腕錶，再確定一次時間。

「一個小時之後，就可以動手了，台中黑道欠山鬼的債，這次連本帶利一口氣討回來。」

我的口氣雖然平淡，但山鬼成員們眼神中都充滿興奮的神采。

「我們等這一天實在是等太久了，原本以為首領死了以後，就再也沒有機會了，想不到還有這一天，我們一定要殺光台中黑道。」

這一年多來，我在各方勢力之間打轉，台中林家、台中黑道、洪阿彪和竹林幫，我看似在台中黑道上混的風生水起，但我身邊的人幾乎都不是自己人，尤其是林敬書盯我盯得最緊。從我踏入台中黑道以來，所能接觸到的一切資源、勢力和人脈，都在他的眼皮底下，但即使如此，他也猜想不到，那個被台中黑道攻破的山鬼組織，從來沒有離開台灣過，他們一直都待在這裡，而且選擇和我合作。

從大肚山往遠處看出去，彷彿就能看到那座熠熠發亮的海岸酒店，在那裡，將敲響台中黑道的喪鐘，但這僅僅只是開始。

轟隆的車輛聲和從遠處傳來的草叢窸窣聲越來越近，軍火總庫附近開始有車燈和手電筒的光點冒出來，我讓山鬼的人先行離開，現在還不是讓我和山鬼的關係暴露的時候，我自己則是換好充足的彈藥，背著刀和槍趕緊下山。

第六章　瘋狂的台中，失控的台灣

半個小時後，我來到一棟位在西屯區的知名金融大樓，許多知名會計事務所和法律事務所都設駐於此，徹夜燈火通明是這附近商辦大樓的特色。進到大廳之後，我看了一下牆壁上掛著的樓層介紹，便走到電梯口按下上樓鍵，兩名穿著黑色西裝的青年同時走了過來，並跟著我一起進到電梯裡。

「你們也要到三十五樓的聯新法律事務所嗎？」

我按了樓層鍵後，向他們問道。

「哲哥，老闆吩咐我們在這等您。」

這兩名青年原來就是林敬書派來接我的人。

聯新法律事務所是在林敬書名下的一間法律事務所，也是他的眾多祕密基地之一，藏在這棟充滿徹夜工作的人的大樓裡，無論何時進出，都不容易被人發現異狀。

抵到三十五樓後，林敬書的兩名手下帶著我來到聯新法律事務所前，從門外往內看一片漆黑，似乎裡頭的人都早已下班，林敬書的手下把手指壓在門外的偵測器後，大門自動打開，他們繼續帶著我走到事務所裡頭某一間辦公室門前。

辦公室大門緩緩開起，林敬書就站在門內，他的身後是整片落地窗，從這裡可以直接眺望到台中港，當然也能看到那座閃閃發亮的海岸酒店。

林敬書的手下留在門外，辦公室裡只有我和林敬書兩個人，辦公室的牆上嵌入一塊大螢幕，上頭顯示著從高空近距離俯瞰海岸酒店的畫面。

「匿蹤空拍機？」

「是啊，常常看你在用，覺得這是個好東西，這個時候剛好派上用場，要不要來杯熱紅茶？晚上不適合喝咖啡。」

林敬書端了兩杯紅茶放到茶几上，溫順而濃郁的紅茶香氣飄進我的鼻腔裡。

「好茶，不便宜吧。」

「當然，要觀賞最精彩的畫面，當然要配上最好的茶。」

我和林敬書兩人喝著茶，不著邊際閒聊著，都是為了舒緩我們心中的緊張感，台中未來的命運，就看接下來的十分鐘了。

辦公室裡牆上時鐘的秒針跳動聲，在靜謐的辦公室裡有如一聲聲鼓響，用力敲打著我的心臟。

筆電內同時不停傳出林敬書手下的訊息匯報。

「老闆，竹林幫的人和台中黑道都已經在軍火總部外圍，雙方還在試探性交火。」

「老闆，警察開始在海岸酒店外三十五公里範圍內進行交通管制，目前估計有四、五十台為可能目標的超跑，正在往海岸酒店的方向移動。」

「時候到了。」

林敬書捧著茶杯喃喃自語，杯中熱氣形成的煙霧緩緩上飄，遮住他臉上的表情。

我再次抬頭望向落地窗外。

七個光點在夜空中快速移動著，我仔細一看才發現都是直升機，正在朝海岸酒店方向移動。

「老闆，海巡署已經完全封鎖台中港外海，霹靂小組和黑衣部隊都守在岸邊，台中黑道安排的逃亡船全被鎖定了。」

「老闆，台中黑道似乎發現到狀況異常，正在派人查探中，他們也開始安排緊急脫離車隊。」

林敬書的手下持續匯報，此時林敬書忽然瞪大眼睛盯住螢幕。
四、五十台超跑有如瞬間移動的幽靈，短短幾分鐘內，就同時自不同的路線，由台中市區的邊緣衝入通往海岸酒店的快速道路。
過沒多久，整個海岸酒店全被那些超跑包圍起來，方才那些直升機也已經都在海岸酒店的上方盤旋著。
「姦恁娘！怎麼回事？是誰包圍我們？你們是死人才都不知道嗎?!」
陳總的叫罵忽然從筆電裡竄出來，他現在似乎是在一間封閉的會議室，迴音隱隱迴盪著。
「老闆，車子已經準備好了，我們也已經去通知各國黑幫的代表，大家都有做出備案安排應該可以順利撤走，這次的事我們也不知道是怎麼回事。他們的動作這麼大，事前應該會有風聲，可是從條子議員檢察官法官，再到我們養的立委，都完全沒有聽到有人要對我們動手的消息啊。」
貪吃張焦急而驚惶的聲音傳了出來。
「這件事以後再算帳，把榴彈槍裝到悍馬上，我們殺到台中港坐船出去，先去菲律賓，再來好好研究今天是怎麼回事。」
陳總沉聲說道，他的喘息聲粗重到從電腦喇叭裡也聽得到。
此時，大螢幕上的畫面從空拍機鏡頭切換到海岸酒店的一間會議室內，阿華和各國的黑幫代表都聚在那裡，聽阿華解釋外頭的狀況，這些人經歷過無數場戰鬥，臉上表情看起來雖然又驚又怒，但都還算鎮定，載滿步槍的防彈車，台中港附近的船隻，是他們的依靠。而再從落地窗往外看，海岸酒店外的周圍此時全都塞滿著車子，這些車子裡的人想必都已經帶上重機槍，隨時準備要殺出去。
那些前去包圍海岸酒店的跑車，全都開到距離海岸酒店一公里外的位置後就停住。
接著，數十顆火團在海岸酒店周圍同時炸開，霎時間，從海岸酒店遠至台中港，幾乎全都在黑夜中被照亮。

「砰！」

巨大的炮響從火團出現處轟然響起，竟然比雷雨降下前的雷聲更加劇烈。

那些火團齊一燒向海岸酒店，停在海岸酒店外作為鋼鐵壁壘的防爆車，在高竄天際的火舌和熱浪裡，全數湮滅。

而在台中港外海，十來顆碩大的火球從闃闇的海面上猛然脹開，接著又是一陣陣炮聲響起，那些逃亡用的船隻頓時被炸裂成了燒焦的殘骸。

在軍用反裝甲火箭彈面前，那些所謂的黑道重火力就像是扮家家酒的玩具一樣。

「我們是國際反恐部隊，這裡已經被我們包圍了，你們在台中港外的船也被我們炸光了。」

「請各位配合投降，否則我們將依照國際反恐怖組織特別條例直接開火。」

海岸酒店四周，迴盪著國際反恐部隊的聲音，他們分別以各國語言重複播頌著。

所謂的國際反恐怖組織特別條例，也就是格殺令，是歐洲和美國警察多次面對恐怖份子後，聯合國為了有效打擊恐怖份子所設下的特別規定，而現在國際反恐部隊更是帶著軍方正規武器來執行格殺令。

林敬書看著眼前這一幕，臉上露出我從沒見過的開心笑容，他的表情無比的放鬆而滿足。

「台中黑道所擁有的人脈之龐大，連我都感到非常麻煩。即使用盡整個台灣的力量都不可能撼動的了他們，警察、檢察官、法官和民代都被他們控制，台中市政府是他們管的，中央行政機關他們也有人脈，不，根本想不到台灣有哪個權力支脈沒被台中黑道滲透。全台灣有誰沒拿過台中黑道的錢？要給這些官員比台中黑道更多的利益是不可能的，唯一的方法，就是掐住他們利益的根本。幸好，台灣的立委和高官們全都擁有美國籍或是歐洲國家、日本、澳洲、加拿大公民身分，他們的子女和主要財產也全都在海外，只要美國人掐住他們，這些台中黑道底下最忠誠的狗，就會反咬台中黑道了。」

林敬書說完，長長呼出一口氣。

沒有人比我更清楚，林敬書要佈下今天這個局，有多麼的複雜和困難，他足足花了三年的時間。

「台中黑道的滅亡，只是台灣重生的開始。」

林敬書的眼神放空，含糊的聲音宛如夢囈。

據他告訴我，這個布局最關鍵的一步，是在半年前完成的。

半年前，林敬書在他的姑丈台北市長鄭禮源牽線下，悄悄進到美國在台協會，鄭禮源有另外一個重要的身分，那就是美國控制台灣政局的核心線人之一。從二次世界大戰以後，美國就開始佈局控制亞洲和中南美洲。台灣，當然也不例外。

那天，林敬書告訴了美國在台協會副處長丹尼．羅伯特，有關於台中黑道的國際生意。

「林，我們非常感謝您提供了這麼多的訊息，這些資訊我們一定會交給國際刑警組織請他們好好調查的。至於GEP的事，國際刑警組織那裡應該也有所掌握了，您就放心交給他們吧。放輕鬆點，這些都不難解決。」

羅伯特副處長親切握住林敬書的手，臉上帶著真摯而誠懇的笑容，嘴裡說著溫暖的致謝詞，但他對台中黑道的夥伴在美國的販毒生意其實一點也不在乎。林敬書說，美國人和好萊塢所呈現的形象可是大相逕庭，這個國家的人做表面功夫的程度，不下於日本人，他們表現的雖然恭敬而親切，其實從沒把你放在心上。

「喔，羅伯特先生，我想這份資料，可能才是您想看到的。台中黑道和多個重要國際黑幫正在建立一種叫『灰道』的系統，用黑幫的手段來干預政府部門和司法的運作。他們呢，會成立遊說團體，並控制某些眾議員和參議員去修法，讓跨國黑幫更容易洗錢，大玩金融犯罪，處理不聽話的法官、檢察官、陪審團，或是不長眼的ＦＢＩ探員。比如像是兩個月前在康乃狄克州的這件案子，毒梟肯恩‧托馬斯涉嫌運送一級毒品，在罪證確鑿的情況下獲判無罪，你看這是不是——」

「不，這越過我們的底線了，林。」

羅伯特打斷了林敬書的話，在林敬書說出這些事並拿出一份份文件之後，他臉上的笑容就完全斂去。

「這個世界，總是會有黑幫存在，那些犯罪，我們都看在眼裡，只要不動搖聯邦政府的運作，不侵犯『美國利益』，用中文來說，我們可以『睜一隻眼閉一隻眼』，黑幫必須在我們控制底下，當參議員或是州長注意到這個問題，或是接近總統大選時，我們要確保隨時能夠處理。」

羅伯特把『美國利益』這個詞的發音，咬得極重。

羅伯特神情嚴肅地在桌面上畫出一條虛擬的線。

「他們越過了那條線，失去控制了。」

「羅伯特先生，我也許能提供您關於這件事的一點小小建議。」

之後，羅伯特將此事傳達給美國副國務卿，並由亞太事務助理國務卿親自督導，封住了台灣所有能參與此事的官員的嘴巴，並在助理國務卿的強烈建議下，由國際反恐部隊配合台灣的軍方及特種部隊，將陳總等台中黑道核心成員以及世界各國黑幫重要代表一網打盡。

「Now, You are also protected!」

林敬書離開美國在台協會前，羅伯特重重拍了林敬書的肩膀，笑著告訴他這句話。

「林敬書，台中黑道已經差不多完蛋了，下一步呢？」

「這只是前菜而已，主菜，才剛要上桌。」

林敬書啜飲了一口紅茶，嘴角揚起一絲得意的微笑。

辦公室裡大螢幕的畫面再度切換至海岸酒店內，此時國際反恐部隊已經進入海岸酒店內，大廳中黑色鑲金邊的羊毛地毯上沾滿了血漬，到處都是屍體，國際反恐部隊果然貫徹了格殺令，那些試圖反抗的保鑣或是小弟全被殺掉，至於各國黑幫參加會議的主事者這時候都被銬上手銬，他們臉上沒有太多表情，只是對著那些國際反恐部隊成員不斷咕噥著，雖然聽不清楚他們的話，但大概是喊著要叫律師。

「陳明華在哪？」

畫面中一位像是攻堅行動的指揮官的男人，皺著眉頭問道。

「Sir，剛才陳還出現在這裡，這個酒店的周圍一直在我們掌控之中，並沒有看到他逃出去，可能還躲在某個角落。」

「繼續搜！」

「Yes, Sir!」

林敬書看著海岸酒店裡被國際反恐部隊攻佔的畫面，興奮搓著手。

「陳總，你可不能死啊，接下來就靠你了。」

貪吃張的聲音再度從電腦中傳出來。

「老闆，外面已經被國際反恐部隊包圍住，他們用的是軍規武器，我們衝不出去的，這個飯店裡有個密道，通往我們在市區裡的一個隱藏據點。」

「這個給你安排，除了我們自己人，其他台中黑道的人就不要管了。」

陳總沉聲說道。

這一晚，國際反恐部隊搜遍了整棟海岸酒店，但陳總和他身邊的人的蹤跡，卻完全沒有下落。

隔天天一亮，警政署便發布陳總的通緝令。

台中海岸酒店一戰，不只將各國黑幫試探性結盟動作掐死，也代表了台灣政府和台中黑道撕破臉，多年來對台中黑道視若無睹的媒體，終於將台中黑道放上新聞頭版，而電視媒體也像大解禁一樣，二十四小時不間斷地報導有關於台中黑道的過去種種事蹟。

而在陳總行蹤不明，而眾多台中黑道重要幹部及角頭都被收押的情況下，我竟然成了媒體鎖定的目標。

我昨晚從林敬書的辦公室回到家後，便和小青通了電話，確定她的安全和竹林幫現在對台中地區的控制狀況。隔天一大早我準備出門時，沒想到才一打開門，就看到大量記者在門口等著，此時是非常時刻，我也不敢讓手下出現，於是便一個人被這些記者包圍住。

「謝哲翰，你身為台中黑道當中的重要領導人，為什麼不用被收押？」

「謝哲翰，你涉嫌多起殺人命案，有沒有要向被害者家屬道歉？」

「謝哲翰，你知道你讓你的母校育才中學蒙羞嗎?!」

這些記者似乎看準我現在不可能對他們使用暴力，問題越發咄咄逼人，遠處一名男記者甚至直接點名我大聲辱罵。

面對周圍此起彼落有如爆竹聲般的尖銳質問，以及那些刺人的閃光燈，我有些不耐煩，我看了那位對我叫囂的男記者脖子上掛著的記者證名字，便撥了電話給林敬書。

我不發一語任憑這群記者轟炸三分鐘後，他們似乎都陸續接到電話通知，方才咄咄逼人的氣勢瞬間消失，全都客氣地向我道歉陪笑。

「哲哥您大人有大量，我們也是為了跑新聞，不得已嘛。」

那名男記者不知道在電話裡聽到了什麼消息，臉色青白，狂奔到我面前，跪在地上一把鼻涕一把眼淚向我磕頭道歉。

「哲哥我錯了，我嘴巴賤我不識相，請哲哥原諒我。」

此時，我才終於確定自己從台中黑道裡脫身了，而且成功地在林敬書和摩亞德的幫助下，把過去在台中黑道中累積的資產和勢力保留下來。能夠讓媒體閉嘴，就是一個人所擁有的權勢最好的證明。

一輛警車適時來到我家門前，車門打開，一名警察向我點頭致意，他正是當初和我一塊演戲騙過譚勝的楊宗翰，我瞄了他肩膀上的警徽，才發現他升官了。

「謝先生，警方非常感謝您願意作為我們的重要證人，這邊請。」

楊宗翰走到我面前替我開路，打開車門，我也向他點頭致謝。

「麻煩您了，楊警官。」

「應該的應該的。」

楊宗翰的客氣姿態，讓在場的記者對我更加敬畏。

「各位媒體朋友，台中黑道歷年涉嫌的重大犯罪事件目前正在調查中，基於偵查不公開原則以及為了保護我們的重要證人，希望各位不要干擾警方辦案。」

楊宗翰看著在場的記者們，神情意味深長，這群記者也都是人精，接連被敲打之後，總算知道我是不能碰的，紛紛撤走。

「阿哲，前面這個是自己人，我們的談話讓他知道沒關係，有些事想和你確認一下。」

我和楊宗翰坐進警車後座，駕駛座上坐著另一名警察。

「楊大哥，您說。」

「昨天晚上，大多數重要的台中黑道幹部都抓到了，但是其中有十幾個人下落不明，不曉得他們是成功偷渡出去還是在本島上逃亡中，你有辦法幫忙查到這些人可能利用哪些管道逃跑，或是可能躲在誰的地盤底下嗎？」

「能在台中黑道混上位的都是人精，這些人誰沒留一手？能夠抓到這麼多台中黑道幹部和角頭，靠得也是打他們措手不及。這些人都是我的仇人，我能告訴你們的一定都會告訴你們，但是他們身上可是藏了許多只有他們自己知道的祕密，你們想抓到那些人，恐怕要花一番硬功夫了。」

那十幾個人，都是山鬼族人心中的必殺仇人，在海岸酒店被攻破，陳總倉皇逃走時，就是他們動手的時候，當初這些人怎麼凌虐姦殺部族裡的人，山鬼都要一刀一刀加倍奉還。

我當然不需要接受警方的訊問，但楊宗翰說林敬書的父親想要和我見面，警車載我到警局後，楊宗翰換了另一台車將我載到林敬書他家位於霧峰的老宅。

這是我第一次來到林家老宅，作為足足擁有一百多年歷史的豪闊的老宅，林家佔地大的嚇人，汽車光是從他們家門口經過前面的庭院再到停車場，就花了五分鐘。下車後，我在林家一名管家帶領下，走了五分鐘的路，終於看到一棟像是歐洲城堡的巨大建築物，這裡就是林家主要居住的地方，一層樓半高的紫檀木大門緩緩開起，林敬書的父親，當今立法院長林如海就站在我面前。

「阿哲，我常常聽小書提到你啊，今天終於看到你，阿伯心內也很歡喜，趕快進來坐啊。」

林如海的年紀與林敬書相距頗大，看上去大約六、七十歲左右，頭頂毛髮稀疏，但氣色仍然相當不錯，毫無老態。林如海雖然是第一次見到我，但臉上笑容親切地像是見到失散已久的家人，熱情牽著我的手，和我十指交扣。明知是做戲，但也讓人感到無比的溫暖和舒服，一時間我竟難以將眼前的林院長和林敬書口中那位冷血無情的父親聯想在一起，林院長政壇無敵的傳言，果然其來有自。

「院長好。」

我見到林如海，連忙向他鞠躬敬禮。

「非常感謝院長的幫忙，如果不是您，我可能還沒辦法脫身。」

「客氣什麼，先進來再說。」

林家偌大的客廳裡只有我和林如海兩個人，我和林如海坐在沙發上，他的身旁有一座小茶几，上面放滿茶具，茶壺正放在爐子上煮水。

「這次的事，坦白講，我幫上的忙也不多，你的案底是譚家幫忙銷掉的，我可以做的就是幫你擋住媒體，還有保住你掌管的物業。」

林如海一邊說著，一邊提起茶壺將滾燙的熱水倒入空紫砂壺中溫壺。林如海的口氣雖然輕描淡寫地好像只是一樁小事，但我明白林如海給我的人情絕不亞於譚家，我所控制海線地盤上的物業可是一筆龐大的資產，那些物業原本實質掌控者還是陳總，現在全都到了我的手上，而且沒被政府沒收，這更意味著，台中黑道無法處理掉的資產，很可能最後都會落入我的手中。

「謝謝院長，如果以後有什麼我可以幫上忙的事，請您儘管吩咐！」

林如海沒有接上我的話，他繼續忙著泡茶，紫砂壺溫了一會兒後，他把壺裡的水倒乾，再從茶葉罐裡取出一些茶葉塞入紫砂壺裡，接著將熱水再次倒入紫砂壺中同時輕微地搖晃著茶壺，一切的動作都不紊不火，如同他一貫的行事作風。

林如海取了兩隻小瓷杯，將紫砂壺裡的茶水分別倒入裡頭，他把其中一隻瓷杯遞到我面前。

「喝喝看，南投鹿谷的茶，去年還拿過茶王。」

「謝謝院長。」

「你跟小書認識這麼久，我早就把你當成子侄來看，那一點小事哪有什麼，客氣成這樣，而且以你現在的地位，想要拉攏你、做人情給你的人多的是。據說譚家那個老頭跟他家裡的人講，一定要把你拉進他們家，如果你想進陸軍官校，你將來一定是最年輕的將軍，如果你進去中央警大，譚家就保你以最快的速度升到三線一星，如果你想留著黑道的事業，做個商人開公司，譚家也可以幫你擋住警察。」

林如海幫譚家說出他們可能開出的種種條件，我突然明白林如海真正的意思了。

「至於我們林家就不用講，一定是把你當成林家人栽培，不過就看你接下來想怎麼走了。」

林如海的話說到這裡已經有了明顯的刺探意味。

「院長，坦白講，我心裡是還沒有什麼想法。我能爬到今天這個位子，一半靠得是運氣，一半就是比較會打而已。比頭腦我比不上林敬書，比背景比人脈我更不用講了，除了打鬥搏殺，我沒什麼贏過別人的地方。這個時代會打鬥如果不混黑道也沒什麼大用處。」

林如海聽了我的話，臉上表情似笑非笑。

「阿哲，你難道不知道，台灣政壇很多重要人物，其實都是武術高手嗎？」

「有這樣的事？」

林如海說的這件事我確實未曾聽過。

「你應該知道李前總統曾經是一代劍道宗師，我也是最早一批拜在他門下的弟子之一，包括還有……總之不要以為學武的人就只有一條路可以走，如果你想從政，也很適合。」

「謝謝院長，我會再好好想想。」

「叫什麼院長，這麼生疏，叫我阿叔就好了。對了，阿哲，你有沒有興趣到我們家的祠堂看看？」

林如海說的是林家原本的祖厝，那裡已經成了古蹟，但平時不常對外開放，難得有機會進去看看，我當然點頭答應。

林家現在住的地方就是在原本祖厝旁邊的地蓋起來的，林如海帶我穿過林家庭院間的一處迴廊後就進到了他們家的祠堂。

林家祠堂是一座五落大厝，林如海帶著我走到下厝一棟官宅建築門前，門楣上掛著一個雕琢華麗的巨大匾額，上頭寫著宮保第三個字。

「那個匾額，就是我們林家發跡的開始，我們祖先當時變賣近半家產，自行組織軍隊為清國平亂，他最後戰死沙場，當時林家自己的子弟兵也幾乎全都死在戰場上，只有兩三個人活著回來，但是總算幫清國守住城池沒讓太平軍拿下，戰爭結束後，清國皇帝只給了林家這一塊匾額和太子少保這個虛銜，然後就什麼都沒了。」

林如海抬頭望向那塊宮保第匾額，輕聲說道。

林如海接著帶我走進他們家祠堂裡另一間大厝，裡頭供滿了他們林家歷代祖先的牌位。

「我們台中林家在清代本來是台灣屬一屬二的首富，幫清國打完那一仗後，人丁凋零耗盡家財，差點家道中落，幸好當時的家主夠會做生意，二十年後，林家才又興旺起來。但沒多久，台灣割讓給日本，我們林家選擇捐了大筆的錢資助義軍抗日，辜家選擇打開台北城門迎接日本人入城，日本人接手台灣後，馬上處死當時的家主，我們林家在台北的茶行全部被沒收，被日本人轉賣給辜家。」

林如海指向放在神龕左邊的一塊牌位。

「後來總算又出了一個將才的家主，再次把生意經營起來到可以和辜家相比，結果他卻開始出錢支持台灣民主運動，到處提倡反對鴉片，因為這樣，一堆生意又被日本人沒收。後來台灣又換了人管，現在的執政黨來到台灣，不久就因為官員腐敗爆發民變，我們林家又因為同情當時帶領陳情運動的仕紳而收留他們，這一次啊——」

林如海說到這裡，聲音竟顫抖起來，他的手指由左邊的牌位指到右邊的牌位，劃出長長一條橫線。

「整個家族的骨幹，就全都在上面了，他們說我們是匪諜，我們把林家在台北所有的地產和店家全都賣掉拿去打點，這個家族才留到今天，林家在台北所有的東西，後來全都落入了譚家手上。那一代的家主是家裡的么弟，他三個兄長全都被拖去槍斃，連屍體都沒回來，他運氣好一點，被警備總部帶去一個月後，最後扛回來時還有一口氣，撐了一個月才走，他死前立下了林家現在的家規。」

「什麼家規？」

「殺人放火金腰帶，造橋鋪路無屍骸。那個家主說，林家百年來一門忠烈，做了越多好事，林家就越敗落。從下一代開始，林家，絕對不能再做好人，林家的家主，必須是林家之中最冷血最無情的惡人。我林如海，這一生為了爭權奪利壞事幹盡，但是還不敢說自己是真正的惡人，本來以為小書可以接下這個棒子。可是我萬萬沒想到，小書，是林家裡最冷血最無情的惡人，但也是世界上最無私最善良的好人。」

林家百年血債，在林如海口中，彷彿是一段與己無關的歷史故事，但是，關於林家的一切，林敬書身上的一切，我似乎進入到某個更為深層的地方，那裡冷如西伯利亞的冰雪，只是稍微碰觸一下，就能凍得人心發寒。

「阿哲啊，阿叔帶你來這裡，講這些事給你聽，就是要讓你知道，為什麼小書會選擇那一條路。」

我閉上眼睛，呼出一口氣，讓被林家歷史壓得喘不過氣的胸口，能夠稍微放鬆。

「阿叔啊，就算你沒有告訴我這些事，最後這一局，我還是不會倒向譚家。如果不是譚家，這世界上怎麼會出現台中黑道這種怪物。」

「那就好那就好，我們林家一定會把你當成自己人。」

林如海欣慰地笑著說道。

那時候，誰也沒想到，我會選擇一條所有人意料之外的路，一直到許多年之後，無數個夜裡，我仍然會夢見自己站在林家祠堂裡所做下的決定因而驚醒，在無數個無眠的夜裡，想著，自己究竟是做對了，還是做錯了。

距離台中黑道倒台已經一個禮拜過去，陳總依然下落不明。打開電視，關於陳總的種種傳聞還是政論談話節目的熱門話題。

「其實！台中黑道首領陳明華的真實身分，是日本山口組五代目的私生子！這件事全世界只有三個人知道，一個是我，一個是當事人，另一個是誰？很抱歉，我不能說。」

電視上，一名頭髮灰白單眼皮的資深名嘴，用著誇張的口吻編造著關於陳總的各種傳聞。

「保傑，你知道嗎?!台中黑道真的是非！常！可！怕！據說他們每個晚上都帶著槍隨機闖進市民家裡強姦婦女，甚至還會用武士刀把懷孕婦女肚子裡的嬰兒挖出來。」

另一名名嘴瞪大雙眼，揮舞著雙手，比劃著台中黑道生吃胎兒的模樣，並用誇張而聳動的口吻訴說著台中黑道的種種變態行徑，台中黑道裡固然有貪吃張變性黃這樣的變態，但他們的存在無非是陳總用來震懾台中黑道裡的人，台中黑道裡的人雖然冷血狠辣，但不是毫無理智的瘋子變態。

電視上這些誇張的評論報導，無非是要讓幾個大家族企業更有理由插手瓜分台中市。過去一個禮拜以來，許多與台中黑道沒有關聯、僅僅是靠接下台中黑道訂單賺錢的在地大企業，都成為台中當地或是其他的大型家族企業的恐嚇目標，紛紛接受併購，而房地產物業持有人，更是在受到與台中黑道牽連甚深的指控下，嚇得趕緊出脫資產。沒有了台中黑道的台中，也就和台灣其他地方一樣，成為白道的禁臠。

而脫離了台中黑道的台中市民，竟然更加恐慌。

這一個禮拜之中，我都待在家中暫時躲避風頭，但一則則訊息仍然不停傳進我的手機裡。

「哲哥，這個禮拜海線的房子賣的特別好，大家都急著要搬來海線。」

「哲哥，東海大學校長希望您可以把東海大學周遭商圈都納入管理範圍內，他說，不希望那裡的學生，在一年之後一離開學校就吃不起飯住不起房子，許多在台中市區內的學生們現在都急著要轉學到海線地區的學校了。」

我看了那些訊息忍不住苦笑，全都回給他們同樣的一句話。

「再等一個禮拜，問題就會解決。」

看完手機裡所有訊息之後，我又撥了電話給林敬書。

「你那邊狀況怎麼樣？」

「林家市區房子裡，所有值錢的東西全都搬回老家裡，林家老家周圍我們已經做好布置。接下來，林家應該可以安全渡過後面的風波。這件事了結之後，我們的計畫才算完成。你之後有什麼打算？」

「我倒是沒什麼想法，還是把大學念完吧。」

林敬書在電話另一頭淡淡說道。

「我已經收到哈佛的通知了。」

他頓了一下，又繼續說下去。

「我從小到大，最想做的事已經做到了，也解開我心裡頭的結，接下來，我會在美國發展，那裡才是我的地方。到時候，台中就隨你和林家的人談了。」

我聽出林敬書的潛台詞，只要能夠確保最後一個計畫順利進行，整個台中他都可以放棄。

「我明白了，那麼接下來，就看陳總了。」

一個禮拜後，電視機裡頭，關於台中黑道的新聞和政論節目的討論終於消退，台中市的行政官員、民代、司法系統和警察，都被安靜地清洗掉，白道徹底控制台中似乎只是早晚的事，就連我也被認為是靠著台中林家的扶持，才能夠繼續掌控海線。檯面上，媒體前，呈現的是理所當然的黑道伏法，正義獲勝。

但世界上所有的事情，從來沒有這麼簡單。

事情發生的那天下午，台灣各地平靜如往常，甚至連電視新聞重播率都比平常高一點。

此時我正開著車，前往東海大學附近一棟透天別墅，別墅周圍都站滿了我的手下，他們見到我現身紛紛鞠躬問好。

「老闆好！」

我拉下車窗，也向他們點頭致意。

我停好車，走了一小段路，從前庭走進別墅內的會議室裡，裡頭坐著一群人。

「哲哥。」

會議室裡十幾個人同時站起來向我點頭致意，都是熟面孔，他們正是山鬼情報系統裡的核心人物。

巴蘭看到我，也起身歡迎我。

「阿哲你來了。」

陸篤之走向我，拍了拍我的手臂，笑著說道。

「阿哲，等你好久了。」

我也握住陸篤之的雙手，誠摯地向他鞠躬道謝。

「多虧老師幫忙，這裡才能經營的這麼好。」

「哪裡的話，如果不是你，我還在學校裡當一個普通的數學老師呢。」

當初在我的安排下，山鬼透過了摩亞德與陸篤之接洽上。

山鬼與台中黑道那一役，整個山鬼瀕臨崩潰，山鬼的情報組織也岌岌可危，當時我和巴蘭決定合作之時，首要解決的問題就是山鬼情報和決策中心的建立。有鑑於山鬼先前失敗的經驗，我當時腦海裡便有了構想，要將山鬼這個組織的規模大幅精簡，只保留核心戰力，最耗費這個獵人組織資源和金錢的幕僚跟情報人員，就是首要目標，更何況山鬼倒下後想在台中黑道眼皮下繼續運作，人更必須少。

幸運的是，這時候陸篤之走進我的眼前。

他手中的演算法恰好可以建立用於情報分析和決策判斷的人工智慧決策系統，取代大量的情報及策略分析人員。我讓巴蘭撤出許多還藏在台中黑道裡頭，可能會被台中黑道發現的山鬼內應，山鬼的情報人員改以駭客為主力，透過入侵台中黑道的電腦系統，並取得台中市的公共設備電腦管理系統裡的大數據，結合陸篤之建立的人工智慧決策系統，山鬼便能以極少的人力，撐起不遜於過去的情報組織。

眼前這批人，才是我隱藏在身後的真正底牌。

會議室裡的牆壁上，嵌滿了大大小小的螢幕，上頭跳動著各種圖表和數據，在會議室面對門的牆壁正中央有一個大型主螢幕，上頭正撥放著全台灣收視率最高的T台新聞頻道。

我拿出我的手機，與會議室裡的電腦系統連接上之後，主螢幕旁邊一塊小螢幕切換成一個藍色的畫面。

藍色畫面中，傳出一陣聲音。

「哲哥，他們已經準備好了，秀在一分鐘後開始。」

我拿起手機回覆道。

「好，我知道了。」

會議室裡的人沒有半點聲音，但臉上盡是興奮之色。

我看著腕錶，在心中默默倒數。

五、四、三、二、一。

T台新聞在播完一則虐狗新聞之後，畫面切換回主播台。

T台當家美女主播端坐在主播台上，眼神驚恐，眼角含著淚水，但還是勉強擠出笑臉。

電視機畫面中，那位美女主播身旁擠了一個男人。

「放輕鬆一點嘛，就跟平常報新聞一樣啊。」

失蹤多時的陳總，此時就坐在美女主播的旁邊，側過頭笑咪咪地安撫她。

「各、各、各位、電視機前的、的觀眾朋友，我們很榮幸邀請到陳明華先生來到我們新聞台上，他有一些話想、想向全國人民說。」

美女主播結結巴巴，費了好一番功夫才把話講完。

陳總端起講稿，清了清嗓子。

他開始發表他對全台灣人民的第一場，也是最後一場公開演說。

「各位朋友大家好，我，陳明華，就是台中黑道首領，這些媒體把我們台中黑道講得十惡不赦，但事實真的是這樣嗎？今天，換我來告訴各位朋友，在台灣，真正壞的人是誰，真正的壞事是什麼。」

「相信大家心內也都知道，你們看到的電視新聞，都是被財團控制住、扭曲過的，就像三年前，那個時候，大家吃了一家大公司生產的黑心毒油，很多人後來發現自己的家人朋友得到大腸癌，都是因為那家無良財團，最後法官還判這家公司無罪，但是呢，沒有一家媒體敢報導這間公司的新聞。這些媒體報導了我們台中黑道這麼多的事，現在該來讓大家知道，這些媒體背後的金主，又幹了什麼。」

陳總說到一個段落，停頓了一下，拿出一疊厚厚的紙，放到桌上，隨手抽起一張紙對向鏡頭。

「來，大家看清楚一點，這張紙是什麼，這張就是那家做黑心毒油的公司，他們每年送錢給T台的帳戶資料，現在這個時候，所有的證據我都丟到網路上了，大家可以去查查。再來看看這張紙，這個是旭海建設集團塞錢給苗栗縣政府的帳戶資料，講到這樣大家可能還想不起來，去年苗栗縣政府突然強制徵收當地十幾戶人家的土地，一個晚上就把這些人的房子拆光，有一戶人家因為沒地方住，最後全家老的帶小的一起吞藥自殺，沒錯，那塊地被旭海建設集團看上了。喔，這個更精彩。」

陳總似乎想到了什麼，拿出一個平板電腦，撥放一段影片，背景是在一間會議室裡頭，坐了三個人。

「劉法官，這件事就麻煩您了。」

「好說好說，不過證據要做得漂亮，我才好判，這個部分你再好好問張檢察官，畢竟是要由他起訴的。」

「真的是要感謝兩位，不然我兒子不知道要怎麼脫身。」

這段影片只有短短幾分鐘，播完之後，陳總開始解釋。

「大家看到影片裡面的那個法官，就是五年前內湖強姦殺人案的裁判長，五年前凱旋集團的少東在夜店裡面看到一位美女，想要上她，對方不從，那個少東就把對方拖進廁所強姦，一不小心就把人弄死，事後那個少東剛好想到一個得罪他的人，就把強姦殺人罪冠到得罪他的人頭上，後來的事大家都知道，一個普通的小生意人被判了死刑，少東的事大家私底下應該都有聽到傳聞，今天我就把影片放出來讓大家看看。」

「我手上，還有好多好多資料啊，在這裡來不及說完的，全都丟到網路上去了。」

「各位朋友，我們台中黑道被這些人說是惡棍啊，但是他們這些人強姦殺人、殺人全家、毒害一堆人，沒有一個被判刑或是被判有罪的。因為法律是他們定的，判案的法官是他們的人，所以不管這些財團和政客做什麼事情，他們都沒事。這些狀況，大家其實心裡一直都很清楚，只是不敢講，沒有任何辦法反抗。」

「所以——」

陳總的聲量陡然提高，激昂了起來。

「各位就只能眼睜睜看著房價和房租隨便他們炒作，越來越高，高到你所有賺的錢，都只能乖乖送給這些有錢人！各位只能眼睜睜看著米菜油電的價格越來越高，高到你連一口飯都吃不起！各位就只能眼睜睜看著自己帳戶裡的薪水越來越少，連生病買藥的錢都出不起！」

陳總說罷，兩隻眼瞪著鏡頭，好像要與電視機前的每一個人雙眼對視。

「各位連吃住都有問題，未來的人生沒有半點希望，他們那些財團老闆和政客怎麼搶走你手上的東西，怎麼揉捏你們都是合法的。」

「那麼，各位，你們為什麼要守法？再繼續乖乖遵守被財團控制的媒體教你們的東西，乖乖聽政府的話，你！們！會！死！掉！看看那些資料和影片，你們還要相信這個政府這個社會嗎？」

「各位朋友，那些有錢人和政客手上的鈔票、黃金、房子、車子，本來就全都是你們的，去搶回來吧！這個政府和社會已經不值得信任了。你還是害怕犯法嗎？不，一個人犯法，是你們對不起社會，一萬個人犯法，是社會對不起你，不要再被有錢人制定的法律給約束住了！從現在開始，由！你！們！制！定！法！律！」

「各位朋友，如果你覺得自己已經被這些政客和財團欺壓的夠久了，人生已經看不到任何希望了，最多就爛命一條，還有什麼好失去的？站出來反抗吧！各位朋友，如果你家裡還有老小要養，不敢站出來，那就在背後支持那些站出來行動的人吧！他們會帶來，讓你感覺到希望的社會，我們台中黑道會來教大家怎麼打破財團政客建立的籠牢，這是一場，99％對抗1％的戰爭！革命！從現在開始！」

陳總的演說結束，在會議室裡的山鬼成員，各個都還沉浸在剛才陳總演說的氛圍裡，興奮地全身發抖。

「阿哲，台中人真的會起來反抗？」

就連巴蘭也兩眼放光，饒富興趣地問道。

「台中黑道在台中的影響力，遠比你們想像的還要更大，甚至可以說，台中大多數人，其實都是間接靠台中黑道養活的，在台中，還有許多家庭，完全是靠陳總養活的，除了販毒、殺人、賣軍火、勒索建商、討債或是人口走私外，他們沒有其他的謀生技能。」

我比巴蘭有信心多了，我只要想到小潔那位年輕少婦對陳總充滿感激的眼神，就明白陳總將引爆什麼樣的炸彈。

時間，也差不多了。

會議室中的一個螢幕畫面鏡頭，對著台中豪門西屯黃家的獨棟豪宅門口，住在台中的豪門世家，必定會安排大量的保鑣甚至是傭兵在他們房子的周圍以保安全，方才陳總那一番話，黃家的人想必也聽到了，房子周圍的人數比平常還要多的多，連槍枝都公開掏出來，甚至還有手持步槍的保安大隊成員在黃家門口巡邏著。

一名警察倚靠在一隻放在黃家門前的大花瓶上，從口袋掏出菸盒和打火機，他抽出一根香菸點燃，湊在嘴邊深深吸了一口，菸頭上的火也燒的紅光熠熠。

就在下一秒鐘，那隻大花瓶猛然爆炸。

「砰！」

雷鳴般的爆炸聲炸開後，整個花瓶變成一團大火球，竄出的熱浪甚至連在鏡頭另一頭的我都彷彿能感受到。

「啊！救我！救我！」

一個渾身著火的人從火團中竄出，不停在地面打滾，啞著嗓子嚎叫著。

但是，並沒有太多時間給黃家門外的保鑣和警察們反應。

黃家門外的牆邊、其他盆栽、附近的路樹，十幾個地方同時炸開，停在附近的警車受到這一連串的爆炸衝擊翻飛出去，黃家三、四層樓的玻璃也被震碎，裡頭隱隱傳出黃家人的尖叫聲。此時變成火人的已經不只有方才那位抽菸的警察而已，黃家門外的所有人都已經全身著火，在地上翻滾著，不遠處的警察也發現到黃家的爆炸，趕緊趕來。

我提醒著會議室裡的其他人看向會議室螢幕。

「正戲開始了，大家要仔細看。」

畫面中，一百多架無人飛機，不知從何處飛出來，就在黃家門口大爆炸的一分鐘後，一起衝進黃家的豪宅中。

這次的爆炸引發的光亮，讓整個螢幕都徹底反白了，會議室裡所有的人用手遮住眼睛，這次爆炸聲之劇烈，彷彿讓地面裂成兩半，爆炸聲過去一分鐘之後，我們所有人才睜開眼看向螢幕。

那棟巨大的黃家別墅，看起來就像是剛被轟炸機炸完一輪一樣，只剩下燒焦的外牆和梁柱，滿地的碎石和瓦礫，四處都還冒著黑煙，至於黃家的人，應當是沒有一個人能夠活下來。

會議室裡山鬼的成員，全都漠然看著這一幕，沒有一絲憐憫。

「這樣的爆炸能製造多少起。」

巴蘭問道。

「這個嘛，確實不好說，不過據我所知，過去一個禮拜裡，台中的肥料、烈酒和手機賣得特別好，一個禮拜就抵掉過去半年的業績，對了，大賣場的漂白水和打火機也特別暢銷。」

我話一說完，螢幕中又有密集的爆炸聲不停傳出，而林敬書的手下也終於打電話過來。

「哲哥，台中已經變成一片火海，你從台中黑道的軍火總庫分出去的武器，台中人也都拿出來用了，現在台中機場已經被暴民封鎖，殺掉一堆想要飛出去的豪門家族成員，還有一些人想往北逃，他們的車子也被炸爛了。」

「嗯，台中法院呢？」

「嘿！這個您可以看看，可精彩了。」

我將會議室裡某一個螢幕上的監控畫面切換到台中法院門前，許多年輕人都站在法院門前的石階下方，開著手機對準法院門口，十幾個戴著黑色蒙面頭套手裡拿著步槍的人就站在那，法院門口還放著一只大水缸，裡頭裝滿了黑色墨水。二十幾個穿著法袍的法官雙手被綁在背後，跪趴在法院門前的石階上，低著頭不敢面對他們眼前的群眾。

其中一個戴著蒙面頭套身材魁梧的男人，放下手中的步槍，掏出一把短刀，走到一個中年男法官面前，抓著法官的頭髮，像是拎雞一樣提了起來，本該充滿威嚴高高在上的法官，此時卻像是一隻驚惶的雛鳥，不停扭動掙扎著。

「不要殺我，我知道錯了！別殺我！別殺我！」

那個魁梧的男人沒有理會他，將短刀刺入法官的胸口，接著往下往左用力一劃挖出一個窟窿，他把法官的屍體扔到石階上，彎下腰，貼近在法官的胸口，像是在掏什麼東西。

那男人緩緩起身，手裡抓著一顆還在跳動、滴著血的鮮紅心臟，展示在群眾面前，接著把法官的心臟泡進水缸的墨池中再拿出來。

「各位朋友，這些貪污法官都是黑心肝對不對！」

那男人舉著被染黑的心臟對著群眾高聲呼喊。

「對！」

「黑心法官去死！」

「我們才是代表正義！」

石階下的群眾興奮呼喊回應著。

這一切，正是我和林敬書一手企劃的，我們真正的目標，從來就不只是台中黑道而已。

我第一次聽到林敬書完整的計畫，是在我成為豺狼的正式徒弟不久時。

當時我坐在林敬書的小別墅客廳裡，他打開電視轉到足球比賽，把聲量開到最大，他手上拿了一杯啤酒，我面前也放了一杯，我們看起來就像是在觀賞比賽，林敬書在震耳欲聾的群眾嘶吼聲中，緩緩說著他的計畫。

「謝哲翰，你知道這世界上最強大的武器是什麼嗎？不是原子彈，也不是任何肉眼可以看到的物質，而是『概念』，宗教，主義，價值，這些東西可以毀掉一整個國家，殺掉上千萬甚至上億人，比如十字軍東征、三十年戰爭、民族主義帶來的兩次世界大戰、共產主義帶來的越戰韓戰。這世界上沒有一樣東西是比『概念』更為強大的武器，如果想要推翻數十年來在台灣無法動搖的那些財閥豪門，只能透過『概念』，貧富差距、無產階級革命，這些概念在台灣已經被打壓了太久了，所以，要換個口號來包裝，比如『復仇』、『奪回自己的東西』之類的。」

「你們林家自己本身就是豪門，自己打倒自己，不是很可笑嗎？」

「我有一個代理人。」

「誰？」

「陳明華。」

聽到林敬書的說法，我不禁冷笑了一下。

「你以為陳總這麼蠢嗎？這麼容易被你控制？」

「所以啊，計畫要能成功執行，必須讓所有的東西，都像是他自己想出來的。三年前，我派了人去打入陳明華的團隊核心，為他壯大團隊，鞏固他的地位。我派去的那個人，就是我放入台中黑道中最核心的『冬蟲夏草』。」

那時我才知道，打從三年前，林敬書就開始了他的布局。

「台中黑道最擅長種『冬蟲夏草』，讓目標最信任的人在關鍵時刻動手，但我玩的比他們高明多了，我種在陳明華身邊的冬蟲夏草，目標只有一個，那就是幫助陳明華『獲得觀念』。」

林敬書的口氣越輕鬆，我越覺得毛骨悚然。

「我花了很多時間研究、分析、側寫陳明華的心理狀態，蒐集了他過去的一切經歷，調查他身邊的熟人。我還派人入侵陳明華的手機和電腦，研究他的瀏覽習慣，找出最能夠打動他的關鍵字，會吸引他閱讀的字句。」

聽了林敬書的說明，我這才想起我第一次見到陳總時，他桌上那一疊左翼思想的書籍。

「接下來，就是讓陳明華身邊的冬蟲夏草在他的手機和電腦裡植入木馬，讓我所要引導陳明華讀到的文章、訊息，在適當時間，不經意地進到他的螢幕中，這些文章和訊息，能夠幫助陳明華在心中一步步建立起許多『觀念』，如果還不夠的話，冬蟲夏草會在言談中，透露出某些字句和想法，來對陳明華作成暗示。」

陳總，正是林敬書毀掉台中黑道和台灣白道豪門的核心棋子。

林敬書用了三年時間，一步一步地引導陳總想出「灰道」的概念，並讓陳總在夜深人靜之時，不自覺地點擊到某一篇談論日本赤軍的文章，誘發他產生顛覆社會摧毀體制的慾望並想出操作手法。顛覆社會的瘋狂概念雖然非常合乎陳總的美學價值，但缺乏理性也不合乎他的實質利益，只有讓陳總失去一切的時候，才能讓他走上那條路。

於是林敬書利用「灰道」一事，迫使美國人動手毀掉台中黑道，進而逼迫陳總瘋魔，發起顛覆社會的行動。

「不過這樣還是差了一步，作為台中黑道的首領，陳明華雖然也和白道打了不少交道，但是白道豪門私底下幹的骯髒事，有很多是他碰觸不到，只能透過其他管道蒐集而來，為了讓他拿到我要給他的東西，我必須讓他想辦法派人算計我，才能合理地從我這裡得到一些資料。這也就是所謂的——」

林敬書伸出兩隻手，雙手手掌相互面對，然後拍合在一起。

「啪！」

林敬書的雙手貼合。

「雙向發計，融會貫通。」

後來，在陳總身邊的冬蟲夏草協助下，陳總取得了林敬書的病歷，知道了林敬書計畫的一部分，甚至還侵入了他的一棟祕密別墅中取得了他在電視上公布的那些文件跟影片，在新社的罌粟花田邊，我也藉此成功取得了陳總的信任。

陳總在電視台上發表完演說後，在被他煽動的群眾協助下，再次順利逃走，不過台北和其他縣市的人不像台中一樣瘋狂，雖然各地也有零星的暴動，但很快就被鎮壓下來。

於是，我又撥了電話給林敬書，提醒他可以進行下一步動作了。

「林敬書，你看了電視了嗎？」

「嗯，現在台中遍地都是汽油彈和肥料炸彈，台中的警察已經全面撤離台中了，台中的那些豪門應該都被清洗批鬥得差不多，就是台北人溫馴軟弱了一點，到現在還不動起來。」

「台北人嘛，以溫良恭儉讓自詡，他們需要人帶領，該是時候進到下一步了。」

「我明白，也是要進入最後階段的時候了。」

我和林敬書通完電話後，轉頭看向會議室裡的巴蘭、陸篤之和其他的人。

「各位，林敬書的戲即將演完，接下來該輪到我們了，請大家做好下一步的準備。」

台中大暴動發生之後，台灣各地的黑道和幫派分子都遭受到嚴厲的掃蕩和監控，但中央政府想不到的是，引發台北動亂的人，竟然是兩名普通的大學生。

台中大暴動發生第三天，台大社會系大三學生張文範，在深夜十一點，帶領上百名大學生攻佔立法院，並在立法院內宣布成立進步青年救國連線，上千名年輕人同時響應，帶著用伏特加和玻璃瓶做成的簡單汽油彈擊退了保安警察，同一時間，全台灣各地的立委服務處都遭到襲擊，三十多名立委被大學生俘虜後，全被送往立法院進行公審。

暴動發生第五天，台大政治系大二學生陳偉傑宣布成立覺醒公民聯盟，號召數萬名群眾穿上紅色上衣，包圍總統府，要求總統周永英出來面對群眾。在電視畫面中，凱達格蘭大道上盡是一片紅海，到處豎滿巨大的紅色旗幟，上頭寫著：「奸商還錢，政客還權。」總統府前方有一個小舞台，陳偉傑就站在上面，頭上綁著一條紅絲巾，也寫著那八字標語，他手裡拿著大聲公，對著群眾呼喊。

「我們人民，要求周總統出來對話，正面回應企業控制司法體系、官商勾結和社會制度嚴重偏向財閥這些問題，我知道周總統還在裡頭，我們給他二十四小時的時間，如果到時候周總統還不出面，我陳偉傑！就帶著大家衝進總統府！槍斃周永英或活抓他！大家說好不好！」

「好！」

「槍斃周永英！」

「要讓周永英死得很難看！」

數萬人齊聲大喊，興奮地回應陳偉傑。

陳偉傑舉起大聲公，對著群眾大吼。

「大家跟著我一起呼喊口號，奸商還錢，政客還權！」

「奸商還錢，政客還權！」

數萬人高舉雙手握緊拳頭，一起用力呼喊，現場此起彼落的汽笛聲都蓋不住眾人的怒吼。

對林敬書而言，再過一天，整個台灣就會不一樣了。但對我來說，一切，才剛開始。

台中發生的暴動，讓總統根本坐不住，陳偉傑在凱達格蘭大道前發表宣告後不久，周永英便走出總統府親自和陳偉傑對談，但陳偉傑認為周永英沒有具體回應他的訴求，拒絕撤離凱達格蘭大道，並且再次放話，三天後如果周永英仍然沒有做出具體回應，將讓抗爭遍地開花。

同一時間，立法院長林如海，帶著過半數立委的連署書，前往被攻佔的立法院和張文範進行會談，林如海在媒體鏡頭公開承諾，三日之內必定會提出一個促進社會公平正義的初步改革草案，張文範也公開宣示，只要立法院的改革草案合乎社會期待，進步青年救國連線就會撤出立法院。

我繼續看著電視新聞，心中也有著許多感慨，林敬書打著社會改革和推翻財閥統治的名義，拉著許多人一起參與了他的計畫，但是最終最大的受益者還是林家，如果沒有變數的話，除了譚家之外，台灣所有的豪門都會在這場動亂中，被林敬書打入凡塵，而實質控制台灣的人，就剩下林家和譚家。

「真不愧是林敬書啊，幸好當初我找上的不是他。」

看著新聞，巴蘭也不禁感慨道，巴蘭接著又繼續問到陳總的事。

「阿哲，林敬書打算怎麼處理陳明華？」

「陳總已經準備逃往菲律賓，接著再轉到一個我也不曉得的地方，可能是加勒比海上的某個小島，繼續丟出關於譚家的黑資料，慢慢吞蝕掉譚家。陳總應該可以拿到不少於他原有資產價值的錢。就看陳總接下來想要在海外享受退休生活，或是另起事業。」

「就這樣?!那些被台中黑道殺掉的族人呢？」

巴蘭提高聲調憤怒地問道。

我嘆了一口氣。

「陳總，是林敬書扶持上來的，未來林家要擊倒譚家，也可能需要靠他。」

我摧毀了巴蘭的最後一絲希望。

巴蘭聽了我的話，反而冷靜下來，他終於下定決心了。

一個小時後，會議室的門再度打開，一位山鬼的成員搬了一只大木箱進來，沉甸甸地壓在會議桌上。

我打開木箱，裡頭裝滿了泛黃的紙張，果然是我要的東西。

「辛苦了，謝謝你們。」

我笑著向搬木箱進來的成員點頭致意。

「哲哥，這些文件有什麼用？」

「這些東西對我來說非常、非常的重要，至於用來做什麼，不需要多久你就會明白了。」

我看著這箱文件，心情無比愉悅，我小心翼翼地將箱子裡的文件一份一份攤開在桌上。

這些文件，有些是真的，有些是假的，其中最關鍵的那一份文件，現在應該是在林家手中，眼前文件是靠著親眼讀過那份文件的學者以及其他專家偽造出來的，我摩娑著紙質已經有些腐壞的文件，彷彿真的是四十年前的文件。

四十年前，譚家來到台灣沒多久，他們帶來台灣的資產只剩下幾箱黃金和一些祖傳的骨董字畫，剛到台灣的譚家一家大小在台北接收了幾棟日本官員宿舍勉強住了下來。現在的譚老爺子，當時的譚振武，陸軍少將，任職情報參謀次長室，就在來到台灣不久後，鼓動其上司和警備總部首長，發動「孫將軍案」。

我讀起這些文件上書寫的內容，儘管知道眼前的文件是偽造的，也早已知道文件上寫的事件詳情，但讀起來仍令人感到驚駭。

四十年前，陸軍聯名警備總部密報總統，孫將軍與美國方面意圖顛覆總統並密謀暗殺總統的計畫，台北當地數十戶仕紳受孫將軍案株連，全部家破人亡，男人死在刑場，女人被送往金門的軍中特約茶室當娼妓，所有的土地房舍，由譚家及相關參與者共分。

這只是一切的開始。

我繼續取出箱子裡的一份份文件，楊雄文案、李懷案、張忠和案、劉阿明案⋯⋯。

從北到南，願意捐出其大半家產的，便能活命，抵死不從的，男人上刑場，女人送茶室，田地房產一律充公，再轉過幾手後由譚家及其共謀者接收。這一件件冤案的真正策劃人，其實都是譚老爺子，正式公文上，卻從來看不到他的印章。但那一條條人命，最終實實在在換成了譚老爺子家中那些價值連城的骨董字畫，以及譚家人早年均擔任軍職或公職，後來卻能累積出一兆台幣資產的致富傳奇。

李政男上台之後，也只有查到警備總部首長和譚老爺子當時的上司，能夠證明譚家是當年主導一宗宗株連十幾萬人的滅門冤案的祕密書信幾乎都已銷毀，眼前的這些文件多半是偽造出來的，但是，這已經足夠了。

我放下手上文件，轉頭看向正在指揮眾人追蹤陳總下落的陸篤之。

「老師，你找到陳總的藏身地點了嗎？」

「嗯，已經找到了。」

「那就麻煩您截斷林家和陳總的通訊，再幫我撥通電話給陳總。」

陸篤之很快就撥通了陳總現在手上的手機，如果陳總願意接我的電話，就表示他還沒被憤怒淹沒理智。

「喂？」

陳總的聲音冷淡，但聽起來還能繼續談下去。

「陳總，是我，謝哲翰。」

「你連我手機位置都能找到，應該不會是無聊到特地撥這通電話來羞辱我吧。」

「陳總，道上的事，成王敗寇，本來就是如此，我就不跟你說句道歉了，不過我想，你應該也在期待有這通電話。你現在的位置嘛，在基隆山區，現在政府抓你抓的更兇，你想弄點吃的都很勉強，時間過越久對你就越不利，而且你煽動的暴動現在只侷限在台中，其他地方的暴動能量都被林家收割了。陳總，最後一張底牌你也用光了。」

「你打電話來就是為了跟我說這些廢話？」

「當然不是了陳總，我只是要確立我們合作的可能性，你剩下唯一一條路，就是和我合作。我幫助你逃離台灣，你幫我把台灣攪得更亂，卡住林家的手。」

「我要怎麼相信你？」

「就像我說的，你沒有選擇了，陳總，你只能選擇和我合作，不過，為了展現我的誠意，我就先提供給你一些資訊。」

我把陳總的電腦、手機、電子郵件甚至連提款卡密碼都一口氣背出來，影響他這三年來重要決策的關鍵文章也一一指出來，接著託出林敬書對他灌輸觀念的計畫。

陳總安靜地聽我說著，但我可以感覺到電話另外一頭，他的呼吸聲越來越重，自以為了不起的一切，其實都是別人所操控的，大概沒有任何一件事，比這更讓人憤怒和恐懼的。

「『冬蟲夏草』是誰?!」

陳總盛怒之下，反而把聲音壓低問道。

「陳總，你思考一下，當初是誰神來一筆地給你一條明路，讓你直接找到王董剛好在的那棟別墅？是誰神奇地掌控到當初要和你搶位子的那些人的行蹤？再想想這些年你的灰道計畫和煽動革命方案，是誰不時讓你『靈光一閃』？」

電話另一頭的陳總沉默半晌，忽然間槍聲大作，槍聲結束後，陳總打開了他那頭的視訊螢幕。

陳總躲在一間小平房內，憨仔就站在他身邊，不遠處，Simon倒在地上，額頭上三個彈孔，平房門口躺著貪吃張，看起來貪吃張方才就發現不對勁意圖逃跑，就在陳總看著手機螢幕的時候，看起來已經死去的貪吃張，他的右手竟然以非常微小的弧度，緩緩朝大腿內側移動。

「陳總，貪吃張還沒死透啊，他正準備向林家通風報信呢！」

陳總聽了我的話，馬上轉身，從憨仔身上拔出一把手槍，一股腦打爛貪吃張的右手臂。

陳總手裡的槍的子彈打光後，立刻又抄了一把機關槍到手上，對著貪吃張的屍體瘋狂掃射。

「起來啊！起來啊！」

陳總把所有的怒氣全都發洩在貪吃張的屍體身上，直到貪吃張的身體都被打成一團爛肉，陳總仍不停地打出子彈，直到機關槍上掛著的五十發子彈全數打完為止。林敬書當初為了把我弄進台中黑道，從我踏進育才中學的時候，就已經開始進行布局，貪吃張，就是其中的布局核心。

陳總把手上的機關槍用力向身後一丟，又回到鏡頭前。

「好了，現在該來談談怎麼合作了。」

「只有台中亂，其他地方的警察沒亂，你是逃不出台灣的，剛好，我手上有一些資料，可以煽動全台灣的民眾前去攻擊警察。你知道警察的圈子，特別是中高階警官的圈子，其實非常狹小，一個人當警察，通常家族成員都是警察，一個警察能幹上局長處長，通常是因為他的父親或是他家長輩也是警界的高官，而我手上的資料，揭露了過去三十年間，台灣警界奉譚家的命令，在台灣製造冤獄，任意挑選目標用刑，奪取對方家產妻女，幹下這些惡行的人的後輩後來也做了警界的高官，他們把相關證據全都銷毀了，才讓一宗宗冤案查都查不出來。陳總，現在這些珍貴的檔案，我全部都傳給你，只要你用的好，就能讓台灣進入真正的無政府狀態。」

林敬書灌輸各種煽動暴動的概念和技術給陳總，雖然只是要讓陳總成為他計畫中的棋子，但確實也讓陳總成為了一個熟練的暴動煽動者，陳總一讀到我傳給他的那些文獻照片，笑得合不攏嘴。

「原來台灣的高階警察，他們的老爸和長輩都幹過殺人取財、強姦婦女的事啊！」

「陳總，最後的機會，好好把握，只要你能把全台灣的警察都拖下水，就能逃出去了，只要台灣繼續失控下去，林家就別想把一切都捏在他們手裡。」

我和陳總結束通話之後，山鬼成員一點也不生氣，眼裡帶著滿足笑意。

因為方才名叫尤塔那的山鬼成員將文獻照片傳送給陳總的時候，順便控制陳總的手機。

我繼續吩咐尤塔那後續行動。

「現在民眾的怒氣還沒消掉，這批資料如果再流出去，民眾攻擊警察報仇的行動，一定會遍及整個台灣。台中以外的地方，針對豪門的清算也會繼續展開。尤塔那，你把相同的資料，連同跟譚家有關的那些文獻的照片，用陳總的手機傳到譚家。

尤塔那點了頭。

「我知道了，哲哥。」

我交代完尤塔那後續工作後，繼續煽動著山鬼成員們。

「各位，林敬書策劃的革命，是為了幫他們林家清洗政敵，但我們山鬼策劃的革命，是要徹底清洗整個台灣每一個骯髒的角落！台中黑道、那些財團豪門和警察共犯，一個都別想逃！」

在場的所有人，包括陸篤之，無不是受盡這個社會體制的欺壓，把台灣搞的越亂，他們越是稱心如意。

巴蘭的眼底藏著一股火，但他的思維依舊冷靜，聽完我的話，他繼續追問道。

「阿哲，你打算何時處理譚家？」

「我們用陳總攪亂台灣，再來等譚家找上陳總把他殺了，就是我們處理譚家的時候。」

「我們的人已經盯住武譚家中所有重要成員了，包括譚振武，等時間一到，就可以一口氣處理乾淨。」

巴蘭嘴角揚起得意的笑容。

「一個家族居然能夠控制警察和國安系統，實在是太恐怖了，不能留啊！」

我向巴蘭感慨道。

我抬頭環顧會議室裡各處螢幕上的畫面和游動的數字，整個台灣的動亂，差一點就要被林敬書掐在手裡。我心裡默默想像著接下來的動盪會讓台灣陷入怎麼樣的混亂，民眾和警察互殺，豪門紛紛逃往國外，台中黑道趁機作亂。

這樣的程度，應該已經夠了吧。

我腦海裡又浮現出趙靜安告訴我的「亂世無命」，就連山鬼這群人也不曉得，他們是「亂世無命」計畫裡的最後一顆棋子。為了讓小青活下來，沒有任何人是不能利用或犧牲的。

我把資料傳給陳總的兩天後，他又拍了一隻影片，透過網路傳送出去，雖然他的影片被各家電視台全面封殺，但透過網路傳遞出去的影響力，絲毫不遜色於他佔領新聞台時所做的公開宣講。

他除了公開譚家當年為了中飽私囊，聯合警察體系製造大量冤案的證據，連同這幾年警察吃案、收賄以及兼營酒店賭場的證據也一塊抖出來，將警察執法的合理性徹底摧毀。

所謂一回生二回熟，上次發生過一次群眾暴動，這次再次發生的速度就快的多。

陳總的影片發布在網路上不到二十四小時，就已經發生多起警察被人砍殺的新聞，但最嚴重的暴動，新聞媒體卻是連報導都不敢報導。

山鬼中一位駐守在台北的成員，站在一棟公寓的頂樓，將他攝影機下的台北第一分局畫面傳送到會議室裡。

深夜裡的台北第一分局，卻是比白天更加熱鬧。

台北第一分局五十公尺外站滿了鎮暴部隊，他們一手拿著盾牌一手握著鋼棍，肩並肩相互貼靠，形成一個包圍住台北第一分局的大鐵桶，在這個鐵桶內，有另一群維安特勤隊，他們手裡全都端著步槍，槍口從盾牌間的空隙向外探出。至於台北第一分局裡的其他警察，則是躲在局內，將鐵門拉下了一半，不時慌張地探頭張望外面的狀況。

外頭的民眾正在大聲怒吼。

「張揚寧出來！」

「殺人兇手張揚寧！我們全家當年十六條人命，今天要你張揚寧血債血還！」

「台北第一分局貪汙、吃案樣樣來！」

鎮暴部隊形成的鐵桶外，足足有上千人包圍了整個警局，他們頭上都綁上了寫著血字的白布條，有的人手裡拿著刀有人拿著槍，但更多人手上拎著玻璃瓶，看起來像是自製的汽油彈。

張揚寧是標準的警界菁英，張家也是知名的警政家族，張揚寧警大畢業後，爬升速度遠超同期，現在則是台北第一分局有史以來最年輕的分局長，也是常在電視上出現的媒體寵兒，在張家和譚家當年幹的那些事被陳總揭發出來後，張揚寧和台北第一分局自然是群眾的首要目標。

在群眾持續包圍台北第一分局不肯退散的情況下，台北第一分局內第一個走到分局外的人竟然是張揚寧，他沉著臉望向警局外暴動的群眾，拿起大聲公，向群眾喊話。

「請各位民眾保持理性自制，不要做出違法行為，如果各位認為我張某人或是本分局同仁有任何不法行為，請依法檢舉，或向法院提起告訴，如果我張家過去有做過任何對不起各位的行為，也絕對不會逃避！我張揚寧就站在這裡！我會和各位溝通到各位離去為止！」

張揚寧一說完，一聲槍響同時響起。

暴動的群眾中，爆出一句粗口。

「張揚寧！我肏你媽個逼！」

張揚寧的身體向左側一傾，在旁人的攙扶下才沒有摔倒，但他臉部肌肉糾結成一團，右手捂著左肩，看來是中了彈。

群眾受到方才那一槍的鼓舞，紛紛高聲叫囂。

「張揚寧那個畜生還沒死！」
「殺死這些條子！」
「殺光他們！」
張揚寧臉上沒有一絲懼意，方才那一槍反而激起他的殺心。
「群眾暴動已經危及警察生命安全，我正式宣布，現在開始允許各位同仁基於自我防衛對暴民進行攻擊！」
張揚寧一開口，密密麻麻的槍聲就在台北第一分局前開始響起，黑夜中，維安特勤隊手中的槍口不停冒著火光，在盾牌對面的群眾大量倒下，鎮暴警察也舉起鋼棍，朝著沒被子彈打中的人的腦袋，狠狠甩下去。
暴動的群眾又驚又怒，對著身旁同伴大聲吼道。
「警察殺人啦！」
「趕快丟汽油彈炸死他們！」
台北市民手中的槍當然不比台中人多，但他們早就準備好汽油彈，當大批群眾倒地，上百顆汽油彈同時也飛進鎮暴部隊的包圍圈內。
「啊啊啊啊啊！」
「快滅火！快滅火！」
汽油彈引爆的瞬間，一大群警察全身都著了火，發出淒厲的慘叫聲，在地上拚命地打滾，一些警察趕緊放下手裡的槍和盾牌，趕緊到處找水和滅火器。
但再度迎接這些警察的，是另外一百多顆汽油彈。

鎮暴部隊的鐵桶陣徹底崩潰，卻又多了一大群在地上打滾慘叫的火人。

一位維安特勤隊成員紅著眼拿起對講機大吼。

「趕快派人支援！把這群暴民殺光！」

更多的警察從四面八方趕來台北第一分局支援，槍口的火光竟將整個台北第一分局照亮如白晝，燃燒彈用盡的群眾也開始號召其他人前來支援，並撿起警察的槍和警方廝殺。

巴蘭看著螢幕上的雙方局勢，摩娑著下巴分析道。

「這樣下去，這些群眾早晚會死光。」

「所以啊，這時候通常需要用上另一個小技巧。」

我話還沒說完，暴動的民眾就先動手了。

台北第一分局附近三棟大樓冒出濃煙，不知從何處竄起的火舌很快就吞噬了這些建築物。

接著是中山區、萬華區、信義區、松山區、大安區，整個台北市全部陷入一片火海之中。台北市，終於淪陷了。

就在我和山鬼的人坐在會議室裡看好戲時，林敬書終於打了電話給我。

「是你幹的吧！」

「沒錯。」

「你他媽的知道自己在幹嘛嗎！」

「我當然清楚，我就是要讓台灣越亂越好，擋到你們林家的財路我只能跟你說聲抱歉，但也沒辦法。」

林敬書沒有繼續破口大罵，反而爆出一陣大笑。

「你該不會連自己馬子都想幹掉吧。」

「你想拿小青嚇我?!」
雖然我不會相信林敬書這時候講的任何一句話，但心臟在此刻仍然頓了一下。
「我沒算到巴蘭會找你合作，也沒算到你會瘋到這種程度，這是我的失誤，但是看來你也有沒算到的東西，既然我們已經拆夥了，我也用不著告訴你，我就等著看你後悔崩潰。」
我掛了林敬書的電話，明知道他是想要誘騙我停手，但他剛才講的話卻不斷縈繞在我腦海裡，我下意識又把手探向手機，但那個我想打過去的對象先打了過來。
我接起了電話。
「老師。」
豺狼打來了。
「阿哲，這次的行動是不是你在幕後策劃的？」
「是。」
「如果是這樣，不管你的目的是什麼，都先叫小青趕快逃走，以免被你連累！」
電話那頭的豺狼焦急地說道。
「怎麼回事？」
我聽到豺狼的話心頭一驚。
「難道林敬書從來就沒告訴你，真正扶持竹林幫的其實是青幫？」
我的心臟被重重捶了一下，這一瞬間，我終於明白自己犯了什麼錯。
「竹林、竹林幫、其、其實是青幫扶持起來的?!可是成幫主還需要小青保住趙靜安的命。」
我已經嚇到語無倫次了。
「你還不明白嗎？竹林幫只是因為青幫已經進入軍隊，不方便以幫派身分行動而製作出的外殼，就算是成德恭，也沒有竹林幫的絕對掌控權，就在剛剛，成德恭也被青幫的人殺了。」

「老師我知道了。」

我趕緊掛上電話，又打了電話給小青。

「小青，妳現在在哪?!」

「我在台北文山區的那棟別墅，不是你要我去那躲好的嗎？姐姐現在也在這裡，怎麼了嗎？」

「砰！」

小青話還沒說完，電話那頭突然傳出一陣巨響，我焦急地呼喚著小青。

「聽得到我說的話嗎?!」

「阿哲，有人射了一發火箭彈到房子裡！」

我突然意識到現在幾乎沒有一個地方能夠保證小青的安全。

「小青，你和趙靜安現在趕快過去溥公那。記得不要相信任何一個竹林幫的人，沒時間和你解釋了，趕快出發！」

我打開手機上的追蹤程式看著代表小青的那個紅點離開了別墅，才暫時放心下來，我轉頭望向巴蘭和山鬼的所有成員。

「各位，拜託了，我需要你們的幫忙。」

巴蘭拍了拍我的肩膀。

「現在的山鬼能重新建立起來，有你一半的功勞，你早就是我們自己人了。在台北的山鬼成員會全部動起來保護成青荷，我也沒想到譚家這麼快就查到是我們，現在也該是我們反擊的時候了。」

我打開手機計算小青到愛新覺羅・溥齋那的距離，大約三十分鐘車程，幸好山鬼在台北的人離小青並不太遠，這兩年來經歷大大小小的搏殺，我也早已習慣做出因應意外狀況的準備。我決定好下個計畫後，便向巴蘭盤問現在我手上底牌的形況。

「巴蘭，我的玩具在台北放了幾架？」

「這個東西不好做，在台北我們也只放了十五架而已。」

「那就全都動起來，撐到弟兄到小青身邊為止。」

「阿哲，那是你的保命底牌，如果這次全都打完，短時間內也裝不了。」

「我寧願打到一架都不剩，也不想看到小青有任何狀況。」

巴蘭不再勸我，點了點頭。

「我知道了，阿哲，火力最強的那一架留給你，其他的照原編制操作。」

會議室的中心放著一張大方桌，桌面看起來像一片白色玻璃，但當巴蘭把手掌貼在桌面上後，桌面便亮了起來變成螢幕，浮現出一個系統操作介面，巴蘭在桌面上快速點觸著，會議室左方牆壁上的十四塊螢幕同時切換到另一個介面，巴蘭離開桌面，讓我走到他剛才站的位置。

巴蘭對著所有人大喝道。

「所有操作成員就定位，聽阿哲指揮！」

會議桌的螢幕有兩個分割畫面，一個是操作介面，另一個是攝影鏡頭畫面，我按下啟動鍵，鏡頭畫面快速飛掠著，最後顯現在我眼前的，是一幅高空俯視圖。

搭載機槍的遙控無人機，就是我的最後保命符，但今天必須全都用在小青身上。

無人機的鏡頭不斷向地面拉近，越來越靠近辛亥路，我終於看到小青了。

她和趙靜安坐在同一台車上，趙靜安負責開車，小青正拿著槍和後面追著她們的一輛白色跑車互戰。

我立刻從無人機上拋下一顆炸彈丟到那台白色跑車車頂上，白色跑車立刻就被炸成一團火球，向後滾了幾圈才停了下來，我沒有理會車上的人死活，繼續吩咐操作人員把其他台跟著小青的車也炸掉。

其中一位操作成員焦急地喊道。

「哲哥，我發現到有一台摩托車抄上來貼近青姐的車了。」

「解決他。」

「不過，這台飛機可能也保不住了。」

「各位，你們不用顧忌手上的飛機最後下場，我只要看到小青平安進到愛新覺羅・溥齋的房子裡。」

所有操作人員齊聲喊道。

「我們知道了。」

螢幕畫面上，我看到一架無人機將一個殺手爆了頭，但也被人一槍打下來，當小青的車進到新生高架橋時，還能動的無人機只剩下三架。

「巴蘭。我們的人離小青還有多遠？」

「他們已經到了，就在匝道出口那，對方的人在那等著小青下來。」

我駕駛的無人機緊貼趙靜安的車，趁著這個空檔，我直接用手上這個操作介面撥通趙靜安的手機。

「趙靜安！你們前面還有追殺你們的人，山鬼已經在匝道出口那等著跟你們會合。」

「ＯＫ。」

小青聽到了我和趙靜安的對話，把趙靜安的手機接了過來。

「阿哲！」

小青的聲音傳了過來。

對我來說，沒有任何事比確認小青安然無恙更重要了。

「小青你有沒有怎麼樣？」

「我沒事，溥公也派人過來接應了，他們就在前面。」

「那就好，小青，你千萬不要離開溥公的房子半步，我沒辦法確定敵人還有多少。」

「我有溥公保護，沒事的，我擔心的是你。」

趙靜安方才丟了一個文字訊息過來，告訴我她已經跟小青說了我和她一起設計的亂世無命計畫。眼下狀況確實在我意料之外，我沉吟了幾秒才回應小青。

「我現在待的地方很安全，而且我也已經在譚家裡安插了人，等你安全過去之後，就換我動手了。」

當趙靜安開車出匝道的那一刻，青幫的人再次出手，山鬼在台北的成員終於也趕到了，最後三架無人機在此時全部解體，幸好我連線上趙靜安的車子，才得以和她車上的行車紀錄器共享畫面。山鬼的人以重火力掩護小青的車，他們和青幫人馬纏鬥了十幾分鐘，終於等到了愛新覺羅．溥齋派來的人才取得優勢火力，並將小青和趙靜安安全接過去。

等我確定小青安全進到愛新覺羅．溥齋那棟別墅裡，我才感覺到全身的力氣像被榨乾一樣，我大口喘著氣，背後的衣服全被汗水給浸濕，但現在還不是休息的時候，我順了一下呼吸，繼續下達指令。

「巴蘭，沒有時間了，處理譚家吧。」

巴蘭點了頭，撥出聯絡譚家裡的山鬼內應的祕密電話，但過了十幾秒後，他看著手機畫面，臉色一片煞白，事情似乎正在朝最壞的情況發展。

巴蘭頹喪地嘆了口氣。

「阿哲……。」

我拚命搖著頭，無法相信會發生那樣的事，只能安慰自己。

「我們的情報人員水準絕對不下於政府單位，而且我們在暗譚家在明，不可能有這樣的事！」

接下來，一通視訊電話打進我的手機，打破我的妄想。

這通電話，用的是陳總的號碼，我看到手機上的視訊畫面，簡直無法相信自己的眼睛。

場景還是在陳總藏匿的那間平房裡，但陳總身邊的核心幕僚，變性黃，還有陳總，全都躺在地上，每個人額頭上都只有一個彈孔，身上沒有多餘的傷口，但出現在手機畫面中的，還有一個和陳總長得一模一樣的人，他的右手勒住憨仔的脖子，並將他高舉在手機鏡頭前，憨仔全身是血，四肢都已經折斷，如同一隻殘破的布娃娃，我從來沒有想過，以憨仔的身手，竟然有一天會有這種下場，更詭異的是，眼前這個抓著憨仔的陳總，他臉上露出我不曾在陳總臉上見過的陌生笑容，他看著鏡頭向我寒暄道。

「阿哲，不認得我嗎？」

他嘴裡發出來的依然是陳總的聲音，但他似乎想讓我認出他是誰，他的眼神和臉部表情微微調整，同樣是這張臉，我卻看見了另一個人。

「你是中中校！」

「喔？沒想到你還記得我的那個身分，這麼多年，我只顧著扮演別人，都忘了自己的真正姓名叫什麼，不如就用我道上的名字吧，我叫千面，青幫執法長老。」

陳總那張陰冷的臉龐上，露出一副毫不搭配的親切笑容。

申中校，或者該叫他千面，千面看著手裡的憨仔身體已經完全癱軟不再掙扎，便隨意地往旁邊扔出去。

所謂的青幫執法長老，也就是青幫當中武力最強的人。一直以來都有傳聞，青幫這個掌控政府力量的古老黑幫，有著不遜色於世界四大黑幫殺手的武力，可是從來沒人見識過青幫執法長老殺人，所以許多人都認為這只是青幫這個老幫派所編造出來捍衛自己江湖地位的傳聞。直到今天我才知道，為什麼從來沒人看過青幫執法長老殺人，原來青幫執法長老的「絕活」就是易容術，沒有人知道哪些暗殺行動中的殺手其實就是千面。

「這是一個好苗子，戰鬥本能和反應速度都不錯，但是在台中黑道這種小旮旯裡，是練不出真本事的，你們啊，和世界上真正的頂尖殺手，還有很大的落差。」

千面打量著變成屍體的憨仔，笑著說道。

「我今天來這只是順便處理掉這批人，主要還是要幫老爺子跟你接上頭，不過山鬼的駭客和情報滲透能力確實厲害，為了避免讓你們掌握到老爺子的行蹤，就只好用這種方式。」

千面一面說著，同時調整手機角度，讓他整個人都出現在手機鏡頭內，接著再從口袋裡拿出另一隻手機，那隻手機隨即響起譚老爺子的聲音。

「阿哲啊，謝謝你發送的那些文件啊。」

「譚老爺子，您到現在還在嘴硬嗎？譚家和警界當年幹的事，外界都已經知道了，譚家離毀滅也不遠了。」

「呵呵，除了你交給陳明華的那些東西，我也請千面把當年我同袍幹過的事的相關檔案，透過陳明華的手機散布出去了。不久之後，台灣就會落入我們譚家手中。」

我這時候才明白譚家到底想幹什麼，一股寒意驟然竄上我的腦門。

「現在台灣已經是民主時代，你們敢軍事政變?!」

「哈哈哈哈！」

譚老爺子沒有回答我的問題，卻爆出一陣大笑，聲音裡滿是嘲弄意味，我突然間明白他的意思了。

台灣成為真正的民主社會不到三十年，他和他的同袍是在軍閥割據時代長大的，軍事政變，才是他們眼裡的常態。

「阿哲，你說的也是有幾分道理，民主這玩意兒，我們這些老傢伙雖然不放在眼裡，但是在這個時代，要叫動底下的兵，確實不容易，所以要幹成這件事需要三個條件。第一，台灣要夠亂，你和趙小姐兒促成了這條件。第二，則是要逼我的老弟兄們『不得不反』，這點你也幫忙推了一把。最後一個條件，要讓軍方干政師出有名，這在你和林敬書策劃的圍剿海岸酒店一役後，也圓滿了。對了，你應該也猜到，你們安插在譚家的人，我全都端了，青幫當初建立黨國，靠的就是殺手和黑道，說起來我還是你們的老祖宗，那些小把戲我怎麼會看不穿。」

譚老爺子的每一句話，像是一記記對著我身上要害重擊的拳頭，我的腦袋一片空白，完全無法思考，身上每一吋力氣都使不出來，我慢慢走到一張椅子前坐下來，才發現我的雙腿正在發抖。

我和趙靜安的計畫，我和林敬書的計畫，原來他早就知道了，原來我一切的行動，都在他的操控之中。

「阿哲！阿哲！」

我不曉得自己失神了多久，直到巴蘭不停搖晃我的肩膀呼喊我，我才回過神來，此時千面已經掛斷電話了。

巴蘭嚴肅地盯著我的雙眼。

「阿哲，我們沒有輸，台中黑道已經倒了，那些豪門確實也垮了，現在我們只是多了一個新敵人而已，一切才剛開始。」

我深吸一口氣，拍了拍自己的臉頰，讓自己清醒一點。

「巴蘭，軍方很快就會有動作了，現在最要緊的是，趕緊聯絡林敬書，把剛才的事告訴他，叫他帶著他父親躲進山鬼在和平區的祕密據點，這個節骨眼他不會意氣用事，我們雙方必須重新合作，否則只有死路一條。」

「阿哲你的意思是，現在這個地方可能已經被發現了？」

我點點頭，我和趙靜安的關係譚家都能知道，他們監控我的方式雖然我現在還不曉得，但現在這間會議室肯定藏不住了。

我繼續向巴蘭發佈命令。

「巴蘭，三十分鐘之內所有人員分批撤出，所有電磁資料銷毀，順便在這棟別墅每個角落都裝上炸藥。」

我一邊說著，同時從會議室裡找出一把鐵鎚，朝會議桌狠狠砸下去，順便抽出我手機裡的晶片，再將手機一槌子砸爛。

這間會議室，有一半的錢是我出的，山鬼其他成員看到我下了手，他們也不再遲疑，紛紛動手破壞會議室裡的主機，其中幾個人則前去各處埋炸藥。

善後工作一完成，這間別墅的人就依序撤退前往山鬼在深山裡的祕密據點，我讓巴蘭先離開這裡，最後由我帶著達萬和尤塔納離開。達萬和尤塔納都是山鬼中的菁英，不只情報工作，搏殺和各類技能都極為精通，他們一個人負責開車，一個人端著槍在我身旁警戒著，我從身上掏出另一台備用的手機收看新聞，了解現在外頭的狀況。

第七章　站在世界頂端的殺手們

雖然全台各地都已經進入失控狀態，但台北暫時被警方控制住，林如海也再次出面向群眾喊話，承諾絕對會徹底調查過去警方製造的冤案，同時把話頭轉向武譚，要求當事人譚老爺子出面說明。

與此同時，十幾萬名當年冤案的受害人家屬組織起來，在台北市政府允許下前往凱達格蘭大道，要向總統周永英請願。新聞畫面上，一名英俊挺拔氣質儒雅的老男人站在總統府正門前，被憲兵和裝甲車層層包圍住，他便是總統周永英。龐大的受害人家屬隊伍手裡舉著白底紅字的旗幟，浩浩蕩蕩緩步走向總統。

我看著手機上的新聞畫面，想到譚老爺子方才說的話，我總算明白，他要怎麼讓軍方干政師出有名了，我一想到接下來要發生的事，連忙吩咐尤塔納。

「尤塔納，你聯絡一下現在距離總統府最近的弟兄，請他帶著空拍機去拍現在總統府的現場畫面。」

「哲哥，那邊發生什麼事了？新聞上看起來不就是一般的遊行？」

「待會，要出大事了。」

「現在努卡離那裡最近，我先叫他趕過去。」

尤塔納沒有繼續追問，趕緊聯絡上山鬼的成員努卡，讓我透過他那頭看到總統府現場畫面，等等現場記者恐怕是沒有機會拍下歷史性的一刻。

此刻，受害人家屬隊伍已經佔滿了整條凱達格蘭大道，他們身上統一穿著白衣，甚至有人還在身上披起了麻布，一邊行進一邊灑著冥紙，這場請願遊行像極了大型喪禮。在長長的送葬隊伍最後方，還有一群人抬著棺材，十幾具棺材跟著前面人群搖搖晃晃地前進，我盯著手機上的畫面，卻發現到有些不對勁。

抬棺材的那些人，都有一個共通特點，他們的手臂特別粗壯，但他們看起來也抬的並不輕鬆，甚至有些吃力。

我腦海中閃過好幾個可能，但幾分鐘後，我的疑惑就解開了。

所有的棺材同一時間全部爆破，只看到一道道殘影伴隨著雷鳴般的劇烈爆破聲從棺材中衝出來直奔天際。

竟然是刺針對空飛彈！

凱達格蘭大道前所有的人在聽到巨響的那一刻，全都趴向地面，周永英身邊的隨扈也立刻包圍住他，將周永英掩護在人牆之中。

但是這批飛彈，目標本來就不是他。

總統府正中央那根高聳的紅色中央塔樓，在那些針刺飛彈的轟炸下，竟從根部斷裂，往總統周永英的方向砸下去。

受害人家屬看到從天砸落的巨大塔樓嚇得大聲尖叫，背對總統府向外狂奔，白色的人海不斷往凱達格蘭大道外湧出。

周永英身邊的憲兵此時快速做出判斷，最靠近周永英的人，帶著他躲入裝甲車裡，其他人則各自找尋掩護。

從天而降的塔樓狠狠砸在那些裝甲車上，一瞬間就崩裂成無數個碩大的石塊和四處飛濺的碎石，隨著塔樓碎裂而揚起的漫天沙土，遮蓋住整條凱達格蘭大道。

當塵土漸漸散去，裝甲車的車門才慢慢打開，周永英從裡頭艱難地爬出來，那些受害者家屬此時都停下腳步，目瞪口呆望向被炸成殘垣斷壁的總統府。

而在總統府周遭的憲兵，這時候也紛紛衝過來，拿起步槍巡視周永英四周環境，但就在這個時候，局面再生變化。

那些呆站在原地不知所措的受害者家屬，在看到周永英爬出裝甲車後，突然像見到殺父仇人般，面容猙獰回頭衝向他，從四面八方包抄周永英，他們同時大聲呼喊著口號。

「殺死周永英！」

憲兵面對上萬名殺氣騰騰的受害者家屬，連忙對空鳴槍，但受害者家屬似乎對於槍聲沒有任何反應，無視他們眼前的憲兵，繼續向前衝。

擋在周永英身前的憲兵對民眾打出第一發塑膠子彈，有些人倒在地上，但更多人繼續向前衝。

憲兵隊的現場指揮官面對衝到面前的無數暴民，終於下令開槍。

「緊急狀況，開火！」

這次打在受害者家屬身上的，是一顆顆貨真價實的子彈，然而，當最接近憲兵的人倒下後，後頭的人似乎完全沒有懼意，繼續朝著憲兵撲過去，直到憲兵手中的步槍沒有任何子彈後，被壓制在地上痛毆，而其他人繼續衝向周永英。

看到現在，我已經知道出手的人是誰了。

就在憲兵護著周永英，緩步靠近裝甲車時，周永英的額頭上，突然間開了一朵血花，周永英緩緩向後倒下。

我趕緊放大鏡頭畫面，在那群陷入瘋魔的受害者家屬人群中，我找到了一個女人。

她的面容是拉丁美洲女人常見的臉型，小麥色皮膚，身材高挑，穿著標準的台式白色孝服，手裡拿著一把短槍，她冷冷看了周永英一眼後，快步離開現場。我萬萬沒有想到譚老爺子，居然和X 19接上線。操控群眾情緒，這正是lilith的拿手絕活，她不愧是站在世界頂端的殺手，即使是在周永英被軍隊嚴密保護的情況下，仍然能夠殺掉他。

在總統府那頭的努卡打了電話過來，焦急詢問著。

「哲哥，周永英好像被人幹掉了，這跟我們有關係嗎？」

「關係大了，努卡，你先趕快集合現在在台北市內的弟兄，等等你們聽巴蘭指揮。」

我一掛掉電話，尤塔納和達萬便轉頭望向我問道。

「哲哥，出了什麼事？」

我嘆了口氣，如果譚老爺子的計畫真的成功，我、林敬書和山鬼裡的所有人恐怕都要成為通緝犯了。

「出大事了。達萬，我們現在改變路線，直奔台北。尤塔納，幫我聯絡豺狼，我要趕快和他接上線。」

我自己則趕緊撥電話給巴蘭。

「喂，阿哲，你現在在路上了嗎？」

「巴蘭，我們計畫要改一改了，譚老爺子恐怕已經和四大黑幫聯手，剛才lilith殺掉周永英，接下來的目標就是副總統和行政院長，我現在要趕去行政院，副總統那邊交給豺狼，山鬼的弟兄由你調派分成兩撥，跟我和豺狼分頭行動，這件事非常緊急，趕緊動作！」

「譚振武到底想幹什麼?!」

巴蘭焦急地催問道。

面對巴蘭的問題，我深吸了一口氣才有辦法繼續回答。

「依據憲法規定，元首備位順序為總統、副總統，最後一個是行政院長，之後就無指定人選，只要殺掉這三個人，他就有理由組成軍政府，接掌台灣。」

在達萬無視速限的狂飆之下，不到兩小時的時間，我們就抵達台北，這一路上我當然也沒閒著，不停地與巴蘭通話，掌握山鬼成員調派狀況以及副總統和行政院長的所在位置，而巴蘭總算傳來了消息。

「阿哲，行政院長今天上午都待在行政院裡開緊急會議，目前他與外界還有聯繫。副總統據說在主持國安會議，但會議地點相當神祕，沒人曉得，我剛剛和豺狼聯絡上了，他說他還在找。」

「巴蘭，我先去行政院，副總統就由豺狼繼續找。」

我一掛掉巴蘭電話，豺狼就打來了。

「老師，你找到副總統了？」

「他躲在宜蘭礁溪。」

豺狼說完後，突然沉默了一會兒，接著才又繼續說下去。

「不過葛奴乙剛才已經把他殺了，你進到我告訴過你的殺手網站去看看，葛奴乙將全程都拍成影片放到網站上。」

我在向豺狼學習殺手技術時，他也帶我進到黑暗網路裡幾個殺手交流的節點，其中最大的殺手網站es lonnia，連各國情報人員都會造訪，我拿起手機一進到es lonnia，果然就看到首頁上放了一段影片。沒有親眼看過葛奴乙殺人的人，絕對無法想像會有那麼樣魔幻寫實的事情發生。

影片一開始，只看到一扇厚重的木門被緩緩推開，木門的後頭是一間會議室，咯噠咯噠的皮鞋踏地聲在會議室裡不合時宜地響起，副總統正坐在橢圓形的大會議桌的主位，會議桌前大約有十來個人，副總統只是抬頭看向鏡頭一眼，便轉頭繼續聽會議室裡的下屬報告，好像沒有看到有陌生人走進來一般。

鏡頭經過一陣晃動後便穩定下來，一位相貌普通身材瘦小的白人背對鏡頭走向副總統，看來剛剛是葛奴乙在架設攝影鏡頭。

葛奴乙的打扮優雅的不像是要來執行暗殺任務，更像是出席一場上流社會宴會。他穿著一看便知價值不斐的合身西裝，右手提著一個大箱子，左手拿著一只香水瓶，緩緩走向副總統。

「大家不用擔心，只要找到對的方法，就能夠平息暴動，白海豚尚且會轉彎，我們做為人類，難道不會變竅嗎？」

畫面上，副總統臉上毫無緊張之色，甚至還有心情開個小玩笑。但怪異的是，面對逐漸靠近副總統的葛奴乙，會議室裡的人包括副總統在內，都忽略他的存在。

此時，會議室裡的一位成員拿出一疊文件，發給會議桌前的每一個人，葛奴乙也停下腳步，將右手裡的大箱子輕放在地上，拿在左手的香水瓶則置於會議桌的桌面上，他空出的雙手伸進西裝外套中，掏出兩把短槍。葛奴乙穩定地一槍一槍殺掉副總統以外的其他人。畫面上，我只看到一朵朵血花在那些人的頭顱上慢慢綻放開來，但這些人沒有一個試圖反抗或是逃走，臨死之前仍然專心做著他們的事，對於開槍的葛奴乙和身旁滿臉鮮血臥倒在地上的同事毫無反應。

而副總統也像沒事人一樣，繼續低頭看著文件。

尤塔納和我一起看著手機上的影片，他看到這裡不解地問道。

「哲哥，在會議室裡的人是怎麼回事？」

「如果我猜得沒錯，那個香水瓶裡的化學物質，可以扭曲人類的神經系統，使會議室的人認知受到扭曲，把葛奴乙闖進會議室殺人的行為都自動合理化，無法察覺現實狀態有任何改變。」

但是，更精彩的還在後頭。

葛奴乙殺光會議室中副總統以外的人之後，放下手上的短槍，打開那個大箱子，葛奴乙先從箱子裡頭拿出一件大圍裙套在身上，左右手分別穿上袖套，接著戴上護目鏡及手術帽，最後雙手都戴上手套，他便又提著箱子走到副總統的身旁。

葛奴乙從箱子裡抽出一根一端削成斜口的金屬管，葛奴乙的左手輕壓住副總統的脖子，右手則將那根金屬管的斜口端慢慢刺入副總統的脖子裡，大量的鮮血從金屬管中汩汩流出。

「Je m'baladais sur l'avenue~」

葛奴乙哼著曲調歡快的法國名曲香榭大道，同時再取出另一根斜口金屬管，也如法炮製插入副總統的脖子另一側，副總統的認知似乎已經被扭曲到了極致，他無視於滿地的屍體，也無視將一根根管子插入他脖子裡的葛奴乙，依舊專心看著文件。

「Aux Champs-Elysées, aux Champs-Elysées~」

葛奴乙將副總統脖子裡的血放出一陣子後，副總統終於昏了過去，葛奴乙先將副總統扶靠在椅背上，接著從箱子裡拿出一把迷你電鋸，朝著副總統的脖子鋸進去。

「Au soleil, sous la pluie, à midi ou à minuit,Il y a tout ce que vous voulez aux Champs-Elysées~」

副總統脖子裡的血不斷噴濺到葛奴乙的圍裙和護目鏡上，但他一點都不以為意，繼續開心哼唱著，葛奴乙對於切割頭顱似乎相當熟練，幾分鐘的時間，就將副總統的頭顱鋸下來，脖子上留下一個平整的切口。

一切完結之後，葛奴乙從箱子中拿出一個大袋子，將副總統的頭裝進去，接著卸下一身裝備塞回到箱子中，葛奴乙收起香水瓶，帶著工具箱和裝著頭顱的袋子緩步離開會議室，影片的最後跳出一段字幕，上頭用英文寫著：「台中海岸酒店一役，我們中了台灣政府的陷阱，這是世界黑幫有史以來損失最為慘重的一戰，也嚴重傷害世界各國黑幫的尊嚴。殺掉台灣政府的元首，只是復仇的開始，接下來，我們要徹底摧毀台灣！」

我把影片上的文字翻譯成中文讀給達萬和尤塔納，他們臉上肌肉全都糾結在一起。國際黑幫所說的復仇之說只是一個藉口，譚家應該早就和這些黑幫談好了，只要譚家能夠成功掌權，台灣就是各國黑幫的租借地。

「哲哥，要去殺掉行政院長的殺手會是誰？」

尤塔納問道。

「八成會是老鬼，所以我們的出手很可能也在他的計算之中，到行政院之後，在豺狼趕到之前，只要行政院長沒有生命危險，我們絕對不能出手。」

我把頭探出車窗外，已經可以看到遠處的行政院，我心中不知為何再度生起和上次被老鬼追殺一樣的不祥預感，但是事情發展至今，我也沒有任何脫身的可能了。

我們抵達行政院附近後，便發現行政院圍牆外全都布滿了重兵，圍牆內更是如此，完全將行政院長視同國家元首來保護，看來總統和副總統接連被暗殺的消息已經完全傳開了。我先讓達萬將車子停在天津街路邊，以因應老鬼的行動。

行政院長剛才會同國安局副局長，以及各部會首長開完緊急國家安全會議，現在正在行政院裡舉行記者會，兩名山鬼成員則以記者作為偽裝身分進入了行政院內，為我撥放現場畫面。相較於英俊挺拔的總統周永英，鏡頭前的行政院長上官言看起來總是格外的猥瑣，他此時正坐在行政院大禮堂台上中間的位子，身上穿著一套有些褪色且不太合身的老舊西裝，微微駝背，臉上一副愁苦模樣，作為行政院長，上官言可以說是一點領導者的氣勢都沒有，反而更像是一個普通而庸碌的中年事務官。

上官言拿著聲明稿，毫無抑揚頓挫宣讀著事先準備好的講稿，我和達萬、尤塔納看到上官言在鏡頭前的窩囊模樣，都忍不住搖頭。

「很不幸地，就在剛剛，周永英總統和白淳義副總統接連遭到國際黑幫殺手的暗殺，國際黑幫並且揚言要繼續在台灣進行大規模的恐怖攻擊作為復仇行動。對於國際黑幫的作為，我深感憤怒，台灣政府絕對不會向這些國際黑幫份子低頭。從現在開始，國防部和警政署將由國安會統一調度，配合國際反恐組織，全力緝捕這些國際黑幫份子，並且防堵一切可能的恐怖行動，我在這裡向各位國人同胞保證，政府一定會盡全力保護大家的安全。」

上官言宣讀完他的聲明稿後，接下來記者在台下提出的問題，就都交由行政院發言人回答，上官言則安靜待在座位上聽記者發問，他一直等到所有的記者都發問完，才在隨扈陪同下，緩緩走下台，而台下的記者也紛紛起身離席，就在此時，一名女記者像是突然想到了什麼，三步併作兩步衝到上官言的面前，把麥克風湊近上官言。

「院長，請問——」

就在這一瞬間，上官言做出一個所有人都無法想像的動作。

他將頭向左一偏，閃開女記者的麥克風，上半身像一株柳樹般迅速向後方彎折。

鐵板橋功，這是所有武者入門時都會學習到的基本功夫，如今卻出現在行政院長身上。

就在上官言上半身向後彎折的那一瞬間，一道銀光從女記者的麥克風頭射出。

靠近上官言的五名隨扈看到這一幕，紛紛從身上掏出槍對準那名女記者。

「保護院長！」

「執行C計畫！」

這些隨扈的動作不可謂不快，但在他們準備扣下扳機時，一個個頭顱上就先炸出血洞，當場橫死。

六名偽裝成攝影記者的人手裡端著偽裝成攝影機的步槍，將那些隨扈一口氣殺光。

此時記者會現場已經變成殺戮戰場，那些真正的記者沒有人敢冒著生命危險拍下現場畫面，一大群記者尖叫著狂奔逃出大禮堂，就連那些前來開會的部會首長也混在記者群中一起逃跑。幸好山鬼成員在現場座椅和牆壁上都裝了微型攝影機，才能讓我繼續追蹤現場狀況。

雖然五名隨扈被人暗殺，但場內大約還有五十來個隨扈，此時他們已經將會場內偽裝成攝影記者和女記者的殺手全部殺光，並包圍住上官言，帶著他快速朝會場外移動，但過沒多久又有一陣密集的腳步聲朝上官言的方向靠近，接著便是一批密集的子彈從大禮堂門口打進來，詭異的是，上官言臉上看不到半點驚慌失措的模樣，反而冷靜地巡視著現場。

如果再更仔細觀察，上官言的眼神中甚至還帶著一絲興奮，他身上腐臭的老官僚氣質似乎正慢慢褪去，他的背變得挺直，眉眼不再愁苦，身上透出一股越來越強的殺氣。

上官言對著身旁隨扈沉聲說道。

「把傘給我。」

一名隨扈連忙把一把又長又粗的大黑傘交到上官言手上，我對這把大黑傘並不陌生，每次上官言出現在新聞畫面中，他的隨扈手中一定會帶著這把傘。

但我從來不知道，一把傘可以讓一個人徹底換了個樣子，那把大黑傘一進到上官言手裡，他彷彿變成另一個人，他身上再也沒有半點政務官首長的味道，反而像是一名武者，當年我在各個道館中所見過的武者，身上的氣勢還遠不如現在的上官言強大。

「掌門，行政院內恐怕已經被人掌控了，外頭的弟兄現在在忠孝西路前等著，只要我們能衝出行政院門口就安全了。」

一名穿著西裝的隨扈拱著手向上官言報告，但他不稱上官言為院長，反而用上「掌門」這個怪異的稱呼。

上官言先是輕輕搖頭，握住大黑傘的手更加用力，然後他對著身旁隨扈大聲呼喊。

「不止行政院，恐怕連仁社也被人滲透了，各位弟兄，此行有死無生，諸位是否願隨我上官言殺出一條血路？」

「誓死追隨掌門！」

場中隨扈全都睜大雙眼握緊拳頭，高聲呼應上官言，他們的做派讓我覺得又陌生又熟悉。我想起來了，這就是父親曾經告訴過我的舊派武林風範。

此時的上官言，仍然穿著同樣的西裝皮鞋，但身上盈滿慘烈殺氣，他左手握著手槍，右手拿著那把大黑傘指向門口。

「各位弟兄！殺！」

「殺！」

在場的五十名隨扈自動分成小股部隊，分別位在上官言前後左右方，站在上官言前方的隨扈們一面開槍一面向前衝，上官言和其他隨扈也趕緊跟上，隨後他們就全都衝出大禮堂。

我看到上官言離開大禮堂後，立刻下達新指令。

「達萬，去忠孝西路前接上官言，尤塔納，叫其他弟兄也過去，我們要帶著上官言離開。」

我一說完，達萬便蹬下油門衝到面對忠孝西路的行政院正門前，只見忠孝西路上三輛轎車都被駐守在行政院大樓前廣場的軍人用火箭筒炸成一團團火球，行政院四周的警察和軍人則是拿著槍面對著行政院。

當上官言衝到行政院正門口時，他身邊只剩下不到十名隨扈，他和身旁的隨扈全身都是血，但上官言身上的殺氣反而比在大禮堂裡更盛。面對行政院門口前數十名舉槍對著他的警察，只見上官言將大黑傘背在身後，踩著違反人體關節運動方式的步伐，身形像幽靈般迅疾地晃動著，讓火力網中的所有子彈全都落了空，而他雙手的速度更絲毫不遜於他的步伐，他手裡的槍翻飛形成一道道殘影，開槍、再開槍、換彈匣，這些動作之間毫無任何間隙，轉眼之間就將那數十名警察全部殺個精光，但上官言雙拳難敵四手，當他站在行政院正門前廣場，距離行政院圍牆邊只有一步之遙的時候，他身邊的隨扈已經全部倒下，而他卻被警察和軍人團團包圍。

但那些警察和軍人沒有扣下扳機，因為此時山鬼成員們也翻到行政院圍牆上，拿著槍對準一位中年男人，他就站在行政院圍牆邊。

那個中年男人穿著剪裁合身的深藍色西裝，典型的菁英白領打扮，但他有一雙憂鬱而迷人的雙眼，讓他看起來更像是一位詩人，他嘴唇上蓄著一條修剪整齊的小鬍子，更增添幾分藝術家的氣息，誰能想到這個男人竟然就是台灣情報頭子，國安會祕書長金先生。

金先生雙手背在身後，似乎對於山鬼成員手上的槍毫無畏懼，他緩步走到上官言面前，與上官言對視。

「上官言，二十多年前奉黨國之命，以留學名義赴美執行任務，在美國聯邦調查局幹員眼皮底下連殺十七名異議分子，當時被稱為仁社第一殺手，回國之後成為仁社長老，接下掌門位置，本來以為這二十年多年的政治生涯會把你的手藝磨得乾乾淨淨，沒想到你的本事一點都沒落下。黨內制度，仁社掌文而學詠春，青幫掌武而練八極，你偏偏兼學兩者，自創一套虎匣槍，據說當年你就是靠著這套槍法將好幾個叛黨投美的人處理掉，上官院長，就這麼殺掉你也挺可惜的，我對於你手裡那個號稱隱忍第一剛猛無疇的虎匣槍非常有興趣，想見識見識。」

上官言面對金先生卻是沉默的多，只吐出幾句話。

「我本來以為你是周總統的人，看來不是，你甚至連我的仁社都能控制，我倒是想知道你背後的人是誰？武譚？不過他們應當也沒這個本事。」

「仁社掌控台灣大半官僚機構、國營事業以及公股銀行，誰不想拿到？你想知道我背後是誰，下去地府之後自然就曉得了。」

「聽說，你也把詠春八斬刀和愛新覺羅家傳八卦掌糅合在一起，弄出一套棉裡藏針葉裡藏花的小刀法，金祕書長，你在仁社殺手中也算一號人物，這二十多年來，我也是沒有機會賞識過，要不，來試試？」

上官言說完，只見金先生對著身旁的人揮揮手，那些警察和軍人就全都撤開，把行政院大門口前廣場空出來，而上官言也對山鬼成員們打出手勢示意，他們便將指向金先生的槍給收起來。

此時，行政院正門前廣場只剩上官言和金先生兩人，他們按照舊時代比武規矩，雙方向相反方向走去，直到兩人之間相距五十公尺才停下腳步轉頭回身，金先生右手拿著手槍，左手拿著一柄詠春八斬刀，上官言右手也拿著手槍，左手則是抓著那把大黑傘，兩人右肩微微上抬，左腳都朝對方滑出半步，他們的動作像是心有靈犀一般，誰也沒比誰快上半分或慢上半分。

兩人的左腳停在身前，腳尖彼此相對。

下一秒，兩道身影，一起躍出，兩道槍聲，同時響起。

空中亮起一道火光，兩枚相撞的彈殼同時墜地。

上官言和金先生迅速地掠向對方，接連五道火光不斷亮起，就在短短幾秒內他們同時又開了五槍，但沒有任何人佔到上風，他們所擊發的子彈都被對方的子彈攔截下來。

以上官言和金先生兩人的武術修為，在用槍技術已經不可能分出高下，打從一開始他們開槍就僅只是為了試探對方的身手。

這時，兩人相距五公尺，金先生和上官言一起抛下手中的手槍。金先生右手又從腰裡拔出一把詠春八斬刀，上官言左手抓住大黑傘的傘身，右手抓住傘柄向後一抽，竟然拉出一把短柄鐵槍。上官言右手抓著鐵槍槍柄，挾著身體前衝的慣性順勢將鐵槍向前送出，但他的左手也沒閒住，左手抓住槍柄尾端往後一拉又多出一截槍柄，讓短柄鐵槍瞬間變長，上官言的左手握住槍柄尾端向前送出，轉瞬間槍頭就送到金先生的喉間。

虎鬧槍的招式果如其名，未出鬧前不動聲色，一出手就要置對方於死，上官言的槍沒有任何氣勢和花招，一抽一送就直指對方命門，每一分力量都用在取人性命。

此時槍尖幾乎就快抵到金先生的喉嚨，只見金先生上半身向後方微傾，左腳向後退了一步，躲過直刺喉嚨的槍尖，金先生接著將手上的詠春八斬刀交叉成十字夾住虎鬧槍槍尖，雙肩微沉左腳發勁，竟以虎鬧槍為支點雙腳蹬起，對著空中連踢兩腳。

兩道銀光分別射向上官言的眼睛和他的下陰。

金先生無愧其金小刀之名，竟然還在皮鞋底下藏了兩把飛刀，這兩柄飛刀射出的時機不可不謂妙到顛毫，就在上官言槍勢送盡避無可避之時射出。上官言斷然鬆開手上的槍，騰出雙手接下那兩柄飛刀，接著反擲回去，當上官言伸出右手要再重新抓起掉到地上的槍，金先生也得勢不饒人，將左手的八斬刀直接當成飛刀擲出射向上官言的右手，上官言才一縮手，飛出去的八斬刀尾端恰好又被另一柄金先生新擲出的飛刀追上來撞上，兩把飛刀同時改變飛行途徑，轉向往上官言的胸前刺去。

就在上官言堪堪躲下這兩柄飛刀時，金先生右手中的詠春八斬刀恰好斬向赤手空拳的上官言。

金先生的詠春八斬刀極為刁鑽，他不直刺上官言的要害，反而是反手持刀像一條滑溜的毒蛇般遊走於上官言的手腕、肘關節等處，但上官言不退反進，近身撞入金先生懷裡，竟用他的右手上臂迎向金先生手中的詠春八斬刀。

就當金先生的八斬刀要扎入上官言手臂時，上官言被割破的西裝底下顯露出一塊鐵片，上官言的右手臂一抖便將八斬刀撞開，他的右肩順勢撞進金先生的胸口。

上官言那看似無甚蓄勢發力的一靠，竟將金先生猛地撞飛，金先生連卸勁的機會都沒有，在地面足足滑行了好幾秒才停下來。

上官言拾起地上的鐵槍，臉上掛著嘲諷的笑容，緩步走向金先生。

「敢和八極拳手玩近身戰，看來你是對自己的八斬刀自信的太過了，八極拳手只練長槍便是因為他們近身無敵，拳臂肩肘皆可為槍，受過我『貼山靠』的人非死即殘，我倒要看看你的能耐。」

金先生的手下們見到上官言走來，趕緊拔槍擋在金先生面前，最靠近金先生的兩個手下則趕緊將金先生扶起來為他檢查傷勢。

金先生吐了兩口鮮血，在他的手下扶持下才勉強站起來，但他的表情仍然一副輕鬆自在的模樣，絲毫不受方才戰敗重傷的影響。

「上官院長不愧是仁社第一高手，這幾年來我假裝投身三鐵運動，其實無時無刻都在鍛鍊搏殺技術，沒想到還是敗在你的手下，要論搏殺武藝，我不如你，但殺手比的從來就不只是手中功夫。我安排這場格鬥，只是想見識一下虎鬧槍。真正主持這次殺局的人不是我，而是老鬼，你應該知道老鬼命殺之術天下無雙，他要殺的人絕對活不過死劫。」

上官言絲毫不受金先生話語的影響，冷靜地望著他。

「老鬼懂算殺之數，我也懂奇門遁甲，我自然也有我的底牌，你有人，我現在也有山鬼支援，我倒看看他要怎麼殺我。」

金先生搖了搖頭。

「上官院長你搞錯了，我方才就說了，我只是想見識你的虎鬧槍罷了，現在仁社應該已經完全被控制住了，而經過剛才那一場刺殺行動，你在媒體上『已經死了』，能順便殺掉你當然很好，如果讓你像一條狗一樣躲藏苟活，也不影響我們的計畫。」

「什麼計畫？」

上官言皺著眉頭問道。這也是我的疑惑，如果行政院暗殺行動主要目的不是為了殺掉上官言，那麼老鬼安排這次行動真正要殺的人到底是誰？

金先生轉頭看向我。

「謝哲翰，你留意到監察院那裡的動靜了嗎？」

我順著金先生的話，不自覺地望向行政院正門口對面的監察院。

一幅大掛報從監察院的屋頂滾下展開，背景一片雪白，掛報上只寫著兩個蒼猷古樸的大字。

大寒。

我一見到這兩個字，不知道為什麼，忽然感覺到前所未有的恐懼，我趕緊撇過頭，但「大寒」這兩個字仍然刻印我腦海中，就如同當初我見到趙靜安寫字的感覺一樣。

大寒，彷彿真的讓我的身體感覺到一股劇烈的寒意，隨著我感受的寒意越來越強，就不再只是心理作用，而是實實在在體現在我生理狀態上，我竟然忍不住開始發抖。

在白天豔陽高照下的行政院前，我竟然看見一朵朵雪花從天上飄落，一陣寒風吹拂在我身上。

忽然間，我的腦海中浮現出一些畫面。

我彷擬納蘭破天的「滿州雪國」武道拳意用在忠哥身上。

我走進愛新覺羅．溥齋家中，納蘭破天讓我感受到「滿州雪國」的那一刻。

我眼前的行政院，我周遭環境，此時已經徹底被暴風雪包圍住，遽降的低溫讓我的意識漸漸模糊，在我昏迷之前，我看到金先生低頭看著我，眼神中充滿憐憫。

「謝哲翰，老祖宗有命令，要老鬼一定要殺掉你。」

金先生的聲音似乎很遠，又似乎很近，但是，我已經沒有機會再去思考他的話了。

第八章　小青

我做了一個很長的夢。

我夢見自己被困在一片遼闊的雪地中，視線所及之處看不到一間房子，我身上只穿著單薄的T恤，暴烈的冷風刮著我的皮膚，抽打著我的骨頭，我的大腦也像是被冰雪凍住一般無法思考，只能遵循本能不斷地向前走找尋救援機會，好幾次我因為體力耗盡倒在雪地裡，差點就要失溫凍死，但不知道為什麼，我的身體裡好像藏著一團火，勉強維持住我的體溫，讓我能夠繼續前進。

「阿哲！阿哲！」

我看到遠方冒出一團火光，一道聲音從那團火光後頭傳來，我拚命朝那團火光的方向跑過去，這時候沒有比溫暖更吸引我的東西了。

我衝入那團火光之中，眼前一陣天旋地轉後，我一睜開眼回神過來，才發現自己到了一個陌生的地方。

巴蘭就在我的眼前，他焦急地抓著我的手臂喊著我的名字，而我現在躺在床上，位在一個陌生的房間裡頭，我轉頭看向自己的身體，全身上下都插滿鋼針，房間裡放著一台暖氣機，上面顯示的溫度是三十五度。

室內明明極為溫暖，但我的身體不知為何卻冷的不得了。

「巴蘭，我好冷，給我一杯熱水。」

這是我醒來之後講的第一句話。

巴蘭見到我醒過來，神情激動，連忙點頭應好。
「阿哲，你忍耐一下，熱水等等就端過來。」
巴蘭說完後，立刻又拿起手機。
「你告訴上官院長，阿哲醒過來了，但是他的身體狀況沒有任何改善，請他過來看一下。」
我聽了巴蘭的話有些疑惑。
「巴蘭，這裡是哪裡？上官言怎麼也跟我們在一起？」
巴蘭看著我，嘴裡好像想說些什麼，但又吞回去，他沉默了一會兒才回答我。
「阿哲，你還記得行政院前發生的事嗎？」
「記得。」
「三天前，你看見掛在監察院門前的那個大掛報之後，突然開始全身發抖，臉色發白，好像進了冰窖一樣，上官院長當時立刻衝到你身邊把你打暈。跟你一起過去行政院的弟兄，也遭到一批在我們掌握之外的狙擊手暗殺，好像他們早就知道山鬼的行動。本來包括你在內，所有人都無法活著回來，但上官院長在行政院裡四處都裝設了遙控炸藥，他當時竟然就將整個行政院給炸了，藉由這場大爆炸的掩護，他帶著你和兩個倖存的弟兄一起逃入藏在行政院地面下的密道離開。」
「達萬、尤塔納呢？」
「他們……都死了，不只他們，當時在台北的弟兄也都被活捉或是殺掉，有些人熬不過酷刑，把我們的各處據點都暴露出來。這裡，就是山鬼的最後一個祕密基地，還活著的人，全都在這裡了。至於豺狼，他也離開現在已經被青幫接管的竹林幫，躲在我們這裡。」
巴蘭刻意讓語氣聽起來平淡一些，但仍然無法掩蓋他眼神裡的痛苦和哀傷。
「怎麼會這樣，是我害了大家。」

巨大的哀傷猛然攫住我的心臟，我的眼淚忍不住簌簌流下，我本來以為山鬼對我來說也只是一個工具或棋子，直到此刻，我才明白，我早就把這些人當成是自己的家人。

「阿哲，這不是你的錯，我們很可能掉進一個非常巨大的圈套裡。」

巴蘭生硬地安慰著我，但我明白，他比我更加痛苦，山鬼，是他的族人，他的心血。

房間門突然被打開，進來的是上官言。

他一走進來，就伸出手指搭住我的手腕，眉頭深深蹙起。

「你現在還覺得冷嗎？」

「會，而且身體不時會感覺一陣一陣抽冷。」

上官言點了點頭。

「我知道了。」

巴蘭問向上官言：「院長，阿哲他現在到底是什麼情況？」

「我有一些猜測，不過還是要從謝哲翰口中才能證實。」

上官言拿了一支耳溫槍伸進我的耳朵裡，同時用左手觸探著我的皮膚。

「謝哲翰，你有沒有見過納蘭破天的武道拳意『滿州雪國』？」

我點了頭，並將運用「滿州雪國」拳意殺掉忠哥的事也告訴上官言。

他聽了之後不發一語，只是長長嘆了口氣。

「上官院長，納蘭破天的武道拳意有什麼問題嗎？」

我這麼一問，似乎惹得上官言生氣了。

「你出身武道世家，難道沒人告訴過你，遇到頂尖武者施展武道拳意，只能趕快逃走，尋求高手驅散身上殘留的拳意嗎？」

「我父親有跟我說過武道拳意這東西，但他從來沒教我怎麼應對，而且他也只是當成傳說看待。」

上官言無奈地搖搖頭。

「算了，能練出武道拳意這種東西，世界上根本就沒幾個人，更不用說像納蘭破天一樣把拳意凝結成實質。」

上官言抽出耳溫槍，上頭顯示我的體溫維持在三十六．五度，但我卻感覺到上官言的體溫明顯比我高出許多。

「你身上的狀況不容易解釋，我得花些時間慢慢講解。所謂的武道拳意，其實就是一種操控榮格所說的『集體潛意識』的技術。所謂的『集體潛意識』是指，人類的遠古記憶、經驗、感受會透過基因代代相傳，深藏在我們意識深處，比如大多數人都會害怕指甲刮黑板之類的尖銳聲音，便是因為遠古人類生活經驗中，尖銳的高音通常伴隨著危險。一個人即使沒有遇到過被火燒的情況，他的意識深處也隱藏遠古人類傳給他的這種經驗，因此，形意拳手能夠喚醒身體被火焚燒的感受，故有『遇敵好似火燒身』拳訣。」

上官言嘴上說著，手裡也沒閒下來，他拔起我身上幾枚鋼針，同時插進我身上新的穴位。

「同樣的，納蘭破天之所以能讓你『看見』雪國，也是透過操控你的集體潛意識，但你對於冰天雪地的經驗和感受，並非由你自己控制，而是由他操控，而他當時所要讓你『看見』的雪，是會致你於死地的雪，只是他的拳意極為高妙，能埋伏在你心中隱而不發。直到在行政院前，納蘭破天施加在你身上的武道拳意驟然發作，本來你差點就要在那活活凍死，幸好我及時將你打暈沒有讓你的大腦繼續運作，你才逃過一劫。」

「院長，那現在我怎麼還是覺得冷？」

「我只是說你沒死，但沒說你已經祛除納蘭破天的拳意。」

上官言神情嚴肅地說道。

「監察院前那張大掛報上的大寒二字，是由頂尖祝由士寫下的，那兩個字恰恰能與納蘭破天的『滿州雪國』配合，讓你身上的雪國拳意發作，此後，不要說是動武搏殺，只要你的運動喚起你生理機能的活躍，在這樣的狀態下，你體內的雪國拳意就能讓你的身體以為自己處於冰天雪地之中，因而失溫死亡。」

上官言彎彎繞繞說了一大串，我才終於明白他的意思。上官言接著直接點破我現在的狀態。

「謝哲翰，我的意思就是，雖然你現在暫時還活著，但你的武功已經全廢了，你身上被祝由術引發的拳意威力會越來越強，可能是明天一覺醒來，最多可能三、五年，你就會因為失溫死亡。」

「院長，我身上的狀況還有得救嗎？」

「單以武術修為，納蘭破天已經是天下第一，他的拳意，沒人破得了。」

我的心情頓時沉了下去，但對我來說，啟動亂世無命計畫時，我早就做了赴死的心理準備，我現在只想確定我在意的人能不能安然無恙。

「院長，到底為什麼納蘭破天要殺我和山鬼的弟兄？」

「為何要殺你，我暫時也不曉得，但納蘭破天也只是奉命行事。真正的布局者啊，你認為這個世界上有誰能夠讓納蘭破天和金毓訢聽命？」

一個名字閃過我的腦中。

「不會的……不會的……。」

一股寒意再度從我背脊竄起來，我的渾身不停發抖，但並非因為寒冷，而是那個名字讓我感覺無比的恐懼。

無法承受的恐懼。

「院、院長、那個人——」

「愛新覺羅．溥齋，奪取仁社、設局暗殺正副總統，這些事情對他來說都不難做到，但他顯然無法從中直接得利，唯一的解釋就是，他和武譚結盟了。」

我的腦海裡此時已經無法思考任何事。

小青現在就在愛新覺羅．溥齋那裡！

我一想到這件事，忍不住就想起身，但刺骨的寒意又猛然從身體裡竄出，凍的我全身僵硬，我只能轉頭望向巴蘭。

「巴蘭，請豺狼趕快去救小青！拜託你了！」

「我現在就聯絡他。」

正當巴蘭拿出手機的時候，他的手機螢幕先亮起來，趙靜安打過來了。

「巴蘭，我是趙靜安！我已經逃到台中，我需要你的幫忙！」

我一聽到趙靜安的聲音，急忙把巴蘭的手機搶過來。

「趙靜安！小青在哪裡！」

我對著趙靜安吼道。

「小青看到電視上出現你的通緝令，她本來想打手機給你，發現訊號完全消失，她跟我剛想離開溥公的房子，卻發現門口站滿竹林幫的人，小青和我分兩路逃走，我逃出來以後，沒看到小青。」

電話那頭，趙靜安哭著說道。

我聽到這個消息，眼前一黑，再度昏了過去。

等我再次睜開眼睛時，發現自己還在原來的房間裡，但被放置到一張躺椅上。房間原來那張床上躺著一個人，那就是我時時刻刻思念擔憂的小青。

小青睡得很熟，嘴角還掛著淺淺的微笑。

趙靜安坐在小青的身旁，雙手抱住小青的頭，嚎啕大哭。

「小青啊！我已經活過來了，但是為什麼你──」

我艱難地把頭轉向房間裡其他地方，林敬書也在這裡，繃著臉雙手抱胸，不發一語地盯著趙靜安和小青。

豺狼站在林敬書身旁，低垂著頭。

我一時間忘記了自己體內還殘留著納蘭破天的武道拳意，也忘了抽打在自己骨髓上的一股股寒意，直接跳起來衝向豺狼勒住他的脖子，對著他大吼。

「小青怎麼了！快說！」

我的身體現在連這樣程度的活動都無法適應，我盯著豺狼的雙眼，一邊大口喘著氣。

豺狼閃躲著我的雙眼，嘴唇微微打開，但沒有發出半點聲音。

「小青到底怎麼了！你他媽的快說啊！」

豺狼任由我掐住他的脖子，沉默了許久，最後吐出三個字。

「很抱歉。」

我鬆開掐住豺狼脖子的手，呆立在原地足足有一分鐘才回過神，我又衝到小青身邊，觸摸她的雙手和額頭，盡可能想從她的肌膚上感受到些微體熱，我把耳朵貼在小青的胸口，無比希望能再聽到一聲心跳，再微弱都沒關係，只要有跳動就有希望。

最不相信奇蹟的我，此刻卻無比期盼奇蹟的出現，我多麼希望下一秒，小青會睜開眼，或是胸口開始起伏。

「對不起。」

豺狼的聲音又再次從我背後響起。

「小青她，到這裡已經有半天時間了，我們只是在等你醒來。」

我聽了豺狼的話，不自覺地張大嘴巴，想要發出點什麼聲音，卻一點也喊不出來。

好像有什麼東西哽在我的喉間。

我想起我第一次見到的小青。那時候，她綁著馬尾，用狡黠的眼神看著我。

我想起在我吸入毒品時來到我身旁的小青。那時候她一絲不掛，披散著頭髮走向我，跨坐在我身上，聖潔如女神，又狂野如妖精。

我想起穿著制服，和我牽著手，像一對普通的學生情侶一樣逛街約會，清純而羞怯的小青。

我想起山頂餐廳上穿著晚禮服，優雅而耀眼的小青。

我想起那個穿著睡衣，站在廚房為我做早餐，和我四目相交時好像已經是一起生活了十幾年的老夫妻，溫柔的小青。

「啊！」

我終於能喊出聲音，大聲哭出來。

我一句話都說不出來，只能趴在小青的胸口用力大哭。

我從來沒聽過自己發出這樣的哀嚎聲。

像是一頭野獸受了重傷，疼痛到無法承受時用力發出的嚎叫。

或許比那樣的叫聲更淒厲一些。

「小青……小青……。」

我看著她輕聲呢喃著。
她睡的很安詳，嘴角還掛著淺淺的笑容。
我的眼淚無法自抑地不停滴落，直到弄濕了她衣服的胸口。
我緊緊抱住小青，想要就這樣抱著她直到天長地久，假裝她從來還沒死去，假裝她從來沒有離開過我。
但我無法停止不斷流淌的眼淚，無法止住嘶吼和哭嚎，無法讓我不斷發抖的身體停止顫抖。
「阿哲。」
豺狼從我背後搭住我的肩膀，我馬上一腳朝豺狼身上踹下去。
對著豺狼發洩怒意變成我暫時阻止悲傷抽空自己的解藥。
「你不是說會保護好小青嗎！為什麼小青會死！」
我對著豺狼用力大吼。
他任憑我一腳又一腳踹在身上，低著頭毫不吭聲。
我一轉頭看到趙靜安，也忍不住對著她大吼。
「趙靜安妳怎麼不去死啊！為什麼死在那邊的人不是妳！我現在就要殺了妳，讓妳陪葬，如果不是妳小青也不會死！」
趙靜安像是沒聽到我的話，低著頭繼續哭泣。
換林敬書對我大聲吼道。
「謝哲翰你夠了！」
他冷冷瞪著我。
「你難道看不出嗎？豺狼身上半點勁都發不出來，他闖去救成青荷的時候，被納蘭破天攔住，承受了納蘭破天的武道拳意足足半小時，如果成青荷的屍體沒被抬了出來，他差點就要死在那。納蘭破天和愛新覺羅．溥齋從來就沒打算要殺成青荷。她是因為你而死，害死成青荷的人是你！」

我立刻揮出一拳打在林敬書臉上，但這一用力，刺骨的寒意又狠狠扎入我的手臂，我痛得失去重心摔到地板上。

林敬書從懷裡掏出兩顆鈕扣，我一看到那兩顆鈕扣就知道那是什麼了，小青曾經作為趙靜安的死士和守護者，進行任務時會在衣服上裝入錄音或是錄影設備，但我沒想到她帶著趙靜安逃亡時竟然也做了這樣的準備。

林敬書從口袋裡掏出手機，打開播放程式。

「這兩個鈕扣裡有兩段錄音。成青荷為什麼會死，她死前想對你說的話全都在這裡面。請你，先好好的聽完這兩段錄音，這也是成青荷死前，拜託我們所做的事。」

我聽到林敬書說這些話，眼淚又不停地從臉頰上滑下。

林敬書、趙靜安和豺狼安靜地離開房間，只剩下我一個人陪著床上的小青。

我默默流著眼淚，開始撥放錄音檔。

第一個錄音檔裡，播放的是小青和愛新覺羅．溥齋的對話。

「溥公，你到底想做什麼？為什麼要把我關在這裡？阿哲現在下落不明，還被通緝，是不是跟你有關？」

愛新覺羅．溥齋沉默了半晌，終於出聲。

「謝哲翰現在離死期應當已經不遠了，我把妳留在這裡，也是希望他前來自投羅網，早點了結他的性命。」

「溥公！你為什麼要這麼做?!我從小到大把你當成親爺爺一樣看待，沒想到你是這種人！」

小青對著愛新覺羅．溥齋怒吼道。

愛新覺羅．溥齋長歎了一口氣。

「小青啊，也是我對不起你。讓譚振武控制台灣政府、殺掉謝哲翰，確實都是我的安排，而你正是其中一個重要的棋子，此事了結之後，我願意給妳任何的補償。」

「阿哲真的要死了嗎？」

小青的聲音有些顫抖。

「他七日之內必定會來這裡找妳，到時候就是他的死期。」

「你可以告訴我為什麼一定要殺掉他嗎？」

小青的聲音突然冷靜了下來。

「這是一個很長很長的故事，小青，妳願意聽溥公慢慢說嗎？」

「溥公，我只想知道為什麼你要這麼做。」

「那，我便從頭說起吧。」

愛新覺羅．溥齋告訴小青的，不只是他想要殺掉我的理由，更是一個龐大的令人難以想像的佈局，和一段長達百年的故事。

「一直到現在，一九二二年那一天發生的事，我仍然歷歷在目。一九二二年，大清已滅亡十年，但我和愛新覺羅家的人還住在紫禁城裡，那時候我約莫十三歲，但四書五經經史子集已經讀得通爛，我更拜納蘭奉天欽天監為師，學習陰陽五行數算之道，我的那些老師沒有一個不稱讚我天資聰穎，深得諸子百家之經髓，但他們也不免感嘆，大清亡故，西風東漸，德先生賽先生各式西學成為主流，中華道統命脈即將斷絕。」

「那時候，我與兄長溥儀最是要好，但他對國學不甚在乎，四書五經都丟下，鎮日尋覓洋人的新玩意，還在宮中裝了電話，有一天，他便撥了電話給胡適，邀他來宮中一敘。沒想到那胡適當真答應，那天兄長將胡適帶入養心殿西暖閣中，令我隨侍在旁。」

「他們兩人性情甚為契合，同樣愛好西學，胡適甚至還建議我兄長赴西洋留學，並言道：『皇上，我中國之所以衰蔽至此，便是受了儒家思想和封建舊文化的毒害，我推動白話文運動，廢除文言文只是開始，接下來，我還要繼續推行簡化字、用拉丁拼音取代漢字，唯有斬盡封建遺毒，方能讓我中國與西洋列強並雄！』我兄長當時聽著連連點頭贊同，但那一夜，我卻驚駭的無法入眠。我心底只想著一件事，如果中國人為了對抗西洋人，也把自己變成了個洋人，那往後這世界上還有中國人嗎？中華道統是否要斷絕了？」

「往後數十年，軍閥四起，日軍侵華，我和兄長去了滿洲國，我見到中國人被日本人和洋人欺壓的越發厲害，而為了與日本人對抗，中國人更努力習西學仿西洋立典規。待到抗戰勝利，世局驟變，我也來到台灣，卻看到中國人一日較一日更加洋化，今日之中國人，早已忘了孔孟之學，快成了說著中國話的西洋人了。這數十年來，我看盡中國之屈辱，華夏道統之衰絕，我無一日不在思量，如何與我夏學，續中華道統命脈。」

「直到二十年前，我終於看見了希望。那時我心血來潮，用算籌卜了一卦，卦象顯現，七殺破軍貪狼三星即將入世，五十年後台灣必將大亂，我思考許久，終於下定決心借台灣亂局和殺破狼三星，續我中華道統，重新建立真正的華夏之國。」

「我當時後觀台灣五十年，只看到一代梟雄李政男能壞我大局，我便寫了三個字，送給他。」

「溥公，你寫了什麼字？」

「『我是誰』，當然，我也用上了祝由術。」

「溥公，李政男這二十年來精神異常，就是你用祝由術做的手腳？」

「為了避免他壞了大局，我只好廢了他。先撇開李正男，這故事，我繼續說下去吧，再來的事，就和你們這些小娃兒有關。」

「二十年前，我算出了殺破狼三人的身分，從此以後，他們的命運，就全都落在我的手中。我查出破軍星將要降生在謝家，便令納蘭破天想方設法讓謝哲翰父親得到魚龍變，使謝哲翰練成這門絕頂武功。我找到七殺星將降生在林家之後，派了人教林如海篩選繼承人的方法，讓他挑選出他心目中理想的繼承人，把林敬書的七殺星性情徹底逼出來。最後，我找到了趙小姐兒，對成幫主說了兩個謊。」

「什麼謊言？」

「第一個謊言，是我告訴成幫主，趙小姐兒活不過二十歲，為了遮掩天機讓趙小姐兒活下來，她必須先摒棄七情六慾。」

我這才明白愛新覺羅．溥齋對我們做哪些事。他介入我們的人生，為的是加快增強我、林敬書和趙靜安與生俱來的瘋狂特質，他讓我練成魚龍變，是為讓我有更強的搏殺能力，在台中黑道裡陷得更深；他教給林如海那個變態的候選人篩選方法，是為了扭曲林敬書與他人之間的情感連結；貪狼星欲望豐富，愛新覺羅．溥齋偏偏就要壓抑趙靜安的性格，逼她瘋狂。

小青接著問道。

「第二個謊言是什麼？」

愛新覺羅．溥齋嘆了一口更長的氣。

「妳活不過十九歲，這件事也是假的，我真正的目的，是要讓妳接近謝哲翰，並引導殺破狼三人執行『亂世無命』之局。只有讓整個台灣提前三十年陷入亂世，我才能把握到這個機會，利用譚振武助我控制台灣，建立我心中的華夏故國，再續孔孟道統。我的佈局中，傷害或利用之人，無不是梟雄或是姦惡之徒，只有妳是完全無辜的，妳這十八年來的人生，全都讓我做為佈局之用。我心中對妳實在有愧啊！」

小青突然笑出聲來，但她的笑聲卻比哭聲更哀傷。

「所以我活不過十九歲是謊言？我這幾年來每一天都活得心驚膽跳，過著生不如死的生活，姐姐也活的人不像人鬼不像鬼，都是因為你！」

愛新覺羅．溥齋依然平靜地回應道。

「大德不踰閒，小德出入可也。人生不過百歲，為了再續千年道統，何足惜哉。」

我聽到這句話不禁背脊發冷，愛新覺羅．溥齋為了實踐他的理想，這世界上每一個人，在他眼中恐怕都和一塊磚瓦差不了多少。

愛新覺羅．溥齋繼續解釋道。

「我殺謝哲翰，是因為在建立新政府新秩序之後，殺破狼三星之中，只有破軍星無法收編，破軍星是天生的背叛者和反抗者，將來他必定再次掀起革命破壞我華夏道統。只有殺掉他，才能確保政局穩定。你看謝哲翰這一路踏上台中黑道巔峰的過程，靠的就是背叛和破壞，此人不死，我理想中的國度不得安穩和諧。」

「你憑什麼認為譚振武這種獨裁軍頭可以建立你心中的華夏之國？」

「我這一生，無時無刻都在苦思一套能對抗西洋政治體系的中華制度，二十年前我才豁然開悟，那就是重立儒教。未來台灣將奉孔孟程朱與我為道統，行住坐臥日常生活言行思想皆須依循我儒教儀禮並合乎聖人之道，不可須臾離之。如此一來，中華道統便可再續，天下必將太平！這十幾年間，我以祝由術吸收了無數信徒，他們遍佈軍方和政府各個部門，就連譚振武的兒子也入我門下，等譚振武控制台灣之後，就是他失去利用價值的時候了，未來華人所在之處，統治這些地方的將不再是西洋制度，而是儒教！」

愛新覺羅．溥齋這一番話，聽起來既荒謬又瘋狂，卻實實在在可能成真。

「小青啊，妳還不到十九歲，等謝哲翰死後，妳的人生就自由了，到時候妳想要什麼，溥公都可以給妳，妳還年輕，會遇到更好的男人，忘了謝哲翰吧。」

小青低聲回應道。

「讓我好好想想。」

這段錄音到此嘎然而止。

我又撥放另一段錄音檔。

這段錄音，是小青的獨白。

「我已經決定好，我要用我的命，換阿哲任何一絲活下去的機會。」

錄音裡，小青深吸了一口氣，然後用有些刻意的開心語氣說道。

我好不容易止住的眼淚又開始流下。

「我知道，以溥公的手段，我是沒有任何機會把溥公的計畫傳出去，我也知道，以溥公算無遺策的本事，阿哲這時候可能已經遇害，也可能我所做的一切最終都會失敗，但是只要有萬分之一的機會，可以讓阿哲活下來，我都願意用自己的命去換。」

「姐姐、豺狼，我相信你們一定會來救我，如果我身上的錄音檔能被你們拿到，就請你們幫我把身上藏著的錄音也交給他，這是我所能做的最後一件事。」

「當我知道自己能夠繼續活下去的那一刻，真的高興的快瘋了。我這幾年來，每一天晚上躺在床上的時候，都不敢閉上眼睛，好怕自己一不小心睡著了，就再也醒不過來，我曾經以為，只要能夠活下去，我會願意付出一切代價去換來我的生命。但是，直到現在，我才知道，對我而言，還有比我的性命更重要的東西。阿哲，如果你能聽到我說的話，請你一定要為了我，好好的，好好的，活下去。」

錄音檔裡，小青哽咽著說道。

我看著床上那個熟睡的小青，衝上去緊緊將她抱在懷裡，把我的臉貼在她的唇邊，想像錄音檔裡的聲音是此時正從她口中說出來，我哭的比錄音檔裡的小青更用力，直到淚水滲濕了她的上衣。

錄音裡頭，小青抽了抽鼻子，讓自己的聲音穩定下來繼續說著。

「阿哲，你老是在問我小時候的記憶，我每次都跟你說我忘了。但其實我都記得一清二楚，只是我一直對於那個不是成青荷的自己感到很自卑，總想逃避，沒想到以後再也沒有機會告訴你了，我只好透過這段錄音跟你說。」

「我是在八歲那年遇見成幫主的。在那之前，我和爸媽一直在清邁生活，我和當地其他的孩子一樣，每天都得到街上攔住遊客像個乞丐一樣討錢才有飯吃，我們只要瞧見金頭髮的人，或是聽到有人說著日語，我們就會衝上去抱住他們的腳，用力喊著，one dollar！one dollar！直到遊客把紙鈔丟到我們臉上我們才會鬆手，如果運氣不好，遇上壞脾氣的遊客，他們還會踹上我們幾腳，但我就是打死不放開，直到他掏出錢為止。」

小青說著，語氣中還帶著笑意。

「那時候真的很辛苦啊，可是現在想想，卻是我人生中最快樂的一段時光之一。」

「直到八歲那年，我的人生出現了轉變，當時是夏季的午後，有個滿頭白髮的老先生，從口袋裡掏出一疊鈔票，用不太流利的泰話對我說，只要我跟著他走，這些錢就都是我的。我想也沒想就跟他進到一片樹林裡，一進到樹林中，他就像一條野獸撲到我身上，他任憑我大聲尖叫掙扎，硬是扒光我的衣服，把他的陰莖塞進我的嘴裡。我那時候不知道哪裡生出來的勇氣，把他的陰莖大口咬斷，我趁著他痛的倒在地上的時候準備逃走，那時候我一直都沒發現，成幫主就站在附近安靜看著。他一直到我要逃走時，才走到我身前，溫柔地問我家住在哪，把我帶回去。」

「成幫主見到我爸媽後，他付了一大筆錢，把我買走，從那天起，我成為了保護成青荷的成員之一，我開始和其他的女孩子一起接受嚴厲的訓練，每天都是遍體鱗傷回到床上，累到倒頭就睡。直到我十二歲那一年，我被帶去溥公面前，從此以後，我就代替姊姊成為『成青荷』，注定活不過十九歲。我第一次聽到這個消息的時候，差點就要昏了過去，當我搬進了姐姐的房間裡，傭人幫我關上房間裡的燈時，我就忍不住大聲哭了起來，那時候還哭了一整晚呢。」

「我沒想到的是，真正的噩夢從此時才開始，成幫主要求我，既然扮演了成青荷的角色，就必須看起來像一個真正的黑道千金，要心狠手辣。阿哲，你是不是一直覺得我很殘暴兇狠，其實，這都是被成幫主逼出來的。成幫主說，一個真正的黑道千金，要敢於殺任何人。」

「有一天，他帶著我到一間育幼院裡，在一群六七歲大的孩子前，用一塊布把我的眼睛蒙上，要我隨便指向一個地方，成幫主幫我把臉上的布解開後，我才發現自己的手指指著一個小男孩，成幫主把我和那個小男孩帶到育幼院裡一個空房間內，他拿出一把槍塞進我的手中，將那個小男孩綁在一隻椅子上，要我現在就殺掉這個小男孩，我拚命搖著頭，把槍扔到地上，成幫主什麼也沒說，只是笑了笑，接著就有人抓著我的脖子套上一條童軍繩，把我吊在天花板上。成幫主撿起了那把槍，再次塞進我的手裡，溫柔地說：『女兒啊，等你什麼時候把扳機扣下去，你就什麼時候可以下來了，但是記得，時間要快，不然你會永遠沒機會扣下扳機。』」

「我在昏迷之前，求生的本能終於讓我扣下去，槍聲響起的時候，我就被放下去，但是我被勒緊的脖子鬆開後，卻一點放鬆的感覺都沒有，我看著面前那個滿臉鮮血的小男孩，胃袋不停抽搐著，我掉著眼淚跪在地上嘔吐。此時成幫主才走到我的面前，輕拍著我的背說：『這才是我的好女兒』。」

「那一天起，我再也不敢違背成幫主的任何命令，包括，他帶著我來到東北虎面前，告訴我：『今晚妳必須好好服侍他。』」

「所以啊，當我看見你時，真的又嫉妒又羨慕。也因為和你在一起，我才真正甘願接受成青荷這個角色，也因為有你，我才真的像是活著，即便是，我只能以成青荷的身分在你身邊。阿哲啊，你不曉得我一直都有失眠的問題吧，以前是不敢睡，怕一閉上眼，就再也沒辦法醒來，躺在你身邊時，卻是捨不得睡，好怕一閉上眼，就再也看不到你。好幾個晚上，我就這麼一直看著你直到天亮，我總是想，我這一生受了這麼多的折磨，是不是就是為了活到現在這一刻，和你相遇相戀，當我遇上了你，才真的像是一個人般活著。所以你啊，就是我的性命，就算我再怎麼恐懼死亡，也絕對絕對絕對不會讓你死，你死去的那一刻，成青荷的存在也就消失了。」

「我在這裡思考了很久，想找到一個辦法，讓我們兩個都活下來，活得很久，活得很好，結婚，生子，放棄一切，躲到一個很遠的地方靜靜生活。可是阿哲，真的很對不起，我想不出任何辦法，能夠讓你唯一活下去的機會，就是讓你知道溥公的計畫，而我能夠離開這裡的唯一方法，就是變成屍體。你不用替我擔心，我打從被選做成青荷保鑣的那一天，就開始接受死士訓練，我用來綁住馬尾的每一個髮圈裡，都藏了一根毒針，只要將毒針插進靜脈裡，幾分鐘內就會不知不覺地昏迷死亡。不會痛的，真的，不要為我擔心。最後，你一定要好好活下去。阿哲，我愛你。我、真的、真的很愛你。」

我把小青的頭抱進懷裡，用盡全力大聲哭嚎，直到我耗盡最後一絲力氣。

小青左手的無名指上，還套著我送給她的那只戒指。

第九章　此世界，非世界，是名世界

我抱著小青一直哭到睡著，等我再次醒來時，才發現小青的屍體已經被帶走。

巴蘭和山鬼的弟兄們一見到我睜開眼睛，立刻衝到我身旁，但我現在的狀況比之前更糟糕，全身彷彿凍僵了一般，一動也不能動。

「我要再聽一次錄音。」

我此時才發現自己連開口說話都有困難了。

巴蘭讓我自己一個人躺在房間的躺椅上，聽著循環撥放的小青的最後錄音。漸漸地，我心中的哀痛竟然平息下來，一種難以言喻的安詳感充斥在我身上的每一處，如同身處冬天寧靜而溫暖的午後，突然間，我感覺到自己和小青無比接近，我的思緒開始沉寂，眼中的景色緩緩熄滅。

一陣怒吼和火辣的痛感再度喚醒我的意識，趙靜安一巴掌打在我的臉上。

「謝哲翰，你這個孬種！」

我一睜開眼就看到趙靜安憤怒地瞪著我，她已經恢復了生氣，不再冰冷如鬼魂。

「你就這麼想死嗎?!那小青的犧牲又算什麼?!」

上官言站在趙靜安的身旁，他看到我睜開眼睛後，走到我身旁掐著我的手腕，眉頭微皺。

「趙靜安，你弄錯了。謝哲翰並沒有進行任何自殺的行為，而是——。」

上官言看了我一眼，臉上又浮現出他那張招牌苦臉。

「他中了納蘭破天的武道拳意，又得知成青荷的死訊，他現在離死亡已經非常近了，如果不是你把他強拉回來，說不定他早就死了。」

趙靜安一聽到上官言的話，淚水從眼眶中不斷湧出。

「院長，有沒有辦法讓他活下來，這是小青她託給我最後的心願，我不想連這件事都做不到，這樣我怎麼對得起小青。謝哲翰，你就不想為小青報仇嗎？」

「沒用了。」

乾啞的聲音從我的喉間蠕動爬出，連我自己都覺得無比陌生。

「趙靜安，你還不願意承認嗎？所有的事情，愛新覺羅．溥齋早就都算定了。妳和我做的事，林敬書做的事，都在他的安排之中，我們和小青從來就沒有敗給他，我們打從一開始就是他的計畫一部分，他要殺我，我怎麼可能活得下來？」

我話說完，趙靜安也沉默了。

上官言沒有說話，他拿起放在桌上的遙控器，打開房間裡的電視，轉到新聞頻道。

「歡迎各位觀眾收看本節整點新聞，首先來關心本節新聞重點。」

穿著白色套裝的女主播面對鏡頭帶著微笑播報新聞。

「日前台中黑道遭到警方大動作掃蕩，但台中黑道領袖陳明華逃過警方追捕後，竟然煽動社會暴動，勾結外國黑幫勢力在台灣進行恐怖行動，周永英總統、白淳義副總統皆遭到國際黑幫殺手暗殺不幸罹難，行政院長上官言目前行蹤不明，據信也已遇害，由於法定元首與備位元首目前都不存在，為維持社會穩定，昨晚參謀總長譚孝戎正式宣布由軍方成立臨時政府以安定民心。」

「臨時政府發言人在今天早上九點的記者會上發布消息，為維護民眾生命財產安全，避免台中黑道和國際黑幫繼續在台灣進行恐怖行動，即日起台灣進入動員戡亂時期，恢復動員戡亂時期臨時條款，台灣本島與周邊附屬島嶼實行戒嚴，直到臨時政府逮捕在台灣進行恐怖攻擊的國際黑幫分子，以及煽動暴力犯罪並勾結國際黑幫的台中黑道領袖陳明華、謝哲翰等人為止。而在今天演藝圈多位明星也站出來支持臨時政府這項政策，讓我們回顧一下稍早的畫面。」

電視畫面中跳出一個老牌台語女歌手，穿著一襲黑衣，面容哀戚。

「各位勇敢的台灣人，在這個風雨飄搖的時刻，我們一定要全力支持政府，過去台灣就是太自由了，現在才會這麼亂，該是時候，讓這個社會穩定下來，恢復和諧。」

這位老牌台語女歌手說完，電視畫面又跳到另一場記者會的現場。

一個皮膚有些黝黑的知名綜藝節目主持人，和眾多偶像團體在鏡頭前一起握拳用力地大喊。

「Love and Peace! Love and Peace!」

「大家一起發揮正能量，支持政府，我們需要一個充滿愛與和平的台灣！」

電視畫面再度回到主播台，女主播看著鏡頭繼續播報。

「好，現在再把鏡頭交給記者吳家凱，家凱，你在線上嗎？」

電視畫面跳到台北市南京東路上，一名男記者止站在一棟銀行的門口，路上到處都是士兵，他們正持槍四處巡視著。

「是的，各位觀眾，本台非常榮幸獲得政府的許可，在此向各位觀眾播出我們國軍的英姿，現在台北市所有重要路段全都有國軍在把關，相信在政府的積極管理之下，那些黑幫份子絕對不敢輕舉妄動。」

上官言關掉電視，看著我認真問道。

「謝哲翰，看看現在外面的台灣，你的父母和妹妹就只能這樣的活著，你甘心嗎？你曾經用性命也想改變台灣，現在卻是如此，你甘心嗎？」

我漠然看著上官言。

「不甘心，又能如何？我已經是一個快死的廢人了。台灣會變成這樣，你上官言也有責任。」

上官言聽了我的話，沒有被我激怒，反而點了點頭。

「我的前半生，是一個殺手，後半生是一個官僚頭子，台灣會變成現在這樣，我也是幫兇之一。但在現在的情況下，如果依照愛新覺羅・溥齋的計畫，各大豪門家族、財閥、軍方舊勢力、仁社和你們通通都會被消滅。我和你們將來或許將會再次成為敵人，但此刻，對付愛新覺羅・溥齋是我們共同的利益所在，愛新覺羅・溥齋畢竟是個人而不是神，就算他再怎麼算無遺策，也未必無法與他一戰，最壞不過就是一死，為何不試試看？」

站在一旁的趙靜安突然插話問道：

「院長，溥公他確實比你想像的更為強大，他曾說過，他的命理數算之道已經能夠看盡這世界未來一切變化，未來的世界不會存在他預料之外的情況。不過我覺得疑惑的是，如果謝哲翰中了納蘭先生的武道拳意後必死無疑，溥公為何還要逼謝哲翰過去？」

上官言正要回答時，房間的門突然被人打開，進來的人是林敬書和巴蘭。

「剛剛接到消息，愛新覺羅・溥齋死了，納蘭破天帶著他的骨灰回到東北故鄉。」

林敬書喘著氣急著告訴我們這個消息，林敬書帶來的資訊解開了趙靜安的疑惑，愛新覺羅・溥齋恐怕就是因為他預知到自己即將死去，所以急著想要親眼看見我消失在這個世界上。

趙靜安目光閃動，她也從這個資訊中明白了這個道理，並把這個推測說了出來。

林敬書似乎想到了什麼，他抱著頭，快速在房間裡來回踱步。

林敬書突然停下腳步，捧著肚子放聲大笑。

「哈哈哈！我明白了！原來如此，原來如此！」

林敬書在房間裡大笑了足足一分鐘才漸漸停下來。

但他臉上仍藏不住興奮的神情，不斷大口喘氣著。

「謝哲翰，如果有機會可以摧毀愛新覺羅．溥齋的布局，為成青荷報仇，你要不要？」

林敬書搖晃著我的肩膀大聲問道，但我並不相信他還有什麼辦法。

「愛新覺羅．溥齋已經預知了所有的未來，你可能採取的任何行動早就在他的計算之中，你要怎麼摧毀他的布局？」

「給我一個月的時間執行我的猜想，一個月後，如果我賭輸了，頂多我們這裡所有的人都會死光，反正現在愛新覺羅．溥齋的人也不會放過我們，但如果我賭贏了，就是你報仇的時候。」

「可是，我連我連自己能活到什麼時候都不曉得。」

「如果一個月後，我賭贏了，你就死不了。所以這一個月，你要靠著意志力想辦法撐下去！」

「你怎麼知道你賭贏了。」

「盯緊電視新聞。」

我看著林敬書的雙眼，從裡頭尋找著支持我活下去的動力。

就算殺不了愛新覺羅．溥齋，我也要親手毀掉愛新覺羅．溥齋的所有計畫。

那一個月裡，我都關在房間裡足不出戶，由山鬼的人把三餐送進來，每一天早晨我被冷醒之後，就會披著毛毯，艱難地從床上爬起來，什麼事都不做，盯緊電視、社群網站和網路上的各大論壇，拚命攫取每一條資訊。

譚孝戎宣布成立臨時政府第一天，他和八名上將共同組成執政委員會掌管臨時政府，其他上將共同推派譚孝戎為執政委員會主席。

臨時政府成立三天後，譚孝戎正式宣布，臨時政府暫時無限期凍結立法院運作，直到台灣平息動亂為止，行政院與司法院由執政委員會接管。

十天後，網路世界也受到全面管制，各大論壇全部關閉，我試著輸入一些關鍵字，果不其然，搜尋引擎的結果都顯示「根據相關法律法規和政策，部分搜索結果未予顯示」，而在國外論壇和黑暗網路中，開始有台灣人偷偷討論著，軍方已經將好幾個公開要求恢復憲政的意見領袖以涉嫌勾結國際黑幫分子為理由逮捕起來。

二十天後，臨時政府發言人召開記者會宣布，臨時政府即將制定新憲法，並為建立新政府進行準備。

時間一天一天過去，整個台灣越來越接近愛新覺羅．溥齋的計畫。

直到二十七天後，一件完全在我預料之外的事件發生了。

就在當天早上七點，晨間新聞主播緊急插播一則消息。

「各位觀眾朋友您好，為您緊急插播一則新聞。執政委員會主席譚孝戎的父親，同時也是前行政院長譚振武，昨晚疑似出現中風情況，在送往台北市立醫院急救後，目前病情暫時穩定下來，但仍然在加護病房觀察中。值得注意的是，譚家多位成員涉嫌顛覆政府，目前正在接受調查，包括陸軍司令部政戰主任譚孝方、海軍司令譚孝直、空軍副司令譚孝剛以及國安局長譚孝通，同時大安區立委譚勝涉嫌重大金融犯罪，目前正在台北地檢署接受偵訊中。」

我接連轉了好幾台，都播放相同的新聞，但我仍然不敢置信，譚老爺子向來保養有方體格健壯，所謂的中風恐怕就是譚孝戎動的手。

房間的門被輕輕推開，林敬書走了進來，他的眼神滿是遮掩不住的興奮。

「我賭中了。」

「你到底做了什麼？」

「正好相反，我什麼都沒做。」

林敬書無視我疑惑的眼神，自顧自地繼續說下去。

「在接收到愛新覺羅．溥齋的死訊之後，趙靜安她解開的疑惑是為何愛新覺羅．溥齋急著要殺掉你。但我所解開的疑惑是，為什麼愛新覺羅．溥齋沒能成功殺掉你？成青荷以自己的死把訊息帶出來，導致愛新覺羅．溥齋無法提早殺掉你，這件事透過思維活動不可能預料的到，但是透過《易經》數算是可以預知的。這就表示，當愛新覺羅．溥齋接近死亡時進行的卜算已經開始失準了。

這讓我重新思考『死亡』這件事的本質，『死亡』代表，『物理形式上不存在於這個世界中』，而愛新覺羅．溥齋如果是因為受到『即將離開這個世界』的影響而無法預見未來，那就意味著，愛新覺羅．溥齋以及中國傳統的卜算之道的原理，還是基於物理形式上存在於這個世界的一切元素之間的因果關係所做出的預測。」

「所謂的算命本來不就是如此，這有解開了你什麼疑惑嗎？」

林敬書從這個房間的書櫃上隨手拿了一本書放在我眼前。

「假設這本書裡有一段文字描述了某種幻想物品，現實中還沒有依據書中文字所製造出的那種物品，而這世界也沒有人讀到那段文字，進而讓書中的描述影響到他的想法或行動，那麼，這本書中記載的資訊在物理形式上存在於這個世界中嗎？」

林敬書的這個問題太過玄妙，一時間我竟答不上來。

「基於我對卜算之道原理的假設，我們這些具體存在於這個世界上的人所做出的行為，會對現實造成影響進而產生特定未來結果。比如說，我手中拿著一杯水，接著放開水杯，就會產生水杯摔到地面並潑灑出水的未來結果，像這樣的因果鏈會被愛新覺羅．溥齋捕捉到。但是如果有『物理形式上不存在於這個世界中』的東西進入因果鏈之後所造成的未來，這個未來結果可能就不會被愛新覺羅．溥齋看到了。

基於這個猜想，我在一個月前進行了我的計畫，我把成青荷與愛新覺羅．溥齋之間對話的錄音檔以及一些資訊裝入一台無人機當中，我將這台無人機與一台未連接外部網路的電腦連線，當那台電腦啟動無人機時，無人機就會飛到一個指定地點，但電腦能否成功啟動無人機，我完全無法干預。」

「那無人機要如何啟動？」

「那台電腦執行著一個程式，這個程式會隨意挑選某一個範圍內的數值，並且計算這個數值是否是質數，如果不是質數，電腦就不會啟動無人機，如果這個數值是個質數，電腦便會啟動無人機。」

林敬書解釋至此，我才終於明白他的策略。

林敬書的計畫是透過一個封閉的電腦程式執行的，而那個電腦程式所描述的東西，在物理形式上僅僅只是呈現為電流在半導體上的流動，但在現實世界中，沒有人可以觀察到電腦程式正在挑選數值並找出質數的動作，林敬書也無法得知那個虛擬世界中發生的任何事，一直到無人機被啟動而飛到指定地點，發生了林敬書所預期可能發生的變化之後，林敬書才會知道在虛擬世界中發生的事。而這樣的未來，正是愛新覺羅．溥齋的數算之道所無法預見的。這個概念近似於薛丁格的貓，只要薛丁格的貓一被觀察，觀察者只會看到薛丁格的貓是活著或是死亡，永遠不可能看到薛丁格的貓的另一種可能性。對於愛新覺羅．溥齋而言也是如此，當他開始預測觀察未來時，愛新覺羅．溥齋必然「漏看」到一些像薛丁格的貓一樣渾沌不可知的未來結果。

林敬書看著電視新聞露出一抹神祕的微笑。

「無人機中的資訊，送到了一個關鍵人物手上，我只知道他能夠破掉愛新覺羅．溥齋的布局，但我也不曉得他會怎麼破解，只是沒想到，他竟然讓愛新覺羅．溥齋的勢力和譚家分裂了。」

「下一步，你打算怎麼做？」

「當然是潛入醫院，趁譚孝戎還沒決定殺掉譚振武之前，找到譚振武並跟他合作。」

林敬書開心說道，自從愛新覺羅．溥齋控制了台灣以來，他就沒有這麼精神振奮過。

譚振武送醫消息傳出的那天下午，豺狼潛入譚振武所在的病房。根據林敬書的情報，為了防止意外，譚振武的單人病房裡，二十四小時內都有安排人監視著譚振武，不過下午一點到三點時段的監視者是林敬書口中關鍵人物安插進去的「自己人」。

豺狼成功進入病房後，和譚振武聊了一個鐘頭才離開，臨走前，豺狼將一顆藥丸交到了譚振武手中，就在豺狼離開之後，譚振武終究是用了那顆藥。

「各位觀眾朋友您好，歡迎收看本節新聞重點，執政委員會主席譚孝戎的父親，同時也是前行政院長譚振武，在昨晚中風送醫後，雖然病情一度好轉，但今天下午病情突然急轉直下，就在下午四點半譚前院長已經去世，享壽九十八歲。」

傍晚時刻，我坐在房間裡看著電視新聞，心裡頭充滿著難以言喻的感慨。

一代梟雄譚振武就這麼死了。

而且譚振武，還是不得不死。

第十章　譚振武

豺狼回來後，立刻找了我、林敬書和上官言，告訴我們當時在病房裡頭的狀況。

當豺狼假扮成醫生進到譚振武的病房時，譚振武似乎已經知道他的來歷。豺狼說，當時譚振武看起來雖然有些虛弱，但意識仍然清楚。

豺狼將他藏在身上的錄音筆所錄下的內容撥放給我、林敬書和上官言聆聽。

錄音筆中，傳出譚振武微弱而乾啞的詢問聲。

「你是哪一位？」

譚振武原本雄壯如洪水的聲音，此刻卻像是一條快要乾涸的溪流。

「豺狼。」

「原來是你，難怪能夠進到這裡。但我卻是沒想到，你竟然能逃過青幫的追殺，我的時間不多，就直接切入正題了。我先問你，你對現在的局面了解多少？」

「坦白說，我所知的也不多，我只曉得有個關鍵人物出手，你和譚孝戎就決裂了。」

豺狼說，譚振武聽到譚孝戎的名字時，他臉上的皺紋微微抽動，露出複雜又哀傷的神情。

「看來你還不知道『那個人』是誰啊，既然『他』還不願意露面，我也不必暴露他的真實身分，我就先從我和溥齋認識的時候說起吧。」

「我和溥齋是在十六年前認識的，當時溥齋開了一個民間國學講堂，許多當朝人士都以能在溥齋的講堂聽學為傲，而孝戎就是在他的一位朋友牽線之下進到溥齋門下，對溥齋執弟子禮，當時在我眼中，溥齋不過是一個有些名望的讀書人，我也不干涉孝戎和溥齋的往來。直到三年前，溥齋才向我吐露了他的計畫，並和我約定，由他謀劃殺掉周永英、白淳義和上官言三人之事，為我創造局勢，但我譚家上位後，要為他推行他心中的中華道統。我那時候心中還暗自譏笑他迂，待我接管台灣，手握重兵，屆時就沒有他的用處了。」

豺狼聽了譚振武的話，又生出疑惑。

「譚幫主，所以你一直到接受到『那個人』給你的訊息之前，你都沒發現任何異狀？」

「從『那個人』給我的訊息中，溥齋在講學中，用上了極高明的祝由術，徹底改造了他的學生的思維和價值觀，這些人受到祝由術控制後雖然全成了溥齋的信徒，但在日常言行上和常人無異，只是他們對溥齋都有著極端的崇拜，在溥齋發難之前，我根本看不出任何蛛絲馬跡。但我對『那個人』給我的訊息一開始也是將信將疑，本想著要徐徐試探，我甚至也想過，只要我譚家能夠掌控台灣，即便孝戎想要推行溥齋理念也無妨，但『那個人』顯然也透過其他渠道讓孝戎知道我在懷疑他，在我還來不及反應之前，孝戎竟然就先對譚家下手。」

豺狼聽了譚振武的說明，又再生出疑惑。

「譚幫主，即便譚孝戎得知你已知道他和溥齋的關係，也沒有理由痛下殺手。」

譚振武聽了豺狼的提問，慘笑了一聲，告訴豺狼一件令人無法想像的事。

「直到我被送進來這兒，孝戎第一次進到病房裡看我時，我才知道，孝戎早就已經死了，現在在我眼前的人其實就是溥齋。我這麼說，你大概難以明白，不過我得到『那個人』給我的消息後，我就將微型錄音設備裝入我每天習慣戴著的腕錶上了，你自個兒把我手上的錶拆下來，聽聽我錄下來的片段吧。」

豺狼在病房裡，將譚振武錄下的對話側錄回來，讓我們再原音重聽一次。

「孝戎，家裡還好嗎？」

「老弟，你在這安心養病就好，譚家一切安好。」

「你不是譚孝戎！你到底是什麼人！」

豺狼說，根據譚振武的說法，當他仔細看著譚孝戎時，便發現譚孝戎的說話語氣和眼神都和以前完全不同，但眼前陌生的譚孝戎身上卻有一種熟悉感。

「我是愛新覺羅．溥齋。」

「什麼意思?!」

「老弟，別激動成這樣，在床上好好躺著。若真要講起來，譚孝戎已經死了，而我愛新覺羅．溥齋透過他的身軀再次活過來。別激動、別激動，這是譚孝戎自個兒願意的，為了讓華夏道統重續命脈大業不輟，我很早就開始為了這件事進行安排，我在五年前問了譚孝戎，願不願意放棄他的自我意識，讓我的記憶、感受和意識重新在他腦中重塑，他也欣然接受，我以祝由術加上破天的武道拳意和現代腦神經科學技術，讓『我』重新在譚孝戎的身上活過來。」

「你！」

譚振武怒罵了一聲，他的嘴巴突然就被愛新覺羅．溥齋摀住無法出聲。

「當然，這實質上只是將愛新覺羅．溥齋的價值觀和思維模式轉嫁於譚孝戎身上，我的祝由術和數算本事，都還沒能恢復，還得等我對譚孝戎的身體掌握的更透徹後，才算是真的重活過來。譚孝戎畢竟年紀大了一些，愛新覺羅．溥齋恐怕難以完全復現，所以我也用相同方式另外培養了一個小娃兒，讓破天將那小娃兒帶回東北暗中培養，再等十年後，他就會變成為完全的愛新覺羅．溥齋。老弟啊，你這一生戎馬，和老頭兒一塊打日本人，不也是為了護我中華道統不衰？我愛新覺羅．溥齋絕非好殺之人，只要你能安安分分，照樣可以安享晚年，我也不會對譚家趕盡殺絕，會給譚家留點香火。」

我聽完這段錄音之後，心裡平靜如水，如果在我變成廢人和小青死前，面對有如怪物般的愛新覺羅．溥齋，我或許會感到害怕和無力，但此時我已經打算賭上性命復仇，不論愛新覺羅．溥齋多麼強大，都不會動搖我的決心。

林敬書聽完那段錄音反應極為平靜，看起來仍然保持著信心，他接著向豺狼問道。

「豺狼，譚振武跟你說完事情緣由之後呢？」

豺狼從懷裡拿出愛新覺羅．溥齋交給他的腕錶。

「他說愛新覺羅．溥齋看起來雖然掌控了整個台灣，但對他和『那個人』來說，愛新覺羅．溥齋畢竟從來沒有進入過台灣的權力核心，所以愛新覺羅．溥齋還不知道他手上勢力有一個很大的弱點，這個弱點，就寫在他的日記之中。最後他就要我幫他早點了斷，譚振武說如果他能早點死，愛新覺羅．溥齋就不會急著對譚家動手，我在前去探病時，確實也考慮過殺掉譚振武，我幫他選了一個最輕鬆的死法，把事先準備好的藥丸交給他。譚振武臨死前把這個腕錶脫下來給我，要我們看完他的日記後，再將腕錶交給謝哲翰，裡頭有他預先錄下的錄音。」

林敬書繼續問道。

「什麼弱點？」

「譚振武只說了一句意義不明的話，他說『愛新覺羅．溥齋不懂朝廷的規矩』，但他沒有向我解釋『朝廷的規矩』是什麼意思，只告訴我看完他過去寫下的日記後就會明白了。我照他告訴我的地點，把他的日記全都拿回來了，我們一起把他的日記讀完，看能不能找出蛛絲馬跡。」

豺狼說著，隨後就有人將一個大紙箱抱到我和林敬書面前，裡頭裝著一本本泛黃甚至有些破損的線裝日記本，豺狼將這些日記本從紙箱中拿出來，依照時間順序一本本排列。

譚振武的日記本紀錄時間橫跨五十年，不過譚振武並非每天都會寫日記，我、林敬書、豺狼和上官言快速挑揀著重點一一掃讀過去，我們一起看完這些日記後，才終於明白譚振武所說的『愛新覺羅・溥齋不懂朝廷的規矩』這句話的意思。

乙亥年十二月二十日，此當中華動盪飄搖之際，予已棄赴美利堅一事，易譚文龢之名為譚振武，入軍校修習，共赴國難。

戊寅年三月一七日，正式入社，予面對黨徽立下重誓，余誓以至誠，效忠黨國，服從領袖，若有違誓言，願受最嚴厲之制裁！予另奉上級指示，入青幫門下，為我黨監察青幫。

己丑年十一月三日。我軍在東北全面潰敗，神州淪陷於逆賊之日不期將至，事已不可為矣！奉領袖指示向台灣轉進，待積蓄實力，時機成熟之時再行反攻。

庚寅年三月十三日，領袖痛陳，今日我等已成了亡國之民，豈可不痛乎？我聞領袖之言，亦涕淚肆下。

丙申年，九月二十九日，遽聞美國欲另立他人取總統之位而代之，太子爺本為雄猜之主，得此消息之後，下令擴張組織編制，命我等務必將情報工作做到滴水不漏。

丙申年，十一月十三日，彭元帥與我相商，道領袖不信任孫將軍久矣，而太子爺其雄猜之心愈甚，若始終查無匪諜，我等下場恐不堪想像，無奈之下，只得出此下策。

丁酉年，三月十七日，我今夜思及，譚家遷來台灣已有十餘載，然偌大家產大半遺留故土，於此異鄉做無根亡國之民，實不勝唏噓，譚家上下數十口，賴軍中微薄薪餉已難以為繼，唯日前自孫將軍一事株連十數戶本省仕紳，從中取得資產稍能補譚家之用，此事太子爺亦已默許，舉發匪諜工作，不得不繼續。

乙卯年四月五日夜，驟聞老爺子辭世，我如受晴天霹靂，伏地痛哭，自轉進台灣二十年餘，除神州淪陷，今日為至痛之日！

乙卯年四月二十八日，太子爺正式接管我黨，太子爺為加強控制台灣，將本黨、青幫、仁社、軍、特和地方組織，分別命名為吏部、禮部、戶部、兵部、刑部和工部，此六部合稱『朝廷』，各部設有一掌印人，直接向太子爺報告，各部掌印人為組織實質掌控者，其藏於組織之中，真實身分只有太子爺知曉，奉太子爺之命在各部之中便宜行事，我雖為青幫幫主並另領有軍中要職，亦難以得知掌印人為何者。

戊辰年一月十三日，太子爺辭世，但我萬萬沒料到，太子爺竟將大位傳給李政男！六部掌印人皆毫無反應，恐怕六部掌印人皆已服膺李政男矣！我已為亡國之人，效忠之黨亦已落入李政男此倭人之手，自今日起，我譚振武無國無君，只為壯大我譚家而活！

辛巳年七月二十日，李政男竟然發瘋了！此事雖然仍待詳查緣由，但我譚家終於有機會重新掌控台灣。

壬午年，二月十日，六部掌印人終於露面，願和我等共商國是，我與各方代表皆對六部掌印人做出承諾，六部掌印人皆可繼續保有其在各部中的人脈和影響力，政府事務性工作仍由六部掌印人共同協商控制，並允許六部掌印人保有其既有利益，只要六部掌印人能維持政府運作不損害我等利益即可。

戊子年，七月十九日，吏部、禮部、兵部、刑部及工部掌印人皆進行祕密傳印，唯戶部掌印人胡東嚴仍然不願傳印，不知其意欲為何。

胡東嚴，中央銀行總裁，他在這個位置上已經坐了二十年，沒想到他竟然是戶部掌印人！原來譚孝戎之所以能夠掌控軍隊、中央及地方政府，靠的是那六個掌印人的默許，只要這六個掌印人串聯起來，就能讓整個台灣運作停擺。

林敬書看完這些日記後，便和上官言一同討論如何聯繫胡東嚴並說服他。豺狼則是將那隻腕錶交給我，我帶著譚振武的腕錶回到房間，從藏在腕錶裡頭的微型錄音裝置中找到一段他預錄下來的錄音。

「你好，雖然我還不　曉得你是誰，但我確定，你是我所選中可以相信的人，我譚振武在此有一件事想拜託你，我譚家踩著他人屍骨而在台灣享盡榮華富貴，今日遭遇危險，不可不謂是天理昭彰報應不爽，但我無法眼睜睜看著譚家在台灣的分支就此死絕。我懇求你，協助我譚家的人逃往加拿大，從此之後，我譚家成員不再回到台灣，我在瑞士銀行有一個祕密帳戶，裡頭有五千萬美金，帳戶帳號在我孫子身上，他只知道帳戶帳號不知道密碼，只要你能成功讓我譚家的人逃到加拿大，帳戶裡的錢就都是你的。」

譚振武念出一串數字，我將這串數字背記下來後，便將這隻腕錶裡的錄音設備銷毀。我看著這隻腕錶，又想到譚振武這一生的經歷，有一種難以形容的複雜感覺，他曾經是個滿腔熱血的愛國青年，但隨著時局變化，慢慢墮落為一個劊子手和腐化的掌權者。譚振武最終選擇的人竟然是我，是不是因為，他在我身上看到了他過去的身影？

「怒髮衝冠憑欄處——蕭蕭雨——歇耶耶耶耶……」

譚振武唱的那曲《滿江紅》，忽然間，又迴盪在我腦海中，譚振武，最終只能在他那棟由罪惡堆築而成的豪宅裡唱著《滿江紅》，想像著自己當年為了殺敵奮戰沙場的模樣。

第十一章　破陣去

作為掌印人，央行總裁胡東嚴是非常奇特的存在，根據譚振武的理解，朝廷和掌印人原本是「太子爺」用來對台灣進行全面性嚴密控制的手段，在「太子爺」去世、李政男發瘋之後，這群在台灣各個領域中具有巨大隱形影響力的人，為了繼續維持自己的既得利益，於是他們聯合起來組成一個隱形的聯盟，藏身於黨政軍特傳統幫會和地方派系之中，而掌印人如果要持續暗中控制他所在的組織，他的位置就不能顯眼。

然而，胡東嚴卻是坐在相當醒目的中央銀行總裁位置，無數記者狗仔都在盯著他，只是這幾十年來他的生活都過得極為簡樸，而他和太太多年來也沒有生育子女，這樣的人怎麼看都不像是一個掌印人。

我揣著這樣的疑惑，前往陽明山和胡東嚴見面。

原本上官言和胡東嚴約好兩人在陽明山某個隱祕的招待所裡會面，但上官言和胡東嚴經過詳談，上官言將愛新覺羅．溥齋的計畫都告訴胡東嚴之後，胡東嚴突然對我、林敬書和趙靜安生出興趣，於是便要上官言帶著我們一起和他見面。

下午兩點，上官言帶著我們來到一間日式風格招待所中，胡東嚴的手下已經在門口等著，他帶著上官言和我們穿過掛滿紅燈籠的長廊，進到一間和室，和室裡胡東嚴已經正坐在榻榻米上熟練地泡著茶，他面前的茶几上擺滿了各式各樣的茶具。

上官言看著專心煮茶的胡東嚴微微一笑。

「胡總裁，您的煮茶功夫真是越來越深湛啊。」

上官言和胡東嚴早已是舊識，見到胡東嚴打了招呼後，便向胡東嚴介紹我們三人。

「胡總裁，這位是謝哲翰，這位是趙靜安，至於林院長的公子你應該也認識。」

「謝同學您好，你的名字我也在報紙上看過，確實是英雄少年。」

胡東嚴已經有八十多歲，頭上留著稀疏的白髮，但他的外貌依然保養的相當好，雖然不像我第一次見到的譚振武那般精氣旺盛，但仍顯得精神矍爍。

「胡總裁您好，不知道您為什麼會特別想見到我們三個人。」

「先坐下喝茶，慢慢談。」

胡東嚴擺了擺手，示意我們坐下。

「你們要曉得，對於朝廷來說，台灣的政治經濟結構變動絕對是越小越好，如果換成另一個人要做到溥齋想做的事，必定會動到檯面上的人，朝廷中人絕對會察覺到，並事先阻止溥齋的作為，但他偏偏透過你們這三個小孩子來達成他的計畫，我也不得不佩服他，我更想看看，你們這三個能作為他手中棋子的年輕人是什麼樣子。」

胡東嚴這番話講得迂迂迴迴，但我經過這麼多歷練之後，也終於能聽懂了，打從一開始胡東嚴就察覺到，想要透過朝廷來扳倒愛新覺羅．溥齋的是我們三人，而且，他也表明對他而言，就算是愛新覺羅．溥齋掌權他也不在乎，他找我們三個人來只是為了從側面了解愛新覺羅．溥齋。

我們沒能說服他。

趙靜安瞄了我一眼，我立刻明白她的意思，她打算使用祝由術了。

我向她微微搖頭，朝廷的六個掌印人是共識決，如果我們無法提出一個足以說服嚴總裁的理由，那他也無法說服其他人。
上官言先發難了。
「胡總裁，您真的認為，如果溥齋掌控台灣，朝廷還能存在嗎？」
「上官院長，您這話，忒天真了。自古以來，天下都不是皇帝的天下，而是朝廷的天下。你身為仁社掌門，難道不理解這點？」
「胡總裁，我曾經也是這麼想，沒錯，不論掌權者是誰，他不可能靠自己和身邊少數幾個人就能掌控水力、電力、公共基礎設施和龐大繁雜的行政事務運作，但是透過儒教信仰，愛新覺羅．溥齋就能滲透整個朝廷。」
就在上官言和胡東嚴爭論不下時，林敬書突然出聲了。
「胡總裁，有件事，我不知道應不應該跟您說。」
胡東嚴轉頭望向林敬書。
「嗯？」
「胡總裁，愛新覺羅．溥齋他要建立的社會和過去的社會結構完全不同，這種情況下，朝廷的存在是不可能藏得住的，朝廷這個組織或許可以在某種條件繼續存在，但掌印人不可能活下去，朝廷之所以是朝廷，並不是因為有掌印人，而是因為有共同利益存在，如果必要的時候，朝廷裡的人隨時可能反過來出賣掌印人。這個理由應該足以說服其他人了吧。」
胡東嚴盯著林敬書仔細打量著，眉頭微微皺起，林敬書方才說的那番話，似乎讓胡東嚴想起什麼。
「是誰要你跟我說這些的？」

「胡總裁，連上官院長都不知道您的真實身分，您覺得為什麼我們能找到您？」
胡東嚴聽了林敬書的話，臉上露出恍然大悟的表情。
「幫我告訴他，我已經等了他，很久很久了。」
「胡總裁，他說，等愛新覺羅．溥齋倒台，你就能見到他了。」
胡東嚴聽了林敬書這番話，足足沉默了一分鐘，他的眼眶竟然開始泛紅。
「好。」
胡東嚴微微點頭回應道。
胡東嚴的表情終於認真起來，他伸出手搭在上官言的肩膀上。
「上官院長，等你重回行政院之後，朝廷的力量可以幫你暫時牽制住溥齋，讓他無法公開動用軍隊和警察對付你，但是如果你在一週內無法擊敗溥齋，那朝廷就有可能又倒向溥齋。」
上官言聽了胡東嚴的話，卻是雙手一攤。
「我現在的力量，確實沒有把握擊敗溥齋。」
胡東嚴緊接著問道。
「你打算殺掉他？」
上官言沒有直接回答胡東嚴，他先抓起一只大茶碗放在茶几中央，接著又拿了四只茶杯排列在茶碗周圍。
「這個茶碗，是溥齋。靠近茶碗的四個茶杯是溥齋身邊最重要的戰力，納蘭破天已經回到東北了，現在留在溥齋身邊的就只剩下老鬼、金毓訢和千面。我的出現可以把老鬼和金毓訢從溥齋身邊調開。」

「你打算以你自己為誘餌，吸引老鬼和金祕書長去殺你，但你們還有誰可以對付千面和溥齋身邊的武裝力量。」

「謝哲翰和山鬼會拿下溥齋的人頭。」

上官言的話出乎我意料之外，我都已經是個廢人了，怎麼去殺愛新覺羅．溥齋？

和胡東嚴談完之後，我們一行人便趕緊回到據點裡，回到據點後，我才提出我的疑惑。

「上官院長，我現在這樣的狀態怎麼可能去殺愛新覺羅．溥齋。」

「在青幫中，有一門能夠改造體質的古老祕術，叫做燃血焚息術。」

上官言突然拋出一個陌生的名詞。

「燃血焚息術？」

「燃血焚息術最早是從白蓮教那裡傳到青幫，這門祕術能夠在短時間內提高人體腎上腺分泌量和代謝速率，使用燃血焚息術之後，使用者的爆發力、反應能力等各方面身體素質都會大幅提升，但使用者的體溫和心跳速度也會驟升，所以過去許多人在利用『燃血焚息術』殺掉敵人或是目標對象不久後就會心臟衰竭或是熱休克而死，但你身上現在恰好帶有納蘭破天留在你體內的武道拳意，武道拳意讓你身體產生的體溫下降情況恰好可以和『燃血焚息術』的副作用兩相抵消，甚至可以讓你使用『燃血焚息術』的身體素質再次躍升。」

「上官院長，這是有代價的吧。」

「以你目前的身體狀態，冷熱劇烈衝突，我無法保證燃血焚息術結束的那一刻，你是否還能活著。」

對於這個答案，我沒有任何擔憂，心裡頭甚至泛起淡淡的欣喜。

「院長，這點我毫不在乎。」

「也好，你中了納蘭破天的武道拳意，已經無藥可治，就算你什麼都不做，也隨時有可能猝死，你不如好好利用你身體的最後剩餘價值。謝哲翰、趙靜安，你們跟我一起去醫療室。」

做為山鬼最隱密也是最重要的據點，裡頭的設備非常齊全，醫療室裡擺了許多小型醫院才會購置的儀器，上官言找了山鬼裡一位具有醫療背景的弟兄幫我進行生理狀態檢測，他一邊聽著那位弟兄分析，一邊在筆記本上塗塗寫寫。

那位弟兄幫我做完檢測後先行離開，醫療室裡剩下上官言、趙靜安和我，上官言繼續埋頭書寫好一陣子，才停下筆。

「謝哲翰，把衣服脫了，脫到只剩內褲為止。」

「啊?!趙靜安還在這裡，要不要讓她先出去。」

「囉嗦什麼！先脫再說。」

上官言不耐煩地催促著，我只好趕緊脫下身上內褲以外所有的衣物，但趙靜安的目光意外地坦然。

上官言等我一脫光衣服，接著又下了另一道命令。

「現在到床上躺著。」

我繼續聽從上官言的指示，在醫療室裡的床上躺平。

上官言走到醫療室的一個櫃子前，從上頭拿了一個大木盒下來走到我身旁，上官言打開木盒，裡頭放滿了長短粗細不一的銀針。

「傳統的燃血焚息術是在喝下湯藥並在進行針灸後一天生效，但是以謝哲翰的身體狀況，燃血焚息的狀態他不曉得能夠維持多久，所以我只能安排讓他在準備動手前半小時，以最快速度進入燃血焚息的狀態。趙靜安，你既然有傳統中醫的根底，這辨穴下針的基本功夫應該是有的，接下來我要教你

『燃血焚息術』的下針位置。」

此時我才明白，上官言帶趙靜安進來，就是要她代替上官言在執行計畫時對我施行燃血焚息術。

「趙靜安，你除了要記得穴位和下針方式之外，還要記得每一根針使用的電流量。」

我聽到上官言這句話頓時嚇一了跳。

「院長，燃血焚息術還要進行電擊療法?!」

「要讓你以最快速度進到燃血焚息狀態，當然就要採用一些加強刺激的非常手段，還有，進到你體內的湯藥也不是用喝的，而是會做成濃縮液的方式，到時候你就以靜脈注射的方式打進你的身體裡，我會再多給你兩管，戰鬥過程中如果你感覺到自己身體起了寒意，就趕緊再注射一管。」

上官言帶著趙靜安學會燃血焚息術的下針位置後便先匆匆離開，接下來他還得布置現身於眾人面前的計畫。

一時間醫療室裡只剩下我和趙靜安兩個人，正當我穿起衣服準備離開醫療室時，趙靜安突然從我身後撲向我，將我緊緊抱住。

「你一定要活著回來，你這條命是小青給你的，你沒有資格用掉。」

趙靜安的髮梢撓著我的臉頰，淡淡的茉莉花香竄入我的鼻腔裡。

忽然間，我的腦袋一片空白，只能跟著應好。

「好。」

趙靜安得到答案後，便馬上放開我，當作什麼事也沒發生過逕自走出醫療室。

趙靜安那奇怪的舉動我沒有心思多想，我的腦袋裡都在思考著暗殺譚孝戎，或是說是愛新覺羅．溥齋的計畫。

我找了巴蘭和陸篤之，聽取他們手上關於愛新覺羅．溥齋現在所在地點以及身旁武力配置的情報，並和他們討論進攻策略。山鬼在行政院一戰受到重創，但幸好情報人員大多數都還活下來，巴蘭和他們接上線後，繼續讓他們進行情報蒐集，再加上林敬書最近不斷丟出來源不明但卻極為精確的情報，我方和愛新覺羅．溥齋的明暗形勢已經逆轉了。

此時，我想到了一件極為重要的事。

「巴蘭，你有想過未來山鬼的規劃嗎？」

「嗯，山鬼經過這一兩年來大大小小的戰鬥，人員已經折損不少，但我們當初想要向台中黑道復仇的目的也達到了，接下來我想帶著弟兄離開台灣，投靠摩亞德。」

「真的不想留在台灣嗎？」

巴蘭聽了我的話，露出一絲苦笑。

「我們要活下去，非得殺掉愛新覺羅．溥齋不可，可是一旦殺掉他，對台灣人而言，我們就是公然暗殺他的化身參謀總長譚孝戎，不論是基於什麼理由，我們這樣的組織都無法在台灣生存下去。」

「巴蘭，我和上官言討論過這個問題，如果我們以台中黑道的名義進行暗殺，只要大家戴上面罩或面具，不要讓攝影機拍到我們真面目，事後上官言可以將暗殺行動定調為台中黑道的復仇，之後更可以此為理由對台中黑道斬草除根。山鬼則和這件事毫無關聯。」

巴蘭聽了我的話，露出燦爛的笑容。

「既然如此，到時候，我們就戴上防彈面具進行攻擊，說到防彈面具，阿哲，我有個請求。」

巴蘭說完，起身帶著我和陸篤之走向據點裡的一個庫房，巴蘭在庫房的門前停下腳步，他伸出手摩挲著門板，神情哀傷。

巴蘭在門前停留了一分鐘後，才緩緩打開庫房大門。

庫房裡頭擺滿各類防護裝備，在庫房裡某一面牆上，掛著許多防彈面具，但在這些防彈面具中，有一個面具的樣子和其他防彈面具都不一樣。

其他的防彈面具都是表面呈消光黑的光滑面罩，沒有任何額外的裝飾，只留下兩個眼洞，唯獨有一個面具，外觀看起來像一隻兇悍的貓頭鷹。

巴蘭走到牆邊，將那個貓頭鷹面具取下來。

「這個面具，是莫那特別訂做，但後來他還來不及用上，就已經死了，你願意代替他，戴上這個面具，帶著山鬼一起打一場仗嗎？」

我從巴蘭的手中接過這個面具。

我沒有想到，在許多年後，帶著這個貓頭鷹面具殺入參謀總長家中的我，在由許多誇張、扭曲的傳言所匯聚而成的傳奇故事中，成為一個未曾存在過，但卻是許多人津津樂道的台中第五獸，夜梟。

三天後，上官言祕密返回台北，並在媒體鏡頭前公開現身。

電視機前，一個本該被封鎖的直播，在掌印人的運作下，突破了愛新覺羅．溥齋的封鎖，在全台灣人的面前播放。

「各位觀眾朋友，我們現在可以看到，除了立法院長林如海尚未到場之外，一百一十二位立法委員都已經出現在立法院正門前，立法院的工作人員也全都回到這裡來。各位觀眾朋友！林院長的座車目前已經抵達現場，現在車門打開，林院長正緩緩下車，啊！各、各、各位觀眾！傳聞已經被國際黑幫殺害的行政院長上官言，從林院長的座車裡走出來了！」

林如海熱切搭著上官言的肩，臉上掛著笑容，並向身旁的隨扈和立法院正門口的警察們點頭致意。

電視鏡頭前，塵封多日的立法院大門緩緩打開，裡頭的燈光已經全部亮起，所有工作人員都已經在議場內就定位。

林如海和上官言並排而行，率先踏入立法院議場中，其他一百一十二位立法委員則排在他們身後，魚貫而入。

一百一十三位立法委員此時全都回到立法院了。

上官言走到備詢台上，和站在主席台上的林如海對望著。

林如海清了清嗓子，宣告議事程序開始進行。

「現在我們開始進行國家安全會報，請上官院長進行報告。」

林如海的聲音一如過去我在電視機前聽到的一樣沉穩。

「林院長，高副院長，各位委員大家好，一個月前，台灣發生了令人震驚和哀痛的恐怖攻擊事件，周總統和白副總統皆不幸罹難，而我本人也在當時受到重傷。隨後，譚孝戎總長即以國家憲政體制動盪為由，成立臨時政府，我非常感謝譚總長這兩週以來，為維護台灣社會穩定所做的貢獻，但是，我已經回來了，現在，我以行政院長及代理元首身分宣布，臨時政府解散，請譚總長和軍方回歸政府指揮。」

上官言的話才剛說完，一大群憲兵突然持槍闖入議場內，議場內許多女立委嚇得大聲尖叫，男立委們臉上也浮現驚恐的表情。

林如海拿起議事槌朝桌面重重一敲，對著那群憲兵大聲怒吼。

「這裡是代表人民的議事殿堂！」

林如海一聲怒吼，慌亂喧嘩的立法院立刻安靜下來，國會警察紛紛衝到議場內，將手中的槍對準那群非請自入的憲兵。

「各位憲兵同仁，請遵守國會的秩序，你們想要阻止立法院開議，先踏過我的屍體。」

林如海望著那些憲兵，冷冷說道。

林如海在我心目中的形象，是那個善於隱忍，身段親切柔軟到沒有敵人的老人，我從沒想到林如海會如此強悍。

上官言在電視上露面之後，譚孝戎，或者說是愛新覺羅．溥齋當然不願意解散臨時政府，他立刻在國防部內另行召開記者會宣布，上官言已經不是行政院長，在台灣仍然受到國際黑幫威脅的情況下，台灣仍應由臨時政府維持秩序。

而我、趙靜安和山鬼成員則是躲在林家在台北的一棟別墅中，等著上官言那頭的消息。

上官言公開出現後的第二天深夜，我和趙靜安都待在客廳裡，我們手機同時收到訊息，上官言的住處現在正受到攻擊。

趙靜安接到消息後，立刻衝回她暫住的房間裡，過了不久，她就抱了一個白色大塑膠箱出來放到客廳的桌上。趙靜安打開箱子，先從裡頭取出一只頭盔，接著再拿出一個表面塗上黑色烤漆的箱形機器和一束傳輸線。趙靜安將傳輸線的兩端接頭分別接上箱形機器和頭盔後，把頭盔拿到我的面前。

「把頭盔戴上。」

我看著眼前的頭盔，滿是疑惑。

「這是做什麼用的？」

「這個是豺狼託我交給你的，算是他最後的禮物，也是他要教給你的最後一堂課。」

我聽趙靜安這麼一說，心跳猛然加快，一股不祥的預感從我心裡生起。

「豺狼那邊的狀況怎麼樣？」

「戴上頭盔後，你就明白了。」

趙靜安這麼一說，我只好把頭盔戴起來。

戴上頭盔後沒多久，頭盔正前方螢幕跳出一個畫面，畫面中顯示著一座裝潢典雅的接待大廳，大廳裡頭站滿了隨扈，上官言也站在那裡，右手裡握著他那桿鐵槍，左手拿著手槍。

看到這個畫面，我立刻明白頭盔的用處了，豺狼把從他視角看到的畫面，不知道透過什麼設備傳遞到這個頭盔裡，讓我在虛擬實境中感受他所感受到的一切。

豺狼的聲音，在頭盔內突然響起。

「阿哲，現在這裡，就是院長官邸的接待大廳，金毓訢和老鬼派來的前鋒部隊和我們的人剛才已經在官邸外交手過，前鋒部隊都已經被上官院長的手下攔住。接下來，應該就是輪到金毓訢和老鬼親自上場。我和納蘭破天一戰，身上經脈被他的武道拳意廢了一半，現在我的生道只有原本的一半功力。」

我聽了豺狼的話，又驚又怒。

「老師，你怎麼不早說?!」

「我現在才告訴你，就是怕你感情用事，無法貫徹我們制訂好的分兵突襲溥齋的計畫。身為一個殺手，我隨時都準備好迎接好死亡的宿命，今天這一戰，我用盡各種方式，都會把老鬼留在這裡，你待會就好好地看我和老鬼怎麼打，能吸收多少，就算多少，未來我也沒有辦法再教你任何東西了。」

豺狼說到最後，話裡透出幾分悲壯和蒼涼。

我的眼眶漸漸濕潤，我用力眨了眨眼睛，不讓淚水影響到我的視線。這場戰鬥是豺狼用命教給我的東西，我必須將看到的一切都刻印在腦海裡。

上官言手下焦急的聲音突然從無線電收發器裡傳出。

「院長！我們快擋不住了！剛剛對方的攻擊火力不知道為何都能閃過弟兄的防護措施直中要害，我們原本的優勢火力現在只剩下三分之一，我們頂多只能再撐十五分鐘，請院長先行撤退。」

我透過豺狼的視角看到站在接待大廳裡的上官言擰著眉毛抿著唇苦思著，過沒多久，上官言轉頭過來望向豺狼，他像是得到了豺狼的允應，臉上繃緊的肌肉終於舒展開來。

「小游，你們帶著弟兄都撤了，對方是世界四大殺手中的老鬼，再多人也擋不住他，就讓他過來，我這裡也做好準備，會讓他變成一條真正的鬼。」

「院長你……。」

那位名叫小游的手下似乎還有些遲疑。

上官言拿起對講機，對著發話器吼道。

「懷疑什麼？難道我會拿自己性命開玩笑，再不撤你們全都要死在老鬼手上！」

「我知道了院長！吩咐各組小組長，全部撤離！」

上官言聽到手下的撤離呼喊聲後才鬆了一口氣，放下對講機，再次轉頭望向豺狼。

「豺狼兄，這邊就交由你安排了。」

「好。」

豺狼的視角巡視了整個接待大廳一圈，同時指揮著接待大廳裡的隨扈就戰鬥位置。

此時，上官言站在接待大廳裡的後方，兩名隨扈站在上官言身後背對他，把手中的槍指向官邸內通向接待大廳的出入口，接待大廳的左右兩側也各站了五、六個人，至於接待大廳面向官邸前廣場的門口，蹲著一排舉著盾牌的隨扈，他們後頭也蹲著七個人，手中端著突擊步槍，突擊步槍的槍口伸出盾牌之外對準門口，而在官邸大門外，更又放滿了蛇籠拒馬。

上官言之所以沒安排狙擊槍或是反器材步槍這類的重武器，正是因為有豺狼和老鬼這兩個能夠干擾事件發生機率的存在，那些高精度的武器在接下來的亂戰中難以發揮用武之地。

正當豺狼安排好隨扈的戰鬥位置後沒多久，七輛軍用悍馬車朝著官邸衝過來，猛然撞上官邸大門外的一整排拒馬，悍馬車油門催動聲越來越響，準備撞開拒馬衝向大門。

就在此時，豺狼將右手伸向空中，手掌在空中微微張開。

「想像這一台台悍馬即將輾過你的胸口、喉嚨甚至是頭顱，生道真氣受死亡威脅而被激起，走手少陰心經脈。」

豺狼的聲音在我耳邊響起，接著看到他的右手用力一握。

七台軍用悍馬車同時爆胎。

同一時間，豺狼下達攻擊命令。

「射擊！」

豺狼一聲令下，突擊步槍的槍管上，紛紛亮起火光。

炒豆般的槍擊聲劈劈啪啪地在那些悍馬車身上響起。

那些悍馬車上的人卻也不反擊，任憑車子變成上官言隨扈的固定射擊靶，但就在槍聲稍停之時，那些悍馬車毫無預兆地突然炸開，炙烈的光焰和熱浪朝官邸內席卷而來。

「老鬼出手了。」

頭盔裡，再次響起豺狼的提醒。

十來道身影此時突然出現在接待大廳的門口，老鬼的手下藉著方才悍馬車爆炸的掩飾，躲過眾人的注意衝到上官言隨扈身前，這些人趁著眾人注意力分散，分別突破了由盾牌所組成的防線，殺掉躲在盾牌後的隨扈並奪過他們手上的突擊步槍時，那些突擊步槍突然間都無法擊發，老鬼的手下就在這一瞬間被上官言的隨扈殺光。

老鬼的手下全部倒下後，上官言的隨扈在豺狼的指揮下，補上其他人當盾牌手和火力主力，再次組成成原本的戰鬥陣形。戰鬥陣形排列完成後，豺狼卻一個人緩緩走出院長官邸，站在官邸大門外焦黑扭曲的拒馬和悍馬車殘骸之間，豺狼在雙手上戴上鐵手套和拳刺，接著從腰間抽出一把短槍後，對著無人的官邸外空地大聲喊道。

「老鬼，你光靠遠端監控畫面來安排殺局，是破解不了我的生道，你只有站在這裡親眼看到現場，才能和我一戰，金祕書長，你現在在老鬼身邊吧，你們的位置已經被發現，現在效忠院長的人馬已經過去找你們。過來和我一戰，或是被我用人海戰術耗死，你自己選擇，老鬼可不像Lilith或是葛奴乙，有以一殺千的本事。」

豺狼這番話可以說非常的毒辣，他算準貪生怕死的老鬼一定把金毓訢拉到身邊保護他，反而讓豺狼利用金毓訢把近戰能力不強的老鬼硬拖到院長官邸這裡。

豺狼的話才說完兩、三分鐘，八輛電動機車無聲無息地從黑暗中竄出，那八輛電動機車迅速地將豺狼包圍起來，接著又一台轎車從遠處路邊衝過來，在距離院長官邸前五十公尺處甩尾急剎後停住，金先生和老鬼從車裡走了出來，這次老鬼臉上還戴了一副ＡＲ眼鏡。

「豺狼，難道你以為我真的怕你？為了對付你可以干擾自身運勢的本事，我特別訂做了這副ＡＲ眼鏡，不論你怎麼改變自己的運勢，我都能重新算出你的死劫所在。」

老鬼臉上露出得意的笑容。

我終於明白老鬼要怎麼對付豺狼了。

生死道固然可以操控運勢來維持自己的生或是敵人的死，但是一個人的死劫所在並不會消失，只是被轉移成其他形式。像是豺狼在大肚山的軍火總庫裡面臨被人亂槍射死的死劫時，豺狼透過生道將他的死劫轉換成其他狀態，如果當時包圍他的人改拿刀械砍殺他，豺狼可能就會死在這個劫難之中。看透這一點的老鬼，便可以將他的數算之道寫成一個程式儲存在他的ＡＲ眼鏡中，程式依據豺狼的生道對事件發生機率的干擾程度，重新計算出豺狼命中此刻的必死之處，並以虛擬標誌指示現實環境中豺狼新的死劫所在位置。

豺狼環視周遭那八輛將他包圍起來的電動機車，冷冷問道。

「八陣圖？」

「這個東西就專門用來對付你，破你運勢。」

老鬼冷笑道。

「天覆陣！」

老鬼一聲大吼，機車上的八名騎士從車上一躍而下，從懷裡抽出匕首，同時沿著一條複雜的彎曲行進方向，逼近豺狼。

豺狼朝左前方開了一槍後，右腳接著向後踏出一步，轉身撲向從後方刺殺他的人。

「想像死劫就在身後，即將被人從背後刺殺，生道走足少陽膽經。」

豺狼的聲音再度在我耳邊響起。

就當豺狼的手準備抓向對方持刀的手腕時，對方已經先一步縮手，迅速後退。

豺狼轉頭望向老鬼，老鬼的嘴唇微微開闔，我立刻讀出他新的指令，走風揚陣。

一聲槍響在豺狼左方響起，子彈險險擦過豺狼的右肩。

「生道走手太陽小腸經。」

豺狼的聲音微微顫抖，我聽得出來，現在的他想要維持生道的運轉，已經非常吃力，他改變運勢的力量開始減弱，才會讓老鬼的人能成功開槍。

八名騎士行走路線再變，此時，又多了兩個人能夠開槍，但子彈還是沒能打中豺狼。

「院長，我背後就交給你了。」

豺狼突然向躲在官邸裡的上官言吩咐道。

「豺狼兄請您放心，由我親自指揮。」

上官言的聲音同時在我耳邊響起。

豺狼說完，轉身背對那八名騎士，朝著老鬼的方向衝過去，豺狼身後傳來一陣槍響，但他仍然毫無顧忌地衝向老鬼，想來是官邸內的隨扈牽制住那八名騎士，讓他們沒有辦法攻擊豺狼。

老鬼看到豺狼衝了過來，不驚反喜，他身旁的金先生瞇起雙眼，隨手就射出四把飛刀分別刺向豺狼的眼睛喉嚨心臟和腳踝，豺狼身形一矮，抓住一把飛刀閃過其他三把，又將接下來的飛刀反射回去。

金先生接下豺狼反射回去的飛刀不再回擊，反而跑向汽車車頭，老鬼則是跑向汽車車尾，此時，豺狼正對汽車的車門，我看到這一幕立刻明白了老鬼的的底牌是什麼了。

從頭盔裡看到這一幕的我，急忙大喊。

「老師快躲開！」

「你都想得到的事，我會沒想到嗎？」

豺狼的聲音裡出現一絲得意的味道，但他身上不應該有情緒波動出現。

「阿哲，現在我要教你我發現到的將生道轉為死道的方法，當將自己陷入必死之境，生道再也無法抵抗劫難時，就會自然轉化為死道。」

「老師你為什麼要這麼做?!」

「我的生道被納蘭破天廢了一半，現在只足夠自保和保護上官院長，但是殺不了老鬼跟金毓訢，只有將生道變成死道，才有機會殺掉他們，破去溥齋的局。剩下就是你們的事了。」

我這才明白，打從一開始，豺狼就在一步步引導老鬼破解他的生道，將他逼入越來越無法抵抗的死劫。

豺狼作為一個頂尖殺手，在人生的最後一場仗，他將自己的性命作為最終的武器，確保完成殺掉金先生和老鬼的任務。

三根散彈槍的槍管探出車窗，對著豺狼瘋狂掃射，鮮血漫天噴濺，連頭盔的螢幕上都布滿了血漬。

頭盔螢幕畫面緩緩轉向上方的天空，那個在我心中近乎所向無敵的豺狼，終於倒下了。

「老師，我用您教我的八陣圖破掉生道成功殺了他了——」

正當老鬼向愛新覺羅．溥齋匯報的聲音傳入頭盔時，一聲劇烈的爆炸聲突然轟然響起，淹沒了老鬼的聲音。

金先生和老鬼，最後死在東北虎的「死道」底下。

我脫下了頭盔，擦去從眼眶中溢出的淚水，我眼睜睜看著豺狼帶著老鬼和金先生同歸於盡，心裡頭也充滿了各種複雜的情緒，有哀傷，有懊悔，有遺憾，我作為殺手的殺人技巧和知識，都是豺狼一手教給我的，是我和他一起摧毀台中黑道，豺狼對我來說，既是盟友也是老師，他卻就這麼戰死了。

但此刻沒有任何多餘的時間允許我繼續緬懷豺狼，現在正是突襲愛新覺羅．溥齋的最佳時機，我不能讓豺狼用性命為我們爭取的機會白白浪費。

而所有的人也早已就定位，等的就是這一刻。

我走到趙靜安面前，脫掉我的上衣，放進她手裡。

「趙靜安，我們開始吧。」

趙靜安微微點頭，我接著將褲子也脫下，她將預先準備好的針精準地插在我身上各處穴位並在每根針的尾端上夾上電夾。

「謝哲翰，五秒鐘後進行通電，五、四、三、二、一。」

趙靜安念到一的那一刻，我的心臟突然像是被人緊緊捏在手中，足足頓了好幾秒，接著一陣陣又痛又麻的感覺才從身上各個穴位竄入我的腦中。

趙靜安一秒也沒閒著，一完成電擊刺激後，她一手摸索著我手腕上的靜脈，另一手拿著針筒將濃縮藥劑注入我的靜脈裡。

不愧是上官言改良過的速效燃血焚息術，濃縮藥劑注入我體內的幾分鐘後，我便感覺到身體裡彷彿有一團火開始燒起來，十分鐘後，我的心跳明顯增快，身體越來越熱，我被納蘭破天的武道拳意給封印住的肌肉敏銳感受，也終於回來了。

我開始穿上防彈戰鬥服，並將長短刀刃，突擊步槍、手槍、彈夾裝在戰鬥服各個位置，最後只剩下防彈面具。

趙靜安突然出聲阻止我。

「先別戴上。」

她伸出雙手捧著我的臉，仔細端詳著。

毫無預兆地，趙靜安吻上我的雙唇。

「妳！」

「我從很久以前就下定決心，一直以來小青都是代替我活著，承受著各種痛苦，如果有一天，小青真的死了，我也會放棄屬於自己的一切，替她在這個世界上活著，喜歡她所喜歡的，過著她想過的生活。」

趙靜安挽起她的長髮，綁成馬尾。

「對我來說，妳就是趙靜安，小青已經死了。」

「對我來說，死的人是趙靜安，成青荷還活著，所以，我想要我的丈夫活著回來。」

趙靜安看著我的雙眼，堅定地說道。

我沒有回應趙靜安的話，只是默默戴上面具。

往後多年，小青像是一朵牆，隔在我和趙靜安之間，但不可思議的是，趙靜安確實越來越像小青，彷彿，她們共同約好共享一段人生，她生她死，她死她生。

而此刻，貓頭鷹的臉孔爬上我的臉，在我心中，謝哲翰即將死去，而莫那會暫時重生。

我坐上停在別墅車庫裡的廂型車，包括駕駛座上的弟兄的四個成員都已經就位，這就是以我為首的第一戰鬥編組，而此次行動一共有十個編組，行動地點，愛新覺羅．溥齋在天母的住處。

我所在的這棟別墅是林敬書所挑選距離愛新覺羅．溥齋住處最近的房子，因此，不到五分鐘，我和山鬼的弟兄就已經抵達距離愛新覺羅．溥齋的住處三百公尺處，再往前每十公尺就有一名持槍士兵，街道上都擺滿了刀片拒馬和地虎闡，而愛新覺羅．溥齋的住處附近的房子也全都被他徵收，愛新覺羅．溥齋對自己的保護可說是滴水不漏。

我拿起對講機，按下全體通話頻道，下達指令。

「avo, muadi yongna rha moasu.」

這是族語裡戰鬥開始的意思。

「gonang ga, hami.」

包括在車廂裡以及在其他地方待命的所有成員也紛紛以族語回應，表示接到命令。

「muadi jhiki tayaga! muadi jhiki wonba!」

我對著對講機說道，這兩句話的意思是，為部族為戰，為祖靈而戰。

「muadi jhiki tayaga! muadi jhiki wonba!」

所有人一起複誦。

愛新覺羅・溥齋將自己保護的很好，任何重型武器都無法進到他的警戒圈內，他在住所內更布置了奇門遁甲，讓任何殺手都無法闖進去。

但俗話說得好，一切防禦，唯快不破。

車廂裡的人同時將墨鏡裝在防彈面具上，接著戴上骨傳導耳機，脖子掛上發話器，再戴起一副隔音耳罩，背上戰術背包，最後，穿上電動直排輪鞋。

我和編組成員各拿起一隻發射炮筒，伸出車窗，由我統一對所有戰鬥編組成員下達發射命令。

「一、二、三，發射！」

一枚枚射出的音爆彈在我們前方猛然炸開，巨大的音爆從遠處擴散開來衝向我們，這一瞬間，聲音彷彿真的化作海浪，狠狠地拍打在我的皮膚上。

我們背著發射筒，從車上一躍而下，踩著電動直排輪鞋，衝進警戒圈，拿起衝鋒槍快速殺光那些趴在地上乾嘔的士兵，並再次將音爆彈繼續裝入發射筒，發射，重複著剛才的殺戮。這樣的事情，在這附近，也正同時發生著，有四個編組做著和我們一樣的事，另外有五個編組，負責將一台台載滿液化天然氣的貨車以及掛載著炸彈的無人機送進來，製造更大的混亂。

我帶著編組成員迅速突進到愛新覺羅・溥齋的住處門口。

「各位，打開發光裝置。」

正當守在愛新覺羅・溥齋住處裡的士兵衝到門口時，一道道強烈的黃光猛然亮起，掩蓋掉我和編組成員槍口間的火光，直到和我們對峙的士兵全都倒在血泊中時，他們身上的穿孔和地上的血也仍然是黃澄澄一片。

豺狼交給我的底牌發光裝置，我將它改良過後交給所有的戰鬥成員，但現在安裝在我們身上的發光裝置發出的是黃光。發光裝置不僅是為了讓攔路者暫時失去視覺，更是為了破壞愛新覺羅・溥齋住處裡的奇門遁甲，奇門遁甲是一種透過建築視覺效果對人類意識的催眠和操控，當我和戰鬥成員眼中的建築物全都隔上一層黃光時，作為奇門遁甲之用的建物造景所能產生的視覺暗示效果便難以發揮作用了。

我向編組成員繼續吩咐道。

「組成掩護陣形，大家小心推進。」

經過這一波攻堅後，愛新覺羅．溥齋住處裡的士兵也跟著往主宅方向撤退，我和編組成員也快速穿過庭院，來到主宅門口。

正當我準備下達下一個進攻指令時，突然間，一道人影從主宅門口旁的草叢中倏然竄出撲上一名編組成員，當那位編組成員倒下時，對方已經摘下他的墨鏡戴上，同時不停開槍，他開槍速度快到我完全來不及反擊，我只能撲倒滾到主宅外牆邊躲好。

但其他編組成員，沒有一個能夠逃過他的快槍。

那個突然冒出的殺手開口了。

「沒想到你還能活下來，唔，能夠暫時抵擋納蘭先生的『滿州雪國』，想必是青幫的燃血焚息術。」

說話者的聲音有著一種虛無感，像是那些出現在夢境中的聲音，入耳之後，就再也無法讓人想起這個聲音的特徵。

說話者的身手和開槍速度之快，令人難以想像，我所見過的人，只有豺狼能與他相比。

我已經知道他是誰了，千面。

千面試圖用話術瓦解我的意志。

「我不得不佩服你，就連溥公也沒想到你還活著，但我已經摸清楚你們的底了。除了你之外，你們之中已經沒有頂尖殺手，只要殺掉你，其他的人都沒有本事在短時間內靠近這裡。溥公一向算無遺策，即便是這樣的狀況也在他的計算之中，再過幾分鐘，他就會搭著直升機離開了。」

我舉起槍，慢慢站起來，將槍指向千面的出聲位置。

千面繼續譏諷我。

「你是不是覺得很奇怪，為什麼以你現在的身手，還是連我一槍都閃不了？出來吧，我可捨不得殺掉你，我會好好和你打一場的。」

我緩緩走向千面，終於和他正面相望。

千面再次換了一張臉，平庸的臉孔，一般人的體型，讓人難以記得他的模樣。

千面的嘴角僵硬地上揚，眼神卻依然淡漠毫無絲毫笑意，他的臉彷彿不是屬於自己的。

「你知道為什麼我要背叛青幫嗎？你絕對想像不到，為了成為『千面』，讓我可以任意改變自己的身形樣貌，我的身體裡裝入多少東西，接受過多殘酷的人工改造，青幫的每一任『千面』五十歲之後非死即殘。所幸，納蘭先生傳給我透過現代科技達成的速成版魚龍變，這才讓我看到活下去的希望。但他說，這世界上最完美的魚龍變，就在你的身上，如果能夠取得你的身體，讓他取得魚龍變的真正奧祕，我就能變得更強大，活得更久。而溥公，也能延年益壽。」

此刻，千面的眼神中終於亮起貪婪的光芒。

我雖然在燃血焚息術的加持下，實力暫時恢復甚至更甚過往，但是面對現在的千面，我知道自己本身的實力與他的差距仍然太大。

為了彌補我和千面實力之間的差距，我向摩亞德要來當初我和他們討論到的戰鬥預測裝置的雛型機裝在身上，現在就是檢驗這套裝置發揮作用多大的時候了。

我沒有回應千面的話，對著他就是一槍。

千面面對我的槍不躲也不閃，但幾乎和我扣下扳機相同的瞬間，一道銀光突然在他面前閃現。

那道銀光停滯了一秒才在我眼中變成一把小刀的模樣，小刀接著往地面掉落，和那把小刀一起掉落的，還有我方才發射出去，被小刀切成兩半的子彈。

「太慢了，比蒼蠅飛的還慢。」

千面露出嘲諷的表情。

我用槍的時間仍然太短，以千面的實力，根本打不中。我一槍不中，一邊繼續開槍，一邊迅速地衝向他，爭取用刀的機會。

「換我囉。」

千面的手腕快速而輕微地晃動，就在他即將扣下扳機的瞬間，我身上裝設的裝置立刻在我的墨鏡螢幕上亮起警告圖示訊息，我下一秒出現的位置，頸部恰好會被千面此時射出的子彈穿過。

我立刻把上半身重心放低，繼續衝向他，左手從身後拔出長刀提在腰間。

「砰！」

千面打出的子彈從我臉頰擦過，即使隔著防彈面具我仍感覺到臉上像是被狠狠揍了一拳，還有淡淡的燒焦味飄進鼻腔。

但是我終於衝到他面前三公尺，我後腳蹬出，力量從後腿經腰胯送上持刀的左臂上，我手中的長刀挾著這股爆發力向斜前方刺出，如電蛇般直奔千面胸口。

而千面也終於用了冷兵器，他從身上拉出一根鎖鏈槍，抽向我的長刀。

戰鬥預測裝置的提示再度出現，預告著我的長刀即將被鎖鏈槍的鏈條纏上。

我靠著腰胯強行改變重心，手腕飛快地翻動著，手上長刀的刀尖如一隻紙飛機般輕盈地閃過了千面的鎖鏈纏繞，我將刀尖驟然向上一提，刺向他的喉間。

就在我的刀尖轉向之際，鐵鍊槍竟然違反物理定律地在空中扭轉飛行方向，又捲上我手上長刀的刀身！

「我身為千面，全身上下肌肉骨骼都不知道改造過多少次，我的發勁方式跟戰鬥慣性跟正常人可是完全不同，任何一個武者都猜不透也破不了我的招式。」

千面一邊用鎖鏈拉住我手上的刀，一邊嘲弄著我，而我此時才發現，原來他將鎖鏈的一端纏在腰上，讓他能夠同時用腰腹控制鎖鏈。而正如千面所說，他的身體構造早已改造的和一般人都不一樣，即使透過戰鬥預測裝置，也難以正確預判他的發勁部位和手法。

我果斷鬆開長刀，身形一矮，右手從腰間拔出短刀，刺向千面的大腿動脈。

面對我這無從閃避的一刀，千面似乎愈加興奮，他放任身體失去重心向後跌，讓他的大腿躲過我這一刺，而他在身體失去重心的狀態下，竟然又拔出手槍瞄準我。

我趕緊跳開，幾乎同時，一顆子彈從我耳際呼嘯飛過。

這一刻我才明白，千面的特殊身體構造加上魚龍變後，他已經無法視為人類了。

千面背脊一扭，他失重的身體瞬間穩住，他彎曲的右大腿向上一挺順勢轉動腰胯，不僅撐住了他的身體，還將鎖鏈槍槍頭回收到他的手上。

「謝家刀我已經看過，現在就該是時候送你上路了。忘了跟你說，青幫對我身體的改造，不只是讓我可以任意改變身形樣貌，還讓我的身體構造可以突破正常人類的生理限制。」

千面說完，身上的殺氣猛然蒸騰起來，戰鬥預測裝置在我的墨鏡螢幕畫面顯示千面的心跳速度、血流速度、預估體內腎上腺素分泌量和肌肉力量突然都劇烈飆升，最後跳出各項數據變化異常無法判斷目標狀態的訊息。

千面的身體居然被改造到生化人的程度。

七八條細長的鎖鏈像觸手般從他身上各處射出，捲住我的四肢和脖子。

千面像一條猛獸般撲到我身上，他的力氣大的不可思議，千面握住鎖鏈槍的槍頭，狠狠刺向我的胸口，千面的槍頭被我貼身的防彈內衣給擋住，但這似乎更惹惱了千面。

「我用拳頭也能殺掉你！」

千面抬起右手，一記凌厲的重拳朝我胸口重重砸來。

但千面的拳頭在距離我的胸口一隻手掌的距離前停住，他拳間的殺意在綻放前的那一刻，凍僵了。

因為，我也抬起了手。

一片片雪花在我眼前再次浮現，千面的身體不停發抖。

「為、為、為什麼，你、你也會納蘭先生的武道拳意！」

千面臉上表情驚慌到了極點。

我曾經用武道拳意殺掉忠哥，如今當然更能借用納蘭破天的武道拳意殺掉千面。

即使代價將是我的性命，但這一切似乎早已在上官言的預料之中，我從腰後取出第二管濃縮液，注入我的靜脈中，暫時止住失控的武道拳意對我身體的傷害。

千面受到武道拳意的影響，似乎比我更嚴重，過沒多久，千面整個人冷到蜷縮起來，嘴唇開始發紫。

納蘭破天恐怕也將「滿州雪國」灌入千面的身體裡，才會引動如此劇烈的反應。

「你那點借用來的武道拳意，怎麼可能把我逼到這樣！納蘭先生你！」

死前最後一刻，千面終於醒悟過來，但已經來不及了。

我停止觀想「滿州雪國」，收起武道拳意，但我再度使用武道拳意，讓我的身體狀況再次惡化，消退不久的刺骨寒意再度爬到我的皮膚上，我連忙再拿出最後一管濃縮劑，打進我的身體裡。

我開始祈禱這兩管補加的藥劑能支撐我到殺掉愛新覺羅．溥齋為止。

我拾起長刀和槍，進入愛新覺羅．溥齋的房子裡，我回想著趙靜安事先給我的室內位置圖，我在途中殺掉幾個實力遠遜於千面的士兵，很快就走到頂樓天台上的停機坪。譚孝戎，或者說是愛新覺羅．溥齋就在那等著直升機，他身邊有五名士兵戒備著，他們一看見我現身，連忙舉槍對向我。我拆下面具，冷冷看著愛新覺羅．溥齋。

愛新覺羅．溥齋看到我，重重嘆了口氣。

「沒想到，還是算不過老天啊，你們都放下槍吧，事已至此，既然他能殺上來，表示千面應該已經死了，這裡，是守不住了。你們也不必為了我白白送命，趕緊離開吧，我要和他談一談。」

那五名士兵對於愛新覺羅．溥齋極為服從，他們沒有任何質疑，立刻收槍離開。

停機坪上，只剩下我和愛新覺羅．溥齋。

在見到他之前，我總覺得自己有許多疑惑想問他，想要將他千刀萬剮，用盡各種手法凌遲他，但見到他的這一瞬間，我卻覺得，這一切都沒有必要了，我只想一刀砍下他的腦袋。

愛新覺羅．溥齋看著我，感慨道。

「人算，不如天算啊。」

「愛新覺羅．溥齋，你這二十年來策劃的一切，終究全部都幻滅了。」

我將長刀的刀鋒擱在他的脖子上，輕輕壓進他的皮膚裡。

「但，布局成矣。我看的出來，你現在只是還勉強吊著一口氣，我死之後，你亦距死不遠。我雖不知你如何在臨時政府眼皮底下殺到這兒。可我的布局猶在。其他的愛新覺羅．溥齋會找到答案，捲土重來。」

愛新覺羅．溥齋平靜凝視著我，一點都沒有失敗者的自覺。

「這個世界上，可不只一個愛新覺羅．溥齋。而我，卻是最不重要的那一個。我華夏奉儒門道統以德治國，而得建數千年之基業。洋人的制度再好，也是由人來執行，當亂世開始之後，台灣島上的人就不再相信制度，不再相信讓制度運作的掌權人，他們看過這些貪官和奸商，看過台中黑道，這個島上的人終究需要儒家的禮教道德秩序。即便此次奪權失敗，其他愛新覺羅．溥齋必定能夠再次在台灣和其他地方建立華夏道統，令道統不絕。」

「你放心，其他的愛新覺羅．溥齋和你的同黨，我們一定會一個個挖出來，把你們剷除乾淨。」

愛新覺羅．溥齋沒有回應，只是面帶微笑，好像在無聲嘲笑著我。

「你害死小青，害死那麼多人，把台灣弄得天翻地覆，你難道認為自己一點都沒有做錯嗎？」

愛新覺羅．溥齋與我坦然對視，說出他最後一句遺言。

「此心光明，亦復何言。」

我舉起長刀，一刀砍下愛新覺羅．溥齋的腦袋，他脖子上噴出的鮮血噴濺在我的衣服和臉上，我將沾到臉上的血抹去，重新戴上面具，將滾得老遠的頭顱撿回來插在手中的長刀上，我緩緩從天台上走下樓。

我要盡快結束這場行動，我已經感覺到藥劑的作用正在消退，我的生命，已經所剩無幾了。

當我從天台上一走下樓，便看到山鬼成員也都已經殺進房子裡，正在和愛新覺羅．溥齋的手下對戰。

我將插在長刀上的頭顱高高舉起，對著眼前所有人大聲喊道。

「全部停手，譚孝戎已經死了！」

所有的人同時停手，轉頭望向這顆頭顱。

「你們現在已經是叛軍了，你們是要繼續無意義的戰鬥至死，還是早點投降找生路？」

在場所有愛新覺羅．溥齋的手下，聽完我那一番話，紛紛棄械投降。

我拎著頭顱慢慢走到愛新覺羅．溥齋主宅門口時，所有還活著的山鬼成員，全都已經在那裡，但他們手裡仍然舉著槍，槍口對準愛新覺羅．溥齋房子的外頭。

此時我才發現，愛新覺羅．溥齋的房子已經被警察團團包圍了，他們身後還站著一群記者，站在最前面的警察竟然是許久未見的楊宗翰，他一看到我現身便連忙用手勢打出暗號，我有過和他合作的經驗，一看到便明白他的意思，我也把右手的拇指和食指指尖接起來比出一個圓圈手勢，回應他的暗號。

一名女記者站在警察身後，指揮著攝影記者將鏡頭對向我，做著現場播報。

「各位觀眾，方才台中黑道闖入叛軍首領譚孝戎家中，經過一番激烈交火之後，台中黑道已經成功殺掉譚孝戎，現在可以看到，一名戴著貓頭鷹面具的男子走了出來，他應該就是這次行動的首領，這些台中黑道分子目前正在和警方對峙中。」

我的身體狀況越來越差，這些記者的出現讓我感覺到更加不舒服，我索性將譚孝戎的頭顱從長刀上取下來朝女記者的位置丟過去，嚇得女記者大聲尖叫，現場更是陷入一片慌亂，我和山鬼的成員則是在現場陷入混亂之際，靠著警方的掩護衝出愛新覺羅．溥齋家門口，山鬼成員們示意地朝地面上開了幾槍，就在警方的目送下，繼續衝進旁邊的一條小巷裡，三台廂型車已經停在巷道中等著我們。

此時精神一鬆懈下來，我的身體終於支撐不下去，一陣刺骨的寒意驟然竄入我的背脊，我一個踉蹌摔倒在地，寒意開始從背脊蔓延到我全身，我也像剛才被我殺掉的千面一樣，整個人冷到捲縮起來。

「快把哲哥帶到車上！」

「快啊！」

一陣陣模糊的呼喊聲在我耳邊迴盪著，我的意識漸漸被寒冷和黑暗給吞沒。步向死亡的這一刻，我的心情卻是無比的安詳而輕鬆。一切終於都已經了結，該是去陪小青的時候了。

「謝哲翰！」

趙靜安的尖叫聲追上我即將散去的意識，然後，一同進入虛無。

第十二章　我是不是我的我

有人說，臨死前，這一生經歷過的一切都會像跑馬燈般在眼前閃過，但不知道為何，我卻沒有機會見到。

有人說，人死之後，意識會進入另一個安詳的世界，但那個世界，我後來依然沒有機會見到。

在將死與未死的交際，我的意識忽然又浮現出來，我已經忘了自己是誰，但我能感知到自己和周遭環境的存在，我正處於一片遼闊的黑暗空間中，在我眼前，有一團熟悉的紅光，儘管這團紅光極其微弱，忽明忽滅，但它始終亮著。

那團紅光給我一種安心而親切的感覺，我凝視著這團紅光，努力想著這團光是什麼東西。

不知道過了多久，一些破碎的畫面、聲音慢慢流入我的意識中，讓我回想起這團紅光的來處。

這個紅色光團，是小青留存在我身體裡的東西。

她和我第一次上床時，為我引導海底輪裡的查克拉，讓我引動拙火，我也才因此將魚龍變練至大成。

那道紅色的光團開始扭曲、變形，化作小青的輪廓。

小青的聲音從紅色光團中悠悠飄出。

「你一定要活下來，你這條命是我給你的，你沒有資格用掉。」

一道光流從紅色光團中湧現，並在無邊無際的黑暗中流淌著，流動的光流突然間停住，一個橘色的光團在光流的前方亮起。

那裡是本我輪。

又一道光流從橘色的光團中流出，黃色、綠色、藍色、靛色和紫色的光團依序亮起，原本那條細小的光流此時已經氾濫成蜘蛛網般交錯的流域，那些光流正是我體內原該枯涸的查克拉，現在這些查克拉卻像是洪水般在我體內湧動著，並且把我的意識推離黑暗。

我的眼睛睜開，發現自己又躺在一張陌生的床上，我的眼淚竟然在我還沒醒來前就已經不停流著，沾濕了上衣，而趙靜安就坐在我身旁。

「這裡是哪裡？」

我抓著趙靜安的手問道，身體還覺得有些疲倦。

她為我擦乾眼淚，溫柔地回答道。

「這是林敬書他在台北的房子。」

我看到趙靜安，便想到在生死交界中聽到的那句話。

「你一定要活下來，你這條命是我給你的，你沒有資格用掉。」

這句話原本其實是趙靜安在醫療室裡抱住我的時候說的。

「妳是怎麼引動我海底輪裡的查克拉？」

「你身上的武道拳意是在溥公的祝由術刺激下才變成失控的致命寒意，祝由術是以文字和言語為媒介對人的意識的操控。我的祝由術不如溥公，但我鑽了祝由術的漏洞，總算讓你活下來。」

「什麼漏洞？」

「比起文字和語言，氣味可以對人的意識進行更隱密但更直接的操控，氣味要對人做精準的暗示極為困難，但要喚醒你和小青的回憶還有你的求生意志還是做得到的。」

我想起趙靜安抱住我時，她身上的茉莉花香。

我接著又想起為了這個計畫而犧牲的豺狼。

「豺狼的遺體呢？」

「上官院長把他的遺體撿回來，已經燒成骨灰了，他死之後，我們在他身上找到兩封遺書，有一封是要給你的，另一封裡寫著他死之後，遺體的處置方式，他要我們把他的骨灰，放在小青的墓碑附近，在死後繼續守護著小青。」

趙靜安走到房間書桌前，拿起一個信封交到我手上。

我拆開信封，打開裡面的信紙。

給謝哲翰，我最優秀的學生：

我還有很多東西想要教給你，可惜，時間還是不夠，只能讓你自己去讀我的殺手筆記繼續摸索學習，我那一大疊筆記放在一間鄉下別墅的保險箱中，別墅地址和保險箱密碼都在這封信的信尾。還有，生死道的抄本也在保險箱裡頭，納蘭破天的武道拳意我也擋不了，身為一個老師，卻無法解決學生身上的問題，我實感羞愧，但我的師父說過，如果生道和死道如果真的能夠融合為一，便可超脫宿命，我將生死道的抄本留給你了，接下來你要努力找出融合生道和死道的方法，或是找到創立這個武功的人，那就有可能繼續活下去。

豺狼

豺狼連在遺書中，都沒有留下真名，往後數年裡，我花了許多力氣去尋找豺狼的背景以及他的真實身分，卻都一無所獲，甚至是他口中的師傅，我都找不出來。

這個像幽靈般存在於世界上，不留下半點痕跡的男人，在我心中，他比任何頂尖殺手都更接近殺手的本質。

我讀完豺狼的信後，不禁嘆了一口長長的氣，正當我準備從床上坐起來時，我的身體又開始發寒，凍得我趕緊抓起棉被裹在自己身上。

果然我還是沒有擺脫納蘭破天的武道拳意。

我看著自己孱弱的身體，不禁苦笑道。

「趙靜安，我又變回廢人了，而且不曉得什麼時候就會突然猝死。」

趙靜安看著我咬了咬牙，將我緊緊抱住。

「讓你活下來，是小青唯一的心願，我會一直陪在你身邊，為你找到破解武道拳意的辦法。」

我將她輕輕推開。

「妳不需要這樣，小青已經死了，妳有妳的人生。」

趙靜安聽了我的話，露出憤怒的表情。

「我有什麼人生，我過去的人生都活在陰謀和謊言當中，我能有什麼人生？為什麼我不能成為成青荷？這才是我原本的真正身分！」

「閉嘴！」

趙靜安最後一句話，刺痛我心中最深處的逆鱗，我忍不住對她大聲咆哮。

我一吼完，我和趙靜安驟然陷入沉默之中。

「我去找林敬書，告訴他你醒了。」

趙靜安冷冷說道，她頭也不回地甩門而出。

過了一會兒，林敬書一個人走進房間。

「納蘭破天的武道拳意還是沒辦法破除嗎？」

林敬書看著躺在床上的我，微微皺起眉頭。

「還是不行，而且經過和千面那一戰，我的命雖然撿回來了，但身體也變得更加脆弱。」

「好吧，現在也該是時候帶你去見那個人了，如果這個世界上還有人能夠破除納蘭破天的武道拳意的話，或許就是他了。」

「那個人是誰？」

「前總統李政男。」

「李政男他不是發瘋了——」

我話一說出口，一個想法突然在我腦海中閃現。

許多我心中一直存在著但沒去深思的疑惑，都得到了解答。

「原來，打從一開始，你就打算靠李政男來對付愛新覺羅．溥齋。」

「沒錯。」

我早該想到的，這個世界上，如果還有人能夠擊敗算盡天機多智近神的愛新覺羅．溥齋，那就是東亞百年第一人，東瀛劍神李政男。

當天，林敬書開著車帶我前往李政男這二十多年來休養的地方，雙溪山莊，雙溪山莊是一座位在幽靜的外雙溪的莊園，前往雙溪山莊的一路上杳無人煙，當車子開進雙溪山莊前院時，裡頭除了兩名守衛和幾個工作人員之外沒有半個人影，這裡彷彿完全與世隔絕。

工作人員引導林敬書把車子停在前院的停車場後，便帶著我們繼續走進雙溪山莊的中庭。

雙溪山莊中庭有一座日式枯山水庭院，庭院裡鋪滿了大片的銀白色細沙，沙灘旁邊矗立了一顆小松樹，沙灘中擺放著幾顆高低錯落的石頭，由一塊塊石板排成的小徑則貫穿了那片銀白色沙灘，在石板小徑上，有兩個人背對著我並排散步著。
其中一個人的背影我認得，那正是林如海，而另一個人穿日本武士服，滿頭白髮，身材異常高大魁梧。
林敬書站在銀白色的沙灘前，喊了一聲。
「爸，我帶謝哲翰來了。」
林如海和那位身材高大的老人同時轉過頭來。
「總統，謝哲翰已經來了，我先離開，改天再來拜訪您。」
「好。」
高大的老人看了林如海一眼，點了點頭，目送林如海離開後，便朝我走過來。
「你就是謝哲翰吧。」
他雖然已經老邁，但渾身仍然散發著令人想要伏地膜拜的雄渾霸氣，而他的眼神依舊凌厲如武士刀，彷彿他眼中的萬物都不敢攖其鋒。
他就是東亞百年來最強武者，東瀛劍神，岩笠政男。他也是憑藉一人之力擊垮勢力隻手遮天的譚家，曾經站在台灣頂端的最強政客，前總統李政男。
面對這個人，我發自內心誠摰地向他鞠躬行禮。
「李總統好。」
林敬書也同時向李政男鞠躬問好。
「李總統好。」
李政男伸出手摸了摸林敬書的腦袋，淺淺一笑。
「敬書，如果不是你帶來的那段錄音，恐怕永遠沒人知道我被愛新覺羅・溥齋的祝由術困了二十年，我能夠恢復神智，說起來也是靠你的幫忙，多謝你了。」

「李總統，您是如何突破愛新覺羅・溥齋的祝由術封印？」

我忍不住好奇問道。

「我身邊的人知道我中的是愛新覺羅・溥齋的祝由術之後，立刻聯絡日本宮內廳，天皇陛下派了皇室御用首席陰陽師來到台灣。」

「安倍さん。」

李政男說完，突然轉頭對著身旁的空氣喊道。

離李政男不遠處，一個穿著筆挺西裝的年輕男人竟然「憑空」出現在我面前，帶著禮貌性的微笑向我和林敬書點頭問好。

要說他是憑空出現，但這個男人其實一直存在於我的視線範圍內，只是我的大腦不知為何選擇性忽略他的存在。

李政男接著為我和林敬書介紹這個年輕男人。

「這位就是日本皇室這一代御用首席陰陽師，安倍羽結。」

日本皇室御用陰陽師的陰陽道竟然強大至此，無怪乎能夠破去愛新覺羅・溥齋的祝由術。

「這幾天為了防範意外，安倍先生都跟在我身邊，愛新覺羅・溥齋的祝由術固然厲害，但是日本傳承千年不輟的陰陽道，也不在他的祝由術之下。」

「李總統，我有一個疑問想請教您，台中黑道真的是您創造出來的嗎？」

李政男點了點頭。

「某種意義上，台中黑道的產生是跟我有關。不過，這個怪物的產生，並非我的本意，這背後的原因極為複雜，恐怕得回溯到我的前半生的經歷。」

「李總統，我作為一個武者，對您成為東瀛劍神的經歷一直都非常有興趣，如果能聽到您親口講述，那更是再好不過。」

「嗯，那你和林敬書就一邊陪我散步，一邊聽我說故事吧。」

就這樣，我和林敬書，陪著李政男漫步在這片白皚皚的銀白色沙灘中，聽著他說起關於東瀛劍神李政男，也關於台灣這百年來的那些年月。

「我的父親是日本軍官，母親是台灣人，在當時那個年代，我童年活的比任何人都痛苦，台灣小孩不願意讓我靠近他們，他們認為我不是台灣人，日本小孩看不起我，看到我就會罵我是清國奴、支那雜種，幸好我從小就生的特別高大，沒人能輕易欺負我，但我的處境直到遇見師父才有所改變。」

「十歲那一年，我在家門口又和一群日本小孩打起來，這次他們一群人打我一個，我只能勉強招架住無法還擊，當時我的師父和一名總督府的小官經過了這裡，打我的日本小孩連忙跑走，我倒在地上一時無法起身。師父看著我，轉頭問旁邊的官員說，這是誰家的孩子，那名官員也瞧不起我，輕蔑地說，這是岩笠大尉的兒子。師父聽了官員的話，反而走到我面前，蹲了下來，為我擋住刺眼的陽光。他嚴肅地看著我，問我說：『你想變強嗎？』我當然想變強，我比任何人都想變強。」

「後來，我的師父帶我回到日本，我才知道他是日本頂尖劍派無相流第二十五代傳人，當我握住木刀的那一瞬間，我立刻就明白，我生來就是要成為劍客。我跟著師傅學劍過了八年後，我已經擊敗無相流中除了師父以外的所有人。」

「再一年後，師父正式宣布我繼承他的衣缽成為無相流第二十六代宗家。一個支那雜種成為劍道名門的宗家，不只門內師兄弟不滿，日本其他劍道名門也無法忍受。」

「往後三年的時間，我接受了一場場生死決鬥，擋下門內師兄弟的無數次暗殺，直到從北海道至南九州的所有道場，全都被我血洗過一遍後，我的無相流宗家身分，才沒有人敢挑戰。」

李政男口中的這段往事，我也曾在武術歷史典籍中讀過，東瀛劍神岩笠政男，十九歲起手持名劍「噬神」和日本當代頂尖劍客連續決鬥一百場，一場未敗，其中三十五位劍客死於岩笠政男劍下，岩笠政男從此立下東瀛劍神之名。

「但是啊，再厲害的劍術，也敵不過原子彈，我的後半生就從日本帝國戰敗的那一刻，徹底改變。」

李政男一邊說著，抬頭望向天際遠處，他的意識彷彿陷入了遙遠的舊日裡。

「那一年，米軍在日本連續投下兩顆原子彈，天皇陛下正式宣布投降，米軍元帥麥克阿瑟以戰勝者的姿態踏上我日本帝國的土地，逼天皇陛下宣布『人間宣言』。天皇陛下宣布自己並非現人神的那一刻，舉國崩潰，師父無法接受麥克阿瑟對陛下的羞辱，決定暗殺麥克阿瑟。」

這段故事，也出現在我們歷史課本中，美國陸軍五星上將麥克阿瑟，二次戰後接收日本時，連續遭到多名日本劍客暗殺，該些劍客皆死於美軍槍下。

「李總統，您的師父是死在暗殺麥克阿瑟的時候嗎？」

李政男搖了搖頭。

「師父雖然失手，不過成功逃走，但他的暗殺行動激怒了麥克阿瑟，麥克阿瑟於是宣布，如果三天內沒看到暗殺者的屍首，他就罷黜天皇。麥克阿瑟同時發布了長達十多年的禁武令，下令解散武道館。師父逃回道館知道了麥克阿瑟的公告後，把自己關在家中書房裡整整兩天不言不語，到了第三天，他回到道館練劍場，把所有弟子集合在他身邊。他看向我，對我說——」

李政男的話突然停住，嘴巴微微開闔，他要說出那句話似乎極為艱難。

「李總統，您的師父說了什麼？」

李政男突然深吸了一口氣，眼眶泛紅起來。

「政男，為我介錯。」

「師父正坐在榻榻米上，他已經換上白衣，面前放著一把用奉書紙包住的短刀。師父切腹之前，走到每一位弟子身旁，仔細看著他們，好像要把所有的人的臉記在他腦中，然後才走回到原來的位置。師父死前宣布，暗殺麥克阿瑟之事是他一人所做，要我們將他的頭顱交給麥克阿瑟將軍賠罪，無相流道館從此關閉，所有弟子不得傳授無相流劍術，師父向大家交代完後事，最後，他把整個無相流都交給我。」

「師父接著說：『但是政男，你是無相流的宗家，無論如何，你都要把這門劍術傳下去，現在日本已經無法用劍，劍客武者也會受到米軍的嚴格監視，那你就回到台灣吧，忍耐著，等待有一天，日本人可以重新揮劍的時候，你再將這門劍術在日本傳下去，我可以死，其他人可以死，但你絕對不能死，不管再怎麼恥辱，你都要活下來，直到無相流再次出現在日本。』」

「師父說完後，拆下短刀上的奉書紙，將短刀的刀刃全部刺入肚子裡，再用力橫劃，師父痛到大叫，抓住短刀的雙手不停發抖，我不忍心看到師父臉上痛苦猙獰的表情，閉上眼睛，一刀砍下師父的頭。」

李政男說到這段多年前的往事，哭得像個孩子似的，彷彿他還是當年那位為師父介錯的年輕弟子。

「後來，我遵循師父遺命，來到台灣，跟著我母親的姓，改名李政男。我本來以為，我的後半生會待在台灣靜靜老去，一直待到可以回去日本的那一天。但是那個人，卻徹底改變我的人生。」

李政男的口氣雖然平淡，但仍掩蓋不住他眼神中的濃烈恨意。

「我剛到台灣不久，就被政府軍的人找上，為了無相流，我只好吞忍下去，跟著他們走。結果我竟然是被送進牢裡，什麼原因他們也不說。關了三天後，我被兩名獄卒帶到一個沒有窗戶的房間裡，我對那個房間的印象，到現在還是非常清晰，裡面放一張書桌，上面有一個小檯燈還有一疊卷宗，書桌前坐著一個人，正在翻卷宗，他的對面擺了一張椅子。獄卒看到他立刻行禮喊組長好。」

「那個組長，剛開始對我的態度還不錯，問候了幾句說：『您就是李政男先生吧，我早已久仰東瀛劍神大名，請坐。』他說的雖然是『請坐』，但我的雙手已經上銬，我是被兩個獄卒強壓在椅子上。」

「我坐上椅子後，他才繼續講下去：『李政男先生，現今局勢您是明白的，神州陷落，政府退守台灣，黨國已危如累卵，領袖希望您能加入組織，為反攻大業努力。』我當然不願意，他一說完我就立刻拒絕。那個組長嘆了一口氣繼續說：『李先生，您這……讓我們有些難辦，說起來，您還曾經是侵犯我中華的日寇，現在要您為組織效力，也是希望您能改過自新，否則您和您的師父武田協三一樣，都是**戰犯**。』」

「我當時聽了他的話，知道自己沒有太多選擇，正想著為了無相流只好向他屈服，這時候，房間的門突然打開，又有一個男人走進來。」

「那個組長立刻站起來大聲喊『處長好』，處長看了我一眼，就對組長說：『領袖本來是想要我們說服李政男進入組織，但太子爺認為，台灣人久受日本殖民，李政男更是台日混血，這樣的人沒有經過思想改造，是不可能真正的服從主義，效忠領袖，李政男號稱東瀛劍神，要對他進行思想改造比一般人更加困難，所以，太子爺特地交代，改造非常人，用非常方法，必須用莫斯科的手段，才能讓李政男真正為黨所用』。」

「李總統，莫斯科的手段是什麼？」

我好奇插話問道。

「就是讓人精神崩潰後，再做精神重建，思想改造。莫斯科的手段有很多種，但他們為了確保能夠讓我精神崩潰，所以，我每一種都用過。」

李政男說起「莫斯科的手段」的口氣異常淡然，在他平鋪直敘的語氣裡，那些令人崩潰的兇殘手段，彷彿不是施加在他身上。

「一開始，他們將我綁在鐵床上，再把一張張用水沾濕的宣紙貼在我臉上，直到我完全無法呼吸昏過去為止，接著再用冷水把我潑醒，重複先前的過程，他們在我身上連續做了三天，到第三天的時候，我看到水就會嚇到發抖，連口渴的時候都不敢喝水。」

「第四天開始，是皮膚刺激，指甲縫、腳底和陰莖，都是他們下針的地方，一樣連扎三天，彼時，我真的是痛到失去意識。」

「第七天，他們終於放過我，把我關進單人牢房，我本來以為他們不會繼續凌遲我，結果我才剛睡著，我的脖子就被人套上繩套用力勒住，嚇得我立刻驚醒，這時我才發現，原來他們一直都在觀察我，等到我一睡著，就派人進來勒我的脖子，整整三天，我都沒辦法睡。」

聽到這裡我終於明白，那位「太子爺」為了保持李政男的可用之身，用的是各種不造成肢體傷殘但會讓人心靈崩潰的招數。

「李總統，再來他們還用了什麼招數？」

「第十天開始，他們丟了一本《總理遺教》和一本《領袖語錄》給我，要我把這兩本書的內容全部背熟，早中晚他們送餐的時候就會抽背，只要我背對，就有飯吃，不用過那種前九天的那款生活，但是如果背錯一個字，或是沒有立刻背出來，就要接受和之前一樣的刑求。彼當時，我被單獨關了整整半年，半年中沒跟任何人講過半句話，唯一開口的時間，就是背《總理遺教》和《領袖語錄》。」

「這麼做的目的是什麼？」

李政男嘿然一笑。

「當然就是要洗掉你以前所有用過的語言和記憶，讓《總理遺教》和《領袖語錄》變成你的思考核心，心裡面除了『效忠黨國』和『服從領袖』之外，沒有其他念頭，也不敢有其他念頭。」

「這樣過了半年，他們說我已經是『自新人員』，可以回到一般牢房再教育，我回到一般牢房跟五個政治犯關在一起，他們說自己都是因為反政府才被關進來，獄卒不在的時候，這些人就會偷偷向我批評政府和黨國，我當然是嚴正斥責他們，叫他們不要胡思亂想。」

「難道您當時真的被洗腦了？」

「那些『政治犯』當然是政府派來探我的底的。」

李政男冷笑道。

「我終於被他們認為洗腦成功之後，我就成為『太子爺』最信任的人之一，我為他殺人，為他做任何事，數十年如一日，讓他習慣我的存在到忘記我最開始的身分。後來，換他當上總統，他給我一個副總統的位置，但是我心裡知道，他是想讓他的小兒子接他的位子。」

「那您是怎麼搶走這個位置的？」

「那個老龜精臨終前就已經快不行了，眼睛都看不清楚，他知道自己要死之前，找我去幫他寫『遺詔』，內容是他要把總統位置傳給他小兒子，我在他把名字簽上去以後，才把遺詔內容一字一句念給他聽。『自今日起，李政男接任總統及黨主席』，『家族後人不得從政』，我就看著他氣到斷氣，張大眼睛死不瞑目，哈哈哈哈哈！」

李政男說到這一段往事，終於暢快大笑起來。

「後來的事你也知道，我全面接掌台灣，準備要把譚家徹底消滅的時候，愛新覺羅．溥齋送了一副字『我是誰』讓我看，我只看了一眼就走火入魔了，我腦袋裡突然出現一股聲音，無時無刻都在我腦中，我李政男到底是誰？我是清國人、日本人還是台灣人？我做了這麼多年的黨國領袖，我還是無相流的宗家嗎？整整二十年，我所有的精神都在想這件事。」

「安倍先生是怎麼幫您解困的？」

「他坐在我面前，看著我的雙眼，問我說，如果我不是李政男，我不是清國人、不是日本人、也不是台灣人，我不是無相流的宗家，也不是台灣總統，那我還會是誰？安倍先生問完我這個問題後，結了一個手印，按在我額頭上。突然間，我感覺到這個想了二十年的問題就像一個殼，答案，一直都在殼裡面，那一刻，『殼』終於裂開，我也終於找到答案了。」

「李總統，那麼，你是誰？」

「我是，不是我的我，我早就應該明白這個道理，無相流最高境界，『諸相非相』，所有的劍術都是在對戰中才會成為劍術，沒有對手，沒有要殺的人，劍術，什麼都不是。我之所以是李政男，是因為我經歷過那些年月，不再被祝由術和過去困住的我，就已經不是任何我所認識的『我』了。」

李政男說罷，他的臉上露出了悟道後的笑容。

「李總統，那台中黑道又是怎麼出現的？」

「我剛才講到我成功奪權打倒譚家，但是你有沒有想過，軍隊不在我的手上，『朝廷』也不是我的人，雖然我找出了掌印人，靠著那個人的『遺詔』換取他們的信任，但是你認為光靠這樣就能真正掌控整個台灣嗎？」

「所以，你扶植了台中黑道。」

「不只台中黑道，當時全台灣的本地黑道和角頭都是我扶持起來的。」

李政男坦然承認，好像他做的這些事都再合理不過，他淡然的口氣讓我生起一股怒火，我和我的家人，全台中的人，都成了他和譚家鬥爭的犧牲品。

「你心裡對我一定充滿了怨恨吧，但如果不是靠那些本地黑道控制地方滲透中央，我怎麼完全收編『朝廷』？」

養寇自重這四個字突然在我腦海裡浮現，我想像著當年的畫面，李政男表面上像個傀儡般安靜坐在他的位置上，表現出一個權力過度期間的暫代總統的模樣，實際上，李政男暗中輸送資源給各地的黑道角頭，教他們玩弄政治腐化政府，深入公共事務的細節，讓本土黑道的觸角同樣伸入台灣社會中的每一個角落裡，進而變成一個足以抗衡「朝廷」的存在。

李政男就在這個權力產生混亂和對抗的過程中，一步一步收編了「朝廷」，讓「朝廷」真正變成自己的工具後，再一舉剷除外戚派和譚家等當時掌權的各大家族。

面對李政男的反問，我竟一時語塞。

「而且，當我鬥垮譚家後，本來要準備動手處理掉『朝廷』和本地黑道，東嚴其實就是我的棋子，我要他摸清楚整個『朝廷』的模樣，好讓我出手，沒想到我中了愛新覺羅．溥齋的祝由術，結果朝廷就一直存在到現在，還跟台灣各大豪門世家結合在一起，台中黑道也失控了。」

李政男臉上露出無奈的苦笑。

從此之後，台灣成為了由豪門財閥控制的悲慘世界，而瘋狂的台中黑道更就此誕生。

我明白了整件事的來龍去脈，我的心情複雜而迷亂，一時間，竟不曉得該怪誰、該恨誰。但是有關於台灣所有悲劇的起源，我總算明白了，那個『太子爺』種下了最初的因，而後李政男、愛新覺羅．溥齋和譚振武三個人一起造成了現在的台灣。

「不過謝哲翰，你怎麼不先關心自己身上的狀況嗎？」

李政男看著我疑惑問道。

「李總統，小青已經死了，我也毀掉愛新覺羅．溥齋的計畫，活著對我一點也不重要，就算我立刻死在納蘭破天的武道拳意下，我也無所謂。」

「謝哲翰，你早就已經死過了啊。」

李政男突然說出一句讓我難以理解的話。

「李總統，你這句話是什麼意思？」

「活著，是時時刻刻不斷地死亡，死亡，是時時刻刻持續地活著。」

李政男的這句話，剎那間，好像讓我明白了什麼，但我卻又無法明確表達出我明白的道理。

「林敬書告訴我，你的老師在遺書中，要你找到生死道的創立人，那個人，就是我。」

我萬萬沒想到，生死道的創立人竟然是李政男！

李政男自顧自地繼續說下去。

「當年日本皇軍蒐集了各類中國武術和醫學祕術，由投降我皇軍的中國武師和精通中國武術的日本人將那些武術融合為一，提煉出『魚龍變』、『生道』和『死道』，『生道』和『死道』是任何人都可以練的武術，皇軍將『生道』和『死道』傳給當時日本各個武學高手，我師父也是其中之一，我師父拿到之後，也找我一起研究『生道』和『死道』。當時我在練武之餘，也在努力吸收當時西洋最先進的思想，我看到『生道』和『死道』這兩個完全不同的武功出現在我面前時，我突然想到海德格的理論。」

「所以『生死道』真的只是你的空想？」

李政男搖了搖頭。

「我是真正的武道家，怎麼可能做這種事，我只是以我的武道直覺感覺到，生道和死道在更高的境界裡，應該是統一的。可惜我還沒研究完，日本就戰敗投降，師父刺殺失敗後切腹，我被迫逃往台灣，就沒機會寫完整部生死道。而生死道的武道核心概念，我剛剛就已經傳達給你了。」

豺狼告訴我的生死道總綱再次浮現在我腦海中。

生生者不生，殺生者不死，貫通生死之道，唯向死而生爾。
李政男看我聽完他的話還在思索著，他便再進一步解釋。
「你回想一下，現在的你，回去看十五歲的你，十歲的你，你認得出那就是你嗎？你只會覺得他們非常陌生，當你活到二十五歲、三十五歲、四十五歲、五十五歲，再回頭看過去的自己，你會發現，除了腦中模糊的記憶之外，過去的那些你，都已經消失了。」
我聽著李政男的話，忍不住伸出雙手摸著自己的臉。
「消失的不只是你過去的想法、個性、脾氣，你身體上每一顆細胞，都在不斷地凋零，不斷地重生，你現在的存活代表你經歷過的無數次死亡。」
「那為什麼死亡會是時時刻刻不斷地存在？」
「因為，死者最後的狀態，已經不會再改變，只要活著的人，永遠都記著有關於死者的一切，那死者生前的一言一行，都還會影響著你，如此一來，死者就會透過活著的人，一直存在於這個世界上。也就是說，人在關照自己活著的當下，才能清楚看見『死亡』的軌跡，而人類也只有在死亡的瞬間，他存在的樣貌才不再變動，成為永恆。所以，生跟死只是世間萬物的不同存在型態，這樣，你明白如何貫通生道和死道的意義了吧。」
李政男這段話，彷彿大鐘的迴音，不停在我腦海裡迴盪著。
「如此一來，死者就會透過活著的人，一直存在於這個世界上。」
李政男已經說完的話，再度在我耳邊響起。
有關於小青的所有回憶，她的一顰一笑，在我腦海中如跑馬燈般飛快跳出。
「謝哲翰！謝哲翰！」
我呆立在原地好一陣子，直到林敬書不停晃動我的肩膀我才回神過來，李政男就在我身旁一直看著我。

我摸著自己濕潤的臉頰，這才發現我剛才不知不覺中，竟又淚流滿面。

李政男拍了拍我的肩膀輕聲說道。

「如果你真的這麼愛你的情人，你就更應該活下來，她才能永遠存在於這個世界上，你還要代替她多看看這個世界。」

可是，李政男仍然無法為我解開納蘭破天的武道拳意。

雖然李政男的武道境界之高當世無雙，但他畢竟已經九十多歲了，身體氣血已經衰竭，無法使出他的武道拳意。我現在只是靠著再次引動的拙火續命，「滿州雪國」仍然刻印在我潛意識中，像個不定時炸彈，我只要一開始練武，就有可能再次讓「滿州雪國」控制我的身體。

但李政男告訴我的生死道核心概念，仍給了我活下去的理由。

終章　那些年月

隔天，林敬書和趙靜安帶著我前往小青的墓園。

小青的墓園就在大肚山上，那裡像個小花園般，種滿了薰衣草和玫瑰，趙靜安將小青墓園旁邊的空地買下來作為豺狼的墓地，在死後繼續守護小青，這是他的心願。

我穿過了墓園上的草坪，走到小青的墓碑前，小青的屍體，就埋在裡面。

「小青她，在你幫她過完生日不久後，就先把這裡買下來，她說，她想要將來長眠的地方，可以看得到那時候你帶她看的那片夜景……。」

趙靜安話還沒說完，已經泣不成聲。

我跪在小青的墓碑前，抱著她的墓碑嚎啕大哭，流著眼淚親吻冰冷的石塊。

趙靜安把一束頭髮塞進我的手中。

「這是我從小青身上剪下來的。」

趙靜安哽咽說道。

我抓著那束頭髮，在小青的墓碑前坐了三天三夜，這三天裡，我對著小青的墓碑傾訴所有我想要告訴她卻來不及說的話，我餓了渴了，就請人送食物和水上山，晚上我就套上睡袋躺在小青的墓碑旁入眠。

三天後，我才紅著眼眶走出小青的墓園，我甚至不敢回頭再看一眼，一直到七年後，我才重新回到這裡。

我離開墓園後，繼續把自己關在家中，思考許久之後，終於做出了決定。

我和林敬書約在育才中學的教室大樓天台上見面，這是我最後一次以育才中學學生的身分站在這裡了。

我等了一會兒，林敬書終於也來了，我和他曾經是盟友，我們也曾經敵對過，但到了最後，我還是選擇把我的身後事交給他。

「林敬書，我想拜託你一件事。」

「什麼事？」

「把我的死訊傳給我家人，我已經查到他們躲在哪了，我還設了一個銀行帳號，請你幫我交給他們，安排他們前往加拿大重新生活。」

林敬書露出疑惑的表情。

「台中黑道已經垮了，你應該和你的家人重新團聚不是嗎？為什麼還要遠離他們製造假死消息？」

「愛新覺羅．溥齋的勢力還沒滅絕，他們只是隱藏起來而已，我不死，他們不會罷休。再說，我現在確實是隨時都有可能死去。我已經失去小青了，我不想再失去我的家人，可以的話，就幫我最後這個忙吧。」

林敬書嘆了口氣，但還是點了頭。

「那你接下來有什麼打算？」

「我已經安排好了，謝哲翰會在一個月後死於心臟麻痺。我已經準備好另一個身分，到時候，我會離開台灣，找尋可以破解納蘭破天武道拳意的方法。」

林敬書走到我身前，僵硬地輕抱了我一下，拍了拍我的肩膀。

「保重，要再回到台灣。」

「如果，我還能活著回來的話。」

林敬書走到天台的欄杆邊，眺望著遠方。

「雖然台中黑道已經垮了，許多豪門財閥也都逃出台灣，但是，台灣要脫離現在地獄般的狀態仍然有很長的一條路要走。上官言畢竟不是和我們同路的，打倒愛新覺羅．溥齋後，他又會站在我們的對立面，經過這一連串的動亂之後，執政黨勢必會失去政權，但只要『朝廷』仍然存在，新的政府仍然會腐化，而新的財閥和新的台中黑道將會再次出現。」

「李總統和胡總裁難道無法消滅『朝廷』嗎？」

林敬書搖了搖頭。

「胡總裁花了二十年的時間，一心一意都在為消滅『朝廷』做準備，但他見到李總統，便向李總統承認，這件事，他努力了二十年，但他發現仍然做不到。」

「為什麼？」

「胡總裁說，他在『朝廷』中待了二十年，明白了一件事，『朝廷』不只是一群具有影響力的幕後黑手，也不只是一個源自那位特務治國的總統訂下的制度，『朝廷』是一種價值、一種文化、一種習慣，私心凌駕公心，特權凌駕制度，親疏凌駕是非。當現在的『掌印人』和『朝廷』成員倒下的時候，他們的權力真空就會快速被補上，而且新的『掌印人』會運作的更有技巧更難以被發現，甚至他們就是我們的盟友。」

我聽了這番話，心中頓時充滿了無力感，但也不得不承認胡東嚴說的是事實，「朝廷」存在於台灣每一個人心中，只要有「朝廷」存在，就會繼續有新的政商利益共同體以及新的台中黑道。

「你打算怎麼辦？」

「你還記得那些被陳總煽動暴動的人嗎？還有那些在總統府前、立法院裡抗議的學生嗎？」

「他們不是你安排的嗎？」

「不是，那些人只是受到煽動而出現的普通人，當給予他們更強大的工具和更多的資訊時，這些普通人也會有更巨大的能量，他們可以破壞現有體制，當然也能破壞現有體制所醞釀出的價值、文化和習慣，讓『朝廷』無法再次滋長。給我幾年的時間，我希望當有一天你再次回到台灣時，你會發現，這裡將不再是一個充滿絕望的島嶼。」

這次，換我拍著他的肩膀。

「我的刀已經收鞘了，接下來，台灣的未來就交給你了。」

「記得把新的身分和聯絡方式交給我，保持聯絡。」

我與林敬書談完後，便接著安排山鬼的事。

譚家離開台灣後，譚振武的長孫遵守了承諾，將譚振武的帳戶交給我。

我則是把那個帳戶轉交給巴蘭，這筆錢足夠山鬼重新站起來，轉型為一家安全顧問公司。

山鬼在台中市區內設立了一個臨時總部，我與山鬼告別的那天，所有的成員都在大會議室裡等著我。我將自己必須離開的理由告訴山鬼成員後，巴蘭一句話也沒多說，走到我身前紅著眼眶用力抱著我。

「阿哲，我們一起打過這些仗，在我心裡，你不只是山鬼的盟友，更像是我的弟弟一樣，有什麼需要儘管跟我說，你已經是我們的家人，我們的族人。」

「Gaonhai da!」

我在巴蘭的耳邊大喊著，Gaonhai da是族語中保重的意思。

「Gaonhai da!」

巴蘭和所有人也一起大聲喊著。

我和巴蘭擁抱完之後，接著與每一位山鬼相互擁抱道別，我和他們有的接觸的多有的接觸的少，但他們的名字和長相，我全都記得。

陸篤之，站在會議室角落，看著我和其他的人都一一告別後，才走到我面前，握住我的雙手。

陸篤之進到山鬼之後，他所完成的人工智慧決策系統，讓山鬼在差點被台中黑道殲滅，人員大幅減少的情況下，後方的情報分析和決策判斷能力反而大幅提升，山鬼能擊敗台中黑道，乃至打贏愛新覺羅・溥齋的叛軍勢力，陸篤之居功厥偉，世界各地的頂尖情報單位後來紛紛找上陸篤之，只是都被他婉拒了，他最後還是選擇留在山鬼裡。

陸篤之看著我笑著說道。

「謝謝你，阿哲。」

「老師您太客氣了。」

「如果不是你，我可能還是一個時運不濟的高中數學老師，是因為遇到你，我才能站在這裡。」

「老師，山鬼的未來就靠你了。」

「阿哲，保重！」

離開台灣前，我還是和趙靜安見了最後一面。

我和她約在一間咖啡館裡，我進到咖啡館時，趙靜安已經坐在一個靠窗的位置上等我，她穿著一襲白色露肩洋裝，綁著馬尾露出白皙的頸部。她的臉色紅潤不少，原本冰冷的氣質已經褪去，現在的趙靜安除了在愛新覺羅・溥齋身邊長年培養出的脫俗靈氣外，更多了幾分嬌豔。

我跟她說了我準備假死的計畫，同時也把李總統那番對於生死的理解告訴了趙靜安。

「趙靜安，小青會在一直活在我們的心裡，妳接下來的人生，不會是小青的人生，也不會是以前的趙靜安的人生。」

趙靜安噙著眼淚，不停點頭。

「接下來，我會好好過新的人生。謝哲翰，在你離開台灣之前，可以陪我去一個地方嗎？」

趙靜安和我在傍晚時來到高美濕地，波光粼粼的海水閃著橘黃色的光澤，輕輕拍打在沙灘上，我和趙靜安走在細軟的沙地上，耳邊充滿著遠處孩子的笑鬧聲，此時此刻，我心裡莫名地升起一種安詳感。

「妳怎麼會想來這裡？」

「小青她喜歡上山，看花看夜景，但我喜歡的，其實是海邊的夕陽。」

趙靜安一隻手牽住我的手，另一隻手指向遠方。

「謝哲翰你看。」

懸掛在天際的夕陽染紅了大半邊天，但另一半邊天空仍然是清澈的湛藍色，此刻的天空，一半是海水，一半是火焰。海風伴隨著海浪在濕地上吹拂著，一整排矗立在濕地遠方的巨大風車緩緩轉動。

趙靜安看著天邊的夕陽輕聲說道。

「這裡，真的很美。」

我和她安靜地站在高美濕地的木棧步道上眺望海岸線，趙靜安緩緩靠向我的胸膛，雙手環住我的腰，墊起腳尖，用力吻著我。

趙靜安足足親了我有一分鐘才放手，和我四目相接。

「這幾天我才明白，喜歡你的不只是小青，我也是。」

「可是我……。」

面對趙靜安直接而熱切的告白，我有些不知所措。

「我不需要你的回答，只要在你離開之前，你願意陪我到這裡，那就夠了，我會一直等著你，等著你活著回來台中，那時候，你再給我答案吧。」

趙靜安故作瀟灑笑著說道，不給我直接拒絕她的空間。往後幾年間，我和趙靜安雖然還保持通訊聯繫，只是我仍然不知道該如何面對她的告白。

一個月後，「謝哲翰」陳屍在我的房子裡，而我則是以新的身分，帶著豺狼傳承給我的筆記離開台灣，進入麻省理工學院，主修生物醫學，輔修大腦神經科學和認知心理學，我將擺脫武道拳意的最後希望寄託在這裡。

在麻省理工學院的四年中，我過著苦行僧般的生活，除了讀書、研究、冥想和輕微的身體鍛鍊外，沒有其他活動，只為了找到一線生機。

當然，「滿州雪國」也沒有放過我，這四年裡，當暴風雪降臨劍橋市的時候，「滿州雪國」有時也會隨之觸發，我好幾度被送入急診室中，憑著意志力勉強活了下來。

可惜的是，直到我從學校畢業，我仍然找不到擺脫武道拳意的方法。

接下來，我開始在世界各地流浪。

我去到北極圈，拜訪了古老的因紐特部落中的薩滿巫師，想要從他們身上找到控制冰雪意象的技巧。我也去了位在新幾內亞島、東非高原、澳洲大陸內地、亞馬遜叢林以及南太平洋島嶼中的幾個神祕部落，希望在這些地方的人們身上找到「武道拳意」的本源。

那三年間，我跑遍了天涯海角，始終擺脫不了「滿州雪國」，但我心裡也漸漸醞釀出一個猜想。

於是，我來到一座位在祕魯庫斯科近郊的小鎮，皮薩克。

皮薩克是一座古老的小山城，我漫步在皮薩克的街道上，拿著地圖找尋目的地，在街道兩旁低矮而簡陋的平房後方，聳立著層巒疊嶂的雄偉群山，那裡有著一座著名的天空之城，馬丘比丘。皮薩克除了是前往馬丘比丘的必經之地，也是世界靈修聖地，我要找的東西，就在這個小鎮上。

我走到了一間不起眼的平房前，敲了敲門，一名身材矮壯的祕魯男人打開了門，笑著向我問好。我從懷裡掏出一張推薦信攤開在他眼前，他立刻把我拉進房子裡頭，接著趕緊關上門。

祕魯男人先帶我穿過房子的前廳，前廳裡燈光昏暗，空氣中充滿著燒焦煙草的臭味，許多意義不明的呢喃聲和喊叫聲在房子裡此起彼落地響起，我的雙眼適應房子的光線後，才發現房子的地板上鋪滿了草蓆，上頭坐滿了人。有些人把一堆枯草放在一個鐵缽裡燃燒，吸著煙霧，有些人則是把顏色怪異的液體灌入口中，更多人則是在地板上打坐，不過身體卻不停晃動著，嘴裡發出古怪而含糊的聲音。

祕魯男人用帶著西班牙腔的英文說道。

「先生，請跟我來。」

我跟著他繼續往屋內走。

平房的後廳裡擺著一座與牆等高的巨大鐵櫃，上頭大約有兩百多個抽屜，每個抽屜上都貼了一張寫著西班牙文的標籤。

祕魯男人拉開了其中一個抽屜，那個抽屜的標籤上寫著「始祖」。

祕魯男人從抽屜裡取出一個紙袋，放到我手上，恭敬地說道。

「先生，這就是您要的草藥。」

這個草藥，就是我要的東西，它能夠喚醒我的潛意識，並從中抽離出力量。

皮薩克小鎮上的靈修模式，和世界其他地方都不同，被稱為「禁忌的靈修」，皮薩克小鎮提供生長在南美洲的迷幻植物給靈修者，讓靈修者在類似吸毒的迷幻狀態下進行修行。而近年來，皮薩克的村民開始嘗試種植並雜交出各種藥效更強或是讓人進入特定狀態的植物。

「始祖」是我在暗網發現到某一個主張從人的內在潛意識喚醒力量的禁忌靈修團體所使用的草藥。

祕魯男人繼續帶著我走到樓上的個人靈修室裡，裡頭各種服藥器具一應具全，我先將「始祖」泡在水裡煮成濃縮藥湯，接著將濃縮藥湯喝下去。

一個小時後，藥效發作。

我感覺到我體內血液開始暴躁地湧動奔流，衝破皮膚表層，漫漶至靈修室的地板上，我的血液彷彿無窮無盡般不斷地從體內流出，淹滿了整間靈修室，而我也泡在自己血裡。

這些從我體內流出來淹滿了整間靈修室的血，卻是透著湛藍的色澤，此時我才意識到，我已經浸在海裡了。

這片海洋正是深藏在我潛意識裡的意象。

突然間，我身旁的海水溫度開始下降，迅速結成冰塊。

「滿州雪國」再次來襲。

突然間，一隻體型扁平背脊突起的古怪小蟲，游到了我的面前，我伸出了手，讓那隻小蟲停在我的掌心。

我認出牠來了，這是三葉蟲。

我所喚醒的潛意識，竟然是人類基因裡頭最古老的原初意象。

洪水與海洋。

此刻，逆流回溯的時間感從潛意識裡滲入這片海洋中，吞噬掉納蘭破天打入我體內的武道拳意

「滿州雪國」。

在遠古的海洋和洪水記憶前，「滿州雪國」又算的了什麼。

結成冰塊的海水迅速融化，「滿州雪國」已然不復存在，而我就在此刻練成了恐怕是這世界上最強的武道拳意之一，我的武道拳意能喚起人類對於遠古海洋和洪水的記憶，甚至能進一步控制人類的時間感，所以我將我的武道拳意命名為「洪荒年代」。

只可惜，這一刻來的太遲了。

我花了七年的時間，終於解開了納蘭破天的武道拳意，此時，我才再度回到台灣。

我和林敬書約在他在台中的私人招待所的書房裡，交換著這些年來的生活。林敬書順利地從哈佛商學院畢業，還在美國成立了一家新創科技公司。這幾年裡，他同時將大量的資金投注在獨立媒體、社運團體和新興小黨上，這些新勢力對「朝廷」、豪門財閥還有青幫、仁社等傳統幫會來說，是完全陌生的存在，而且更善於使用新的科技和工具，他們在林敬書的幫助逐步摧毀掉「朝廷」的權力網絡。

唯一遺憾的是，林敬書只挖出愛新覺羅．溥齋藏在台灣的外圍勢力，而納蘭破天以及藏在東北的新一代愛新覺羅．溥齋仍然沒有任何消息。

至於上官言和他的仁社，也是林敬書打擊的目標，上官言當代理總統沒多久，林敬書背後扶持的一家網路媒體便把他的一樁樁醜聞攤開在大眾面前，但出乎意料的是，上官言連稍微抵抗都沒有便坦然承認職辭下台，作為交換條件的是，新政府上任後立即給予他特赦，讓他無需入獄。

林敬書和我聊著，同時從他書櫃上搬出一疊書，似乎都是武俠小說。

「霸王劍、謝少爺的刀、生死道……你怎麼突然看起武俠小說？」

「你看一下封面作者。」

我仔細一看才發現，這些書的作者都是一個叫盧照玄的人。

「這個盧照玄是誰？我怎麼沒聽過？」

「他就是上官言啊，他離開政壇之後，開始將過往的武林佚事掌故和你跟豺狼的經歷寫成小說，因為他本身就是武功高手，寫起打鬥特別真實精彩，這幾年他出的小說本本大賣，還被人譽為下一個金庸。」

林敬書大笑著說道。

「謝哲翰，這幾年裡你還有和趙靜安聯絡嗎？」

林敬書換了個話題，問起趙靜安的事。

我沉默了半晌，不想回答這個問題。

「既然你不想說那就算了，不過既然你已經活著回來，就去看看她吧，你們之間的事我也有聽說，總是要有個交代。」

我沒有回應林敬書的話，起身準備離開。

林敬書見我不願再談這件事，便也帶著我離開他的招待所。

離開林敬書的招待所後，我一個人開著車回到了育才中學，並進到一間開在學校側門對面的麵店裡吃麵，我聽著老闆向那些學弟們說著有關於夜梟的種種傳聞，突然覺得老闆的樣貌有些面熟。

等到那三名育才中學的學生都吃飽離開麵店後，麵店老闆走到我的面前，拉了張椅子坐下來。

「我已經整型過，動了一些手術，你認不出我的樣子也是正常的。」

我再次仔細端詳麵店老闆的臉，總算知道他是誰了。

「你居然沒死。」

眼前的麵店老闆，竟然是禿鷹。

「你那時候還是太小看我了，我身上用來保命的小機關遠比用來殺人的還多，只是在那天之後，我也知道整個台灣沒有我的容身之地，只好先躲起來，我當時心裡想的事情，就只有找你報仇，後來雖然我聽到你已經死了的消息，但是我不相信你真的死了，而且我認為你總有一天一定會回到這個地方來。」

徹底改頭換面的禿鷹，有著一張國字臉，身材肥胖不少，他從口袋裡掏出一根菸點起來。

「所以你就在這裡開了一間麵店？」

我對禿鷹想要殺我的執念感到不可思議，在幾乎沒有機會再次碰到我的情況下，禿鷹居然就在學校附近待著，等待那個幾乎不存在的報仇機會。

禿鷹將點燃的菸放進嘴裡，深深吸了一口，吐出長長的煙。

「我當時對你的仇恨，和對你毀掉我擁有的一切的不甘心，是你無法想像的強烈，可是這幾年裡我為了找你復仇，我不停蒐集關於你的各種資料，我突然又覺得，我沒這麼恨了，在這裡靠著開麵店過日子也不錯，可是你卻剛好來了。」

「當初的事，也沒辦法說誰對誰錯，可是既然剛好遇到了，那你就完成你的心願吧，把這個執念放下，人生也會好過一點，你可以先把槍拿出來對準我，等我把這碗麵吃完，你再開槍吧。」

禿鷹一臉愕然，似乎不敢相信我說的話。

「我說的是真的，如果你想殺我，那就等我吃完後再開槍。」

「好。」

禿鷹終於點了頭，走到麵店的角落裡拿出一把手槍，接著又坐回到剛才的位置，雙手捧著槍將槍口對準我的腦袋，繼續看著我吃麵。

此時禿鷹手裡的槍和我之間就只有一張桌子的距離。

禿鷹扣下了扳機。

我用筷子夾住禿鷹擊發的子彈後，將彈殼穩穩豎立在桌上。

禿鷹低頭看著自己手上的槍，又抬頭看著那顆彈殼，張大嘴巴露出一臉呆滯的模樣，他眼前所見已經遠遠超越他所認知到的現實的範疇了。

我練成「洪荒年代」而終於能運用生死道之後，我的實力即使是曾經的四獸也無法測度了，我透過「洪荒年代」改變了禿鷹的時間認知，當他以為我正要吃最後一口麵的時候，我早就已經放下碗了，我再以生死道扭曲了現實事件發生的機率，便輕鬆接下那顆子彈。

我把一張百元鈔放在桌上，起身拍了拍禿鷹的肩膀。

「能夠致我於死地的槍你也開了，就當作該報的仇已經報了，把這件事情放下，好好過下半輩子吧。」

我離開麵店走到門口時，轉頭看了禿鷹最後一眼。

他趴在餐桌上嚎啕大哭，禿鷹終於把他的前半生都給放下了。

離開禿鷹的麵店時，外面的雨已經停了，我繼續開車在台中市區裡閒晃著。

不知不覺中，我去了秋紅谷、台中放送局、東海大學，那些我和小青曾經去過的地方，最後我開到了大肚山上的一間餐廳前面。

這裡是我為她慶祝十八歲生日的地方，也是我向她求婚的地方。

此時天色已經轉暗，我從山腰往下俯看台中市區燈火通明繁華依舊的夜景，山下的喧囂對我來說，卻過於孤獨，我急著把湧上的哀慟和回憶收拾好，但是眼淚卻早已不聽使喚地不斷滴落，我以為七年的時間已經足夠了，直到這一刻我才明白，不管多久都不夠，永遠都不夠。

現在的我，只能趴跪在我向小青求婚的這個地方，大聲哭嚎。

我再次回到這裡，整個世界卻只剩下我一個人，七年來壓抑住的哀傷傾洩而出，我不停哭著。

忽然間，我的手機不合時宜地響起，等我回過神來，不自覺就接起了電話。

「你回到台灣了？」

電話裡的聲音依舊有些冰冷。

「回來了。」

「你現在人在哪裡？」

「大肚山上。」

「你想去看小青嗎？」

我點點頭，卻怎麼也說不出話來，只能對著電話那頭保持沉默。

「你先到小青的墓園等我，我十分鐘後就到。」

趙靜安說完後就直接掛掉，她的口氣和語調，突然讓我感覺到無比的陌生。

我繼續開著車前往小青長眠的地方，她安葬的花園和我七年前看到的仍然一模一樣。時間，在這個地方彷彿停止了，我從車裡取出一束花，放在她的墓碑前面，我又在那塊冰冷的石頭上親了一下。

我摩挲著墓碑上小青的照片一會兒後，起身在花園裡隨意漫步等著趙靜安到來。

不久之後，趙靜安也來了。

她看起來成熟不少，穿著綠色洋裝，頭髮染成淺褐色，盤了起來，她的手裡也捧著一束花。過去的趙靜安的氣質和痕跡，已經完全從她身上褪去，現在的她，艷麗中帶著強勢的氣場，如果說以前趙靜安像個小仙女，那現在的趙靜安便像是個女王。

我看著她忍不住讚嘆道。

「妳變了很多，看起來更漂亮了。」

「你也是，現在的你身上有種神祕感，你的眼神就好像是站在太空中俯瞰著整個地球的感覺。」

在世界各地流浪的過程，以及在皮薩克小鎮上的經歷，讓我從一個殺手和一個地方黑道組織領導者有了根本的轉變，現在的我，已經有信心和四大黑幫的殺手以及納蘭破天一戰。

趙靜安將手中的花束放到小青的墓碑前。

「這幾年來，你應該知道，我大多的時間都在歐洲。」

她望著墓碑上小青的照片說道。趙靜安後來去了歐洲，近幾年裡成為了巴黎時尚界的知名模特兒。

「我沒有跟你說的是，我和法國柯艾德集團董事長的兒子交往一段時間了，我們在下個月結婚，到時候你一定要到。」

我點了點頭，即將成為新娘的趙靜安，臉上的笑容燦爛如花，我心裡生起一陣酸楚，也有些惆悵。

我生硬地答應道。

「一定會的。」

趙靜安可能已經忘了七年前她在高美溼地說過的話，正如同李政男所說的，活著是時時刻刻不斷地死亡，以前的趙靜安終於消失了，我摩娑著小青的墓碑，只有她能夠一直以相同的模樣活在我的心裡，死亡，才是時時刻刻不斷地活著。

趙靜安突然搭住我貼在小青墓碑上的手，眼神中充滿著狡黠的笑意。

「吃醋啦？」

「什麼意思？」

「你自己沒發現，你一聽到我要結婚的消息，臉上肌肉就有點僵硬，口氣也有點怪怪的嗎？」

「我……」

面對趙靜安的質問，我頓時語塞。

「騙你的啦！如果不這樣，怎麼讓你承認你也喜歡我？」

趙靜安牽著我的手。

「你說過，我們都在不停地改變，不斷地死去，所以，新的趙靜安和新的謝哲翰為什麼不能在一起？但我們身上也有不曾改變的東西，放在我們心中的小青，還有我們一起經歷過的一切。」

趙靜安靠在我身上柔聲說道。

在這萬籟無聲的黑夜裡，我和靜安牽著手，一起坐在小青的墓碑前，回憶起我們的那些年月。

後記

《亂世無命》這部作品一開始的故事構思，主要還是侷限在一個架空的反烏托邦黑道城市當中，所發展出的黑幫武俠小說。這部作品所繼承的元素，其實是來自於九〇年代以降的香港黑幫電影以及港漫，例如《古惑仔》、《無間道》和《龍虎門》等作品。然而，當故事開始展開之後，一個更明確的問題也隨著展開了：這個黑道城市，從何而來？冥冥之中，這部作品所要探求的答案，就在這部作品寫作的這幾年裡出現了。《亂世無命》（作品原名那些年月）的創作時間，起始於二〇一二年、完結於二〇一七年，這幾年當中經歷了台灣自解嚴以來發生過的最劇烈的社會變革：洪仲丘事件、太陽花學運、公民力量成形、台灣第一次全面政黨輪替。而到我撰寫後記的此刻，從二〇一三年洪仲丘發生，社會大眾開始推動整個台灣社會進入變革的過程，到了二〇一八年年底才終於有了清晰的樣貌，也讓《亂世無命》這部作品更具有特殊的時代意義。

另一方面，就在這一年，一代文學泰斗金庸先生也已辭世，為武俠小說留下一座難以翻過的高山。而在今天的台灣，武俠小說這個文類已經近乎衰絕，年輕人對於「武俠」的理解主要來自於遊戲和戲劇。即便是有心為武俠小說續命的鄭丰先生和上官鼎先生，也很難跨過金庸這座高山。《亂世無命》於是選擇了對於俠義進行當代詮釋的新路線，希望讓金庸之後的武俠有不一樣的風景，吸引新的讀者進到這個世界裡。而《亂世無命》也確實如林立青和鄭立所說的，引入屬於台灣本地元素，讓台灣的武俠小說也能有專屬於自己的面貌。

最後，各位讀者朋友如果有任何關於這部作品的問題，或是想要討論的議題，都歡迎前往我的臉書粉絲專頁留言。

作者臉書粉絲專頁：https://www.facebook.com/fanttime/

釀冒險29　PG2167

亂世無命：
白道卷

作　　者	Fant
責任編輯	洪仕翰
圖文排版	林宛榆
封面設計	蔡瑋筠

出版策劃	釀出版
製作發行	秀威資訊科技股份有限公司 114 台北市內湖區瑞光路76巷65號1樓 電話：+886-2-2796-3638　傳真：+886-2-2796-1377 服務信箱：service@showwe.com.tw http://www.showwe.com.tw
郵政劃撥	19563868　戶名：秀威資訊科技股份有限公司
展售門市	國家書店【松江門市】 104 台北市中山區松江路209號1樓 電話：+886-2-2518-0207　傳真：+886-2-2518-0778
網路訂購	秀威網路書店：https://store.showwe.tw 國家網路書店：https://www.govbooks.com.tw
法律顧問	毛國樑　律師
總 經 銷	聯合發行股份有限公司 231新北市新店區寶橋路235巷6弄6號4F 電話：+886-2-2917-8022　傳真：+886-2-2915-6275

出版日期	2019年2月　BOD一版
定　　價	340元

國家圖書館出版品預行編目

亂世無命. 白道卷 / Fant著. -- 一版. -- 臺北
市 : 釀出版, 2019.02
面 ;　公分. -- (釀冒險 ; 29)
BOD版
ISBN 978-986-445-303-0(平裝)

857.7　　107020905

讀者回函卡

感謝您購買本書，為提升服務品質，請填妥以下資料，將讀者回函卡直接寄回或傳真本公司，收到您的寶貴意見後，我們會收藏記錄及檢討，謝謝！如您需要了解本公司最新出版書目、購書優惠或企劃活動，歡迎您上網查詢或下載相關資料：http:// www.showwe.com.tw

您購買的書名：______________________________

出生日期：________年________月________日

學歷：□高中（含）以下　□大專　□研究所（含）以上

職業：□製造業　□金融業　□資訊業　□軍警　□傳播業　□自由業

□服務業　□公務員　□教職　□學生　□家管　□其它____

購書地點：□網路書店　□實體書店　□書展　□郵購　□贈閱　□其他

您從何得知本書的消息？

□網路書店　□實體書店　□網路搜尋　□電子報　□書訊　□雜誌

□傳播媒體　□親友推薦　□網站推薦　□部落格　□其他________

您對本書的評價：（請填代號　1.非常滿意　2.滿意　3.尚可　4.再改進）

封面設計____　版面編排____　內容____　文／譯筆____　價格____

讀完書後您覺得：

□很有收穫　□有收穫　□收穫不多　□沒收穫

對我們的建議：______________________________

請貼
郵票

11466
台北市內湖區瑞光路 76 巷 65 號 1 樓
秀威資訊科技股份有限公司 收
BOD 數位出版事業部

（請沿線對折寄回，謝謝！）

姓　　名：＿＿＿＿＿＿＿＿　年齡：＿＿＿＿　性別：□女　□男

郵遞區號：□□□□□

地　　址：＿＿＿＿＿＿＿＿＿＿＿＿＿＿＿＿＿＿＿＿＿

聯絡電話：(日)＿＿＿＿＿＿＿＿＿＿(夜)＿＿＿＿＿＿＿＿＿＿

E-mail：＿＿＿＿＿＿＿＿＿＿＿＿＿＿＿＿＿＿＿＿＿